ジョン・デヴィッド・アンダーソン
久保陽子 訳

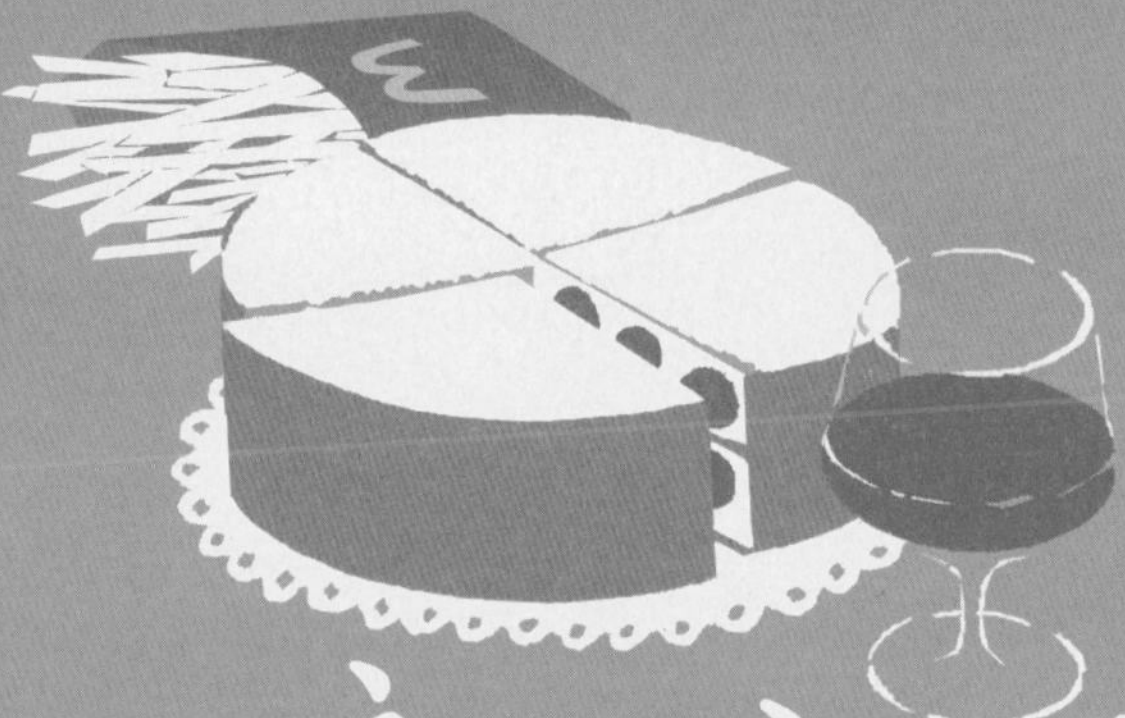

カーネーション・デイ

Ms.Bixby's Last Day

ほるぷ出版

世界じゅうのビクスビー先生と
何が起きてもやりとげる勇敢《ゆうかん》な人々に捧《ささ》ぐ

Japanese translation rights arranged with John David Anderson
c/o ADAMS LITERARY through Japan UNI Agency, Inc.

Japanese language edition published by
HOLP SHUPPAN PUBLICATIONS, LTD., TOKYO.
Printed in Japan.

装画／西山寛紀　装丁／城所潤+大谷浩介(JUN KIDOKORO DESIGN)

「まだまだ道のりは長いぞ」ガンダルフが言いました。
「でも、これが最後の道ですよ」ビルボは言いました。
――J．R．R．トールキン『ホビットの冒険《ぼうけん》』

トファー

レベッカは〝謎《なぞ》の菌《きん》〟に感染《かんせん》してる。

でっちあげなんかじゃないさ。ちゃんと検査《けんさ》したんだ。〝謎《なぞ》の菌検出器《きんけんしゅつき》〟の結果がダントツの数値《すうち》だったから、陽性《ようせい》。ぼくはスティーブとブランドと手を組んで、隔離態勢《かくりたいせい》に入った。もう四月で気温は二十一度あるのに、スティーブは手袋《てぶくろ》をはめて感染《かんせん》の危険《きけん》を最小限《さいしょうげん》におさえてる。六年一組の生徒からこの菌《きん》が検出《けんしゅつ》されたのは、今年六例目なんだって。スティーブが言うんだからまちがいないよ。でもレベッカは納得《なっとく》しない。

「そんな菌《きん》、いるはずないじゃない。でっちあげよ！」

「菌急事態《じたい》だな」

そう口を開いたのは、新しい言葉を作りだすのが得意なブランドだ。たとえば『爆《ばく》テスった』は、爆発《ばくはつ》するくらいテストがダメだったって意味。それから『ナシメン』。いじわるなやつとか、きらいなやつ、つまり友だちになることはナシなやつらのこと。

「どういうわけで、あたしが感染《かんせん》してるっていうの？」

「検査《けんさ》したら、陽性《ようせい》の数値《すうち》が出たんだ」

ぼくはプリントアウトした紙を見せた。ほんとはプリントアウトじゃなくて、いらない紙に赤いマーカーで適当《てきとう》に数字を書いただけだけど。一番上にレベッカの名前と、血がしたたってるみたいな赤で『陽性《ようせい》』の文字。すみには、ぼくがかいた恐竜《きょうりゅう》の絵もあるけど、そこは手でかくしてる。別に絵がはずかしいからじゃないよ。ただ、結果に関係ないから。

「そんな紙切れひとつで、あたしに〝謎《なぞ》の菌《きん》〟がいるって？」

「まさに」とスティーブ。

「で、その菌《きん》は……命にかかわるの？」

あれ、レベッカのやつ、ぼくらの芝居《しばい》に乗ってきた？

「そういう場合もあるよ。感染《かんせん》して何年もたつのに発症《はっしょう》しない人もいるけど」

ぼくが説明すると、レベッカは不気味なほど深刻《しんこく》な顔でうなずいた。ゲッ、何かたくらんでるな。レベッカのことは二年生のころから知ってるからわかる。目を細めて足ぶみしてるそぶりからいって……。そういえば、うちのお母さんが前にレベッカを「かわいい」って言ったことがあって、それ以来、お母さんには二度と女子の話はしないことにしてる。

「それで、どうやって感染《かんせん》するの？」とレベッカ。

「おもに接触感染《せっしょくかんせん》だよ」スティーブがスニーカーに目を落として答える。スティーブは、相手が知らないことや興味《きょうみ》もないようなことを長々と説明することがよくあるけど、そういうとき、足もとを見ながら話すのがくせなんだ。「からだをさわると感染《かんせん》するんだ。唾液《だえき》にはもっと感染力《かんせんりょく》があるけど。一ミリリットルの唾液《だえき》で、約八百四十万人いるニューヨーク市民全員が感染《かんせん》するくらいの力があるそうだよ」

ほんとかどうかわからないけど、とりあえずぼくもうなずいた。スティーブはありとあらゆる情報《じょうほう》やデータを記憶《きおく》してる。言ってたことをときどきメモして、家に帰ってからパソコンで調べてみるんだけど――たとえば「スズメバチの針《はり》はスムーズにぬけるから何回でも刺《さ》せる」とか、「グアテマラでの死因《しいん》一位は感染症《かんせんしょう》」だとかね。まちがってたことは一度もないんだよ。何年も親友をやってきて、はっきりわかった。スティーブの言うことはなんでも正しいって。

スティーブは科学者みたいにメガネをおしあげた。あ、これは演技《えんぎ》でやってるんじゃないよ。本当によくずれるから。レベッカはぼくら三人を順に見つめながら、次の手を考えてる。

「唾液《だえき》って言った？」

「ああ」とブランド。

「……じゃあ、こうしてやる！」

レベッカは自分の手首から指先までをべろりとなめて、その手をスティーブの顔じゅうになすりつけた。

感染《かんせん》するぞ！

　スティーブはさけび声をあげて手袋《てぶくろ》で顔をおおい、感染物質《かんせんぶっしつ》をぬりひろげちゃってる。ブランドははなれようとしたけど、レベッカの動きははやい。うでをのばして引《ひ》き寄《よ》せ、ブランドのそでをまくり、ひじの下に口をおしつけ息をふいた。幼稚園《ようちえん》の子がおならの音をまねするみたいに。ブーッ！　ブランドはドサッとひざからくずれ落ち、レベッカにつけられた菌《きん》だらけのつばのあとを、恐怖《きょうふ》に満ちた目で見つめてる。スティーブは、じたばたしながらシャツで顔をふいてる。レベッカはこっちを見ると、吐《は》きすてた。

「トファー、次はあんたよ」

　スティーブとブランドは、顔をしわくちゃにしてもがいてる。ぼくらの間に暗黙《あんもく》のルールがあるのはわかってるさ。

『身動きがとれなくなっている仲間を置き去りにし、ポニーテールの生物兵器テロリストのえじきにしてはならない』

　でも見てよ。レベッカは性格《せいかく》が悪いし、そばかすもある。それもきっと〝謎《なぞ》の菌《きん》〟のせいだぞ。レベッカの菌《きん》は進化したタイプで、感染《かんせん》すれば治療不可能《ちりょうふかのう》にちがいない。すまない、君たちにしてあげられることは何もないんだ。

　にげることにした。

校庭を走り、ブランコのまわりやうんていの下をかけぬけた。レベッカはぴったりあとを追ってくる。タックルしておしたおし、ぼくの顔面にせきをしまくるつもりだな——それか、もっとおぞましいことかも。でも追いつけやしない。ぼくはウサイン・ボルトだ、チーター・ボーイだ、稲妻《いなずま》よりはやいんだぞ！　それでもレベッカは追いついてきた。校庭を一周まわったとき、ブランドとスティーブが立ってるのが見えた。奇跡的《きせきてき》に回復《かいふく》したのかな。いや、いつくずれ落ちて死ねばいいか、演技《えんぎ》のタイミングをはかってるのかも。ぼくとレベッカが近づいてくるのを見ると、二人はキックボールをやってる子たちの間をつっきって、無我夢中《むがむちゅう》でにげだした。赤レンガの校舎《こうしゃ》の角を急カーブで曲がり——。

ビクスビー先生にぶつかった。

世界には六種類の先生がいる。

一種類目は、ゾンビタイプ。百年以上も前から学校にいそうな、古典的な先生だ。話し方はぼそぼそと聞きづらくて、勉強内容《ないよう》から楽しいところを全部すいとった、出し殻《がら》みたいな練習問題を出してくる。このタイプの先生は、映画《えいが》のゾンビとはちがって脳《のう》みそを食べたりはしないけど、生徒の脳《のう》を育てることもしない。

次はカフェイン中毒タイプ。ブランドは『デスデス族』って呼《よ》んでる。いつでも保温《ほおん》マグでコーヒーを持ち運んで飲んでるから、カフェインのとりすぎで手がふるえて、目が充血《じゅうけつ》してる。話し方は早口で聞きづらい。「〜です、〜です、ですですデスデス」ってせっかちにしゃべるのを聞いてると、ハチの巣に頭をつっこんでるみたいな気分になっちゃうんだよね。運悪く、ぼくらのスペイン語の先生はこのタイプ。だからぼくは、もしスペイン語がわかったとしても、やっぱり先生の言ってることはわからないだろうな。

三つ目は、魔界《まかい》の悪役タイプ。ゲームの敵《てき》で、魔界《まかい》で剣《けん》をふりかざしてくる赤鬼《あかおに》みたいな。このタイプの先生は、学校での体罰《たいばつ》をみとめてほしいと思ってる。そして読書の時間も、自習の時間も、話し合いの時間も、ランチの時間も放課後も……とにかくどんなときも、生徒が口を開くと怒《おこ》る。だからぼくらは、ひたすら静かにすわってなくちゃいけない。図工のマティソン先生はこのタイプ。ぼくらは図工の授業《じゅぎょう》中、お墓《はか》にいるみたいにずーっとだまって絵をかいてるんだよ。ぼくにとっては、その方がいいけどね。だって一番集中したい教科だから。

それから、スピルバーグタイプ。映画監督《えいがかんとく》のスティーブン・スピルバーグみたいな才能《さいのう》なんか全然ないのに、どうしてそう呼《よ》ぶかっていうと、ＤＶＤばかり見せる先生だから。中にはゾンビタイプと合体したゾンビ・スピルバーグタイプもいて、グレデンザ先生はそのタイプ。一度、ハエの一生を紹介《しょうかい》するＤＶＤを見せられたことがあった。気持ち悪かったし、なんで見せられたのかも意味わかんない。だって算数の先生なんだよ？　いいところといえば、このタイプの先生の授業《じゅぎょう》中は、落書きやいねむり、メールもこっそりできるってことかな。といってもメールは、まだ魔界《まかい》の悪役タイプの先生に携帯《けいたい》をとりあげられてなければ、だけど。

ぼくが好きなのは、初心者タイプ。やたらはりきってて「教師《きょうし》養成牧場からつれてこられたばっかりですよっ」って感じの先生だ。目がきらきらしてて、生徒が正解《せいかい》を言うと、サーカスのアシカみたいにおおげさな拍手《はくしゅ》をする。でもそんな熱意も一、二年もすれば冷めちゃう。それは生徒のせいじゃなくて、学校という組織《そしき》のせいだと思う。

最後のタイプが、ぼくらがシンプルに『いい先生』って呼《よ》ぶタイプ。ぼくらをとじこめる学校という場所を、まあまあな場所に変えてくれる先生。図工の時間でもないのに、自分がいつの間にか集中して授業《じゅぎょう》を受けてることに気づいたら、その授業《じゅぎょう》をやってるのが『いい先生』だ。次の学年になっても顔を見に行って、あいさつしたくなる先生。がっかりさせたくないと思うような先生——。

そう、ビクスビー先生のように。


ぼくがはじめてビクスビー先生に会ったのは、始業式でも顔合わせの会でもない。三年前、この町にサーカスが来たときだった。

ぼくは家族といっしょに、売店でかき氷とキャンディーを買ってるとこだった。うちの親は、家族の時間にはお金を惜《お》しまないタイプで、たまに全員で出かけられるときは、ぼくと妹が機嫌《きげん》をそこねないようにおかしを買ってくれる。で、まんまとその通り機嫌《きげん》がよくなっちゃうってわけ。

その日のサーカスは、ぼくらの月一回の家族デーで、ごきげんモードで本番前の余興《よきょう》を見てた。赤い大きなくつをはいたピエロたちが、どでかい鼻で音を出しながらおどけてみせる中、ぼくらは一人の曲芸師《きょくげいし》の前で足をとめた。金髪《きんぱつ》のショートカットにピンクのメッシュを入れてる女の人で、タキシード姿《すがた》で三本のボーリングのピンを器用に投げてた。一生懸命《いっしょうけんめい》でほおを真っ赤にし、下くちびるをかんでる。でもお母さんを見ると手をとめ、ピンを一本こわきにはさんで声をかけてきた。

「リンダ?」

この人、どこかで見たような……って思ってると、

「マーガレット?」お母さんが、かん高い声で言った。「まさか、学校をやめてサーカスに入ったの?」

「だって、教師《きょうし》より儲《もう》かるのよ?」二人して笑い、その人は説明した。「うそうそ。わたしはただのお手伝い。サーカスが来たときに、出し物をするために雇《やと》われるの」

お父さんがせきばらいをして愛想よくほほえむと、お母さんが紹介《しょうかい》した。

「あなた、こちらはマーガレット・ビクスビー。トファーの学校の先生なのよ。六年生の担任《たんにん》だったかしら？」

「ええ、この前卒業式だったわ」

先生はうなずいた。芽吹《めぶ》いたばかりの若葉《わかば》みたいな、明るい緑色の目。

「六年生ですか」

お父さんは言った。だから見覚えがあるのか。先生はお母さんの肩《かた》に手を置いて言った。

「リンダはPTA活動に熱心で助かってるわ。いつも金曜の朝にPTAの方々がベーグルを用意してくださるんですけど、わたしもう、それに目がなくて」そしてぼくを見た。「こんにちは、クリストファー。サーカスの準備《じゅんび》はできてる？」

先生が言ってるのが本当にサーカスを見る準備《じゅんび》のことなのか、それとも新しい学年の準備《じゅんび》のことなのかわからなかったけど、それより先生がぼくの名前を知ってることにびっくりした。まるで有名人にでもなったみたいだ。

「トファーでいいです。クリストファーって呼《よ》ぶ人、だれもいませんから」

「オーケー、そうするわ」

先生はその場で、ちょっとしたショーを見せてくれた。カラフルな五つのボールをジャグリングして、妹の耳の後ろから硬貨《こうか》を出したりした。本番の時間が近づいてさよならするとき、ぼくはジャグリングを教えてほしいと言ってみた。そしたら先生は「二、三年したらね」って。先生はたぶん、ぼくに何か教えてくれる――そう思った。

ぼくら三人は、ドミノだおしみたいに先生にぶつかった。びっくりしてあとずさった先生は、怒《おこ》ってはいないみたい。笑うかお説教するか、まよってる顔だ。

「さーてと。あなたたち、何してるの？」

ビクスビー先生がほかの生徒にこのセリフを言うときは、いつも「何してるの？」の方を強調する。でもぼくらに言うときは、必ず「あなたたち」を強調する。「またあなたたち三人なの？」って意味だ。ぼくが答えようとしたとき、レベッカが角から姿《すがた》をあらわしてつっこんできたから、またぼくらはつんのめって先生にぶつかるとこだった。レベッカは息を切らしながら言った。

「すみません。あたし……あたしたち……」

「鬼《おに》ごっこしてたんです」

ぼくはそう言ってふりかえり、レベッカに話をあわせてほしいと目で訴《うった》えた。でもレベッカの菌《きん》は脳《のう》に入って、自分だけ正直者にするよう仕向けたらしい。

「うそつき！　あたしのこと、感染《かんせん》してるって言ったくせに！　だから追いかけたのよ！」

「鬼《おに》ごっこみたいなもんだよね」

ぼくがもごもご言うと、先生はネコみたいな目でじっと見つめてきた。ビクスビー先生って無言で質問《しつもん》する特技《とくぎ》があってさ。ぼくは、できるだけ落ち着いて答えた。

「レベッカが、ぼくにキスしようとしてきたんです」

「絶対《ぜったい》してない！」レベッカはさけんだ。

「おれのうでを、なめただろ！」とブランド。

「おならの音をまねしただけよ！」

「ぼくの顔をなめたじゃない！」スティーブも応戦《おうせん》する。

先生に渋《しぶ》い顔で確認《かくにん》され、ぼくはつけくわえた。

「正確《せいかく》には、レベッカは自分の手をなめて、スティーブの顔をさわりました。でも応用《おうよう》思考で考えれば、スティーブの顔をなめたのと同じことですよね？」

先生は前に、算数の授業《じゅぎょう》で『応用《おうよう》思考』のひとつを教えてくれた。『A＝Bで、かつB＝CならA＝Cだ』っていう考え方だ。レベッカは地団駄《じだんだ》をふんだ。

「あたしが〝謎《なぞ》の菌《きん》〟に感染《かんせん》してるって言ったじゃない！」

ビクスビー先生は、いかにも教師《きょうし》らしいため息をついた。

「感染《かんせん》してるなんて言ったの？」

三人全員に向けた質問《しつもん》だったけど、スティーブが答えてくれてほっとした。

「陽性《ようせい》だという結果は伝えました。でも、ほかの人たちに感染《かんせん》しないようにするためです。みんなのためを思って」

ぼくは、恐竜《きょうりゅう》の落書き入りの検査《けんさ》結果を差し出した。先生はやっぱり、笑わないようにこらえてる感じだ。

「なるほどねえ。それでレベッカの方は、スティーブにもただおならの音をまねしただけなの？」

レベッカはうなだれ、赤い巻《ま》き毛《げ》が顔にかかった。

「いいわ。聞いてちょうだい、四人とも。親御《おやご》さんたちに小さいうちに教えておいていただきたかったことだけれど、今教えるわね。――そんな菌《きん》は、存在《そんざい》いたしません！」

そう告げる先生の話し方は、ちょっと芝居《しばい》がかっていた。スティーブはおどろいたような顔をしてるけど、ほんとに知らなかったのかな？　先生はつづけた。

「昔、存在《そんざい》していたこともあります。でも〝謎《なぞ》の菌《きん》〟がいると言ってしょっちゅうさわいでいる男の子たちにうんざりした優秀《ゆうしゅう》な女の子三人がワクチンを発見して、一九九四年に科学者たちが菌《きん》を根絶《こんぜつ》したのでした。おしまい！」

意味に気づくのを待ってるかのような顔で見つめられ、ぼくは聞いた。

「でも成功しなかったんですよね？」

「そのようね。さあ、三人ともレベッカにあやまってほしいわ」

「あやまる？　校庭じゅう追いかけまわされたんですよ！」

「そうね、でも、あと二、三年したら、逆《ぎゃく》に追いかけまわされたいと思うようになるわよ。でもとりあえず今は、あやまって。そしてこれからは〝謎《なぞ》の菌《きん》〟の話も、ほかの存在《そんざい》しない病気の話もしないこと」

選択肢《せんたくし》は……はい、ないです。ここはあやまるしかないな。

「ごめ……さい」

ぼくが口ごもると、レベッカがじっと見た。

先生もじっと見た。

ぼくもだれかをじっと見ようとしたけど、スティーブもブランドも足もとを見てる。だからレベッカをじっと見た。でもレベッカは、もっとするどくにらみかえしてくる。その目力《めぢから》に限《げん》界《かい》はない。

「ごめんなさい」

もっとはっきり言った。

「ぼくも」とスティーブ。

「おれも」とブランド。

レベッカは何か先生に耳打ちされ、ほほえんだ。ぼくはうらやましくて、じりじりした。レベッカは、片方《かたほう》のまゆをあげてぼくらを一人一人じろっと見ると、校庭へもどっていった。ぼくらもあとにつづこうとしたけど、先生のせきばらいで足をとめた。あ～、まだ終わってないってことだよね～。

おそるおそるふりかえると、先生は楽しそうでも怒《おこ》った顔でもなく、なぜか悲しそうだった。ぼーっとして、ぼくらがここにいることもわすれてしまったかのような……。でも大きく息をすうと、またいつもの顔にもどった。

「いつも言っているわよね。あなたたちの一番の宝《たから》は、想像力《そうぞうりょく》だって。でも立ち止まって、自分の言葉や行動がほかの人をどんな気持ちにさせるか、考えなくちゃいけないわ。オーケー？」

ぼくらは、すなおにうなずいた。『いい先生』も、ときにはお説教モードに入るし、ぼくらもちゃんと聞く。いつもたいくつさせないでいてくれる先生だから、聞こうって気持ちになる。

「『われわれが表向きよそおっている姿《すがた》こそ、真の姿《すがた》にほかならない。だからわれわれは、どんな姿《すがた》をよそおうのか慎重《しんちょう》に考えなくてはならない』」

ビクスビー先生はこんなふうに、よく引用する。『お守りの言葉』――先生はそう呼《よ》んで、いろんな格言《かくげん》をコレクションしてる。先生が自分で考えたものもあるけど、ほとんどは何かからの引用だ。どこから引用したのかはめったに言わないけど。そうした言葉の数々を、みんなが知ってるこの世の真理みたいにぼくらに伝える。ぼくら三人は、それを『ビクスビズム』と呼《よ》んでいる。ブランドが考えた呼《よ》び名《な》だ。

「さあ、手と顔をあらって。レベッカが〝謎《なぞ》の菌《きん》〟に感染《かんせん》していないことは確《たし》かだけど、ほかの菌《きん》がいるかもしれないから」

お説教がこれで終わりなのか確《たし》かめるため、一秒待った。そしてそろってうなずくと、ぼくはスティーブとブランドのあとにつづいてドアへ向かった。静かに校舎《こうしゃ》の中に入ると、ふりかえって窓《まど》からこっそり先生を見た。いつも先生がこっちを見ていないときにそうするように。

先生は壁《かべ》にもたれ、自分の体をだきしめるようにすわってた。レベッカの検査《けんさ》結果の紙が、手の中でしわくちゃになってる。先生が見てるのは、校庭の生徒たちじゃない。視線《しせん》はすべり台とブランコを通りぬけ、広い校庭と空と、そしてたがいにかすむ指先をのばしあいながらもまだくっつかない、三つの雲に向けられていた。

三週間後、先生はぼくらに、あることを告げた。

スティーブ

それがわかったのは、火曜日のことだった。ぼくが赤いセーターを着ていた日。真っ赤じゃなくて少し暗いチェリーみたいな色の──ううん、薬みたいな味がする缶詰《かんづめ》のチェリーじゃなくて、本物のアメリカンチェリーのことだよ。その日は窓《まど》に雨が打ちつけていたことも覚えている。ぼくは雨が好きじゃなくて。だって、芝生《しばふ》を歩くとき水がはねて、くつ下の口ゴムがぬれるでしょ？　そのあと足首が赤くなって、ムズムズしちゃうから。このことでは、ビクスビー先生とぼくは意見がちがう。先生は雨はすてきだと思っているみたいだけど、それはいつだって裸足《はだし》にサンダルをはいていて、くつ下の心配がないからじゃないかな。

先生がぼくたちにあることを告げたのは、その日の終わりだった。でもぼくには、予感があったんだ。だって、しばらく先生の様子が変だったから。たとえばその前の週、ぼくが世界最強の毒を持つヘビの話をしたとき、先生はぼんやりして全然聞いていなかった。まるでどうでもいい話みたいに。いつもなら、こういう話をよく聞いてくれるし、目をかがやかせて質問《しつもん》してくれるんだよ。それなのに、その日はただうなずいて「席にもどりなさい」と言っただけで。なんかおかしいな、とはじめに気がついたのは、そのときだったな。

それでなくても、その日は調子がくるうことばかりで。天気が悪くてずっと教室にこもっていたのもあるけど、ランチの時間にタイラーがぼくのいすにケチャップの小袋《こぶくろ》をこっそり置いていて、その上にすわっちゃったり、お弁当《べんとう》をあけてみたら、ママがサンドイッチを三角じゃなくて四角に切ってたり。みんなわかると思うけど、四角だとくずれないように食べるのが大変なんだよね。だから四口だけ食べて残しちゃった。

帰りの準備《じゅんび》をする二十分前になったとき、先生はぼくたちを輪になってすわらせた。そして、自分が癌《がん》をわずらっていることが検査《けんさ》で分かった、と明かしてくれたんだ。ぼくは先生に正確《せいかく》な単語名を質問《しつもん》して、ノートに書いた――『すいかんせんがん』。家に帰って調べられるように、きちんと確認《かくにん》しておきたかったんだ。先生が説明している間、みんなだまってすわっていた。すい管腺癌《かんせんがん》は、すい臓《ぞう》にダメージをあたえる癌《がん》らしい。だれも質問《しつもん》ひとつしなかった。これから癌《がん》との大変なたたかいが待っているけれど、「へっちゃらよ」と先生は言った。

でもつまりそれは、ぼくたちの卒業式まで学校にいられないということだった。次の週の金曜が最後の勤務日《きんむび》で、学年最後の一か月を担当《たんとう》する代わりの先生は、これからさがすことになる、と。すわったまま窓《まど》の外に目をやると、雨がたまって歩道が池みたいになっているのが見えた。

泣きだしたグレースに、先生は「大丈夫《だいじょうぶ》よ、しっかりして」と声をかけてだきしめた。トファーは、癌《がん》ってなんなのか近くに来て教えてほしいとでもいうように、とまどった顔でぼくを見た。

その日の黒板には、こんな格言《かくげん》が書かれていた。

『物事は、思ったほど悪くないものだ』

きっと、ぼくたちを安心させるために書いたんだよね。先生はとても落ち着いていたから、深刻《しんこく》なことのはずなのに、そんな感じはしなかった。ブランドは教室の後ろにすわって怒《おこ》ったような顔をしていたけど、だいたいいつもそんな顔だしな。

ぼくは、すわりごこちが悪くてもぞもぞしていた。ズボンのケチャップのシミをあらったところが、まだぬれていたんだ。こんな話を聞かされたからって、泣いたりはしなかったよ。先生が言った通り、治療《ちりょう》に専念《せんねん》すれば打ち勝てるとわかっていたから。ビクスビー先生は、ぼくが今まで出会った中でも特にデキる人だから。

ところで世界最強のヘビの話だけど、名前はインランドタイパンっていうんだ。一滴《いってき》で百人殺せるくらいの猛毒《もうどく》を持っているんだけど、記録にあるかぎり、これまでに亡《な》くなった人は一人だけなんだって。帰《かえ》り際《ぎわ》にその話を教えると、先生は「教訓は？」と聞いてきた。いつだって、そんなふうに先生はぼくに話の教訓を聞いてくるんだ。ぼくがときどき、話の大事なポイントをつかめていないことを知ってるから。でもその話の教訓はかんたんだったから、こう答えた。

「可能性《かのうせい》があるからといって、そうなるとは限《かぎ》りません。物事は、思ったほど悪くないものです」

先生は「ブラボー！」と言ってハイタッチし、ぼくはにっこり笑った。先生は、小さな勝利も大きな勝利だと感じさせてくれる人なんだ。それから先生は背《せ》を向けて鼻をかんだ。そういうマナーも知っている、それがビクスビー先生なんだ。

才能《さいのう》を表彰《ひょうしょう》されるのは大事なことだってパパは言う。『才能《さいのう》』と『表彰《ひょうしょう》』。どっちもパパとママが好きな言葉。

世界百九十四か国の国名と首都、あと人口、公用語を全部答える特技《とくぎ》を披露《ひろう》して、ぼく、賞をもらったことがあるんだよ。国の数はあれから変わっているけど。おどろいちゃうよね、新しい国は今も増《ふ》えつづけてるっていうんだから。百九十四もあれば、じゅうぶんじゃない？

ぼくは〝A〟ではじまるアフガニスタン《Afghanistan》から〝Z〟のジンバブエ《Zimbabwe》まで、アルファベット順に覚えた。ジンバブエの首都はハラレ。でも、たいていの人にとってはどうでもいい情報《じょうほう》だよね。オリンピックの開会式では、選手入場で次にどの国が来るか、全部当てられるんだよ。ハンガリー、イエメン、インド、インドネシア、イラン……っていうふうに。最後まで披露《ひろう》してもいいけど、そういうところ、よくトファーに注意されるからやめておくね。

賞品は、金の文字で『聖十字架《せいじゅうじか》クリスチャン・フェローシップ　第十三回アニュアル・タレント・ショー　特別賞』と書いてある赤いリボンだった。特別賞だったのは、教会で一芸を披露《ひろう》した子どもたちの中で、上位三人には選ばれなかったから。一位の色のリボンも、iTunes《アイチューンズ》のギフトカード二十ドル分ももらえなかった。一位に選ばれたのはぼくのお姉ちゃん、クリスティーナ・サカタ。ピアノでベートーベンを演奏《えんそう》してスタンディングオベーションをもらい、二十ドル以上するふわふわの黒いドレスで、うやうやしくおじぎしていた。ちょっと言いわけしておくと、クリスティーナは四歳《さい》のころからピアノを習っているけど、ぼくが国名を暗記しはじめたのはショーの三週間前だったんだよ。クリスティーナは、なんでもぼくよりできるんだ。本をいっぱい読んでいるし、ローラースケートも料理もバスケットボールもうまい（そもそも、ぼくよりバスケットが下手な人なんて見たことないけどね）。肌《はだ》もきれいで視力《しりょく》は一・〇。だれが見たってかんぺき。パパたちもそう思っていて、いつもほめ言葉を聞かされる。才能《さいのう》あるピアニストだ！　天性《てんせい》の体操《たいそう》選手だ！　オールAの生徒だ！　模範的《もはんてき》な優等《ゆうとう》生《せい》だ！って。

この世にかんぺきなものなんて、めったにないよね。雪の結晶《けっしょう》はかんぺきな形だし、レゴブロックのはまり具合もかんぺきだけど、クリスティーナはかんぺきなんかじゃないよ。でも、いくらがんばっても、その夜の演奏《えんそう》にはミスはひとつも見つけることはできなかった。クリスティーナは、ぼくのステージにかんたんにダメ出しできるのに。スタンディングオベーションのあと、ママはぼくの方をふりむいて「スティーブもよくできてたわよ」と声をかけてくれた。

そんな感じではあったけど、一応《いちおう》次の日、特別賞のリボンを学校に持っていってビクスビー先生に見せたんだ。先生はぼくに、クラスでそのことを報告《ほうこく》するように言って、国名とかを全部またそこで披露《ひろう》した。三位には入れなかった一芸だけど。ブータンという国のところでトレバーがツボに入ったみたいで、「おならブー」なんて言って笑いころげて、でも先生ににらまれてだまった。全部言い終わるとほとんどの子が拍手《はくしゅ》して、トファーは口笛をふいてくれた。トファーらしいな。でもぼくは、トレバーがブライアンの方を向いて「変なの」ってささやいているのに気づいちゃったんだ。声は聞こえなかったけど、ぼくは口の動きを読むのにかけては平均《へいきん》以上の能力《のうりょく》があるから。なぜって、聞こえないところで何か言われることに慣《な》れてるからね。

みんなから「変なやつ」だと言われることは、そんなに気にしていないよ。レソトという国の名前を聞いたことがあるのも、そこが完全にほかの国に囲まれている国だということに興味《きょうみ》があるのも、クラスでぼくだけだってわかってる。性格《せいかく》のいい子たちはぼくのことを、〝C－3PO〟とか〝データ〟というあだ名で呼《よ》んでいる。『スター・ウォーズ』に出てくるロボットや、『グーニーズ』に出てくる頭のいい男の子の名前だ。性格《せいかく》が悪い子たちは、もっと嫌《いや》なあだ名をつけている。

トレバーが言ったことは頭から消そうとしていたんだけど、どうやらビクスビー先生にも聞こえていたみたいで。先生はせきばらいをしてみんなの注意をひき、ぼくに「披露《ひろう》してくれてありがとう」と言うと、こんな言葉を引用したんだ。

「『絶《た》えずあなたを変えてしまおうとしているこの世界の中で、自分らしくありつづけることはすばらしい才能《さいのう》です』」

先生はぼくをまっすぐ見てほほえんでくれたから、ぼくもほほえみかえした。先生が格言《かくげん》を引用するの、好きなんだ。今までの格言《かくげん》も、ほとんど覚えているよ。

それから先生に「今日は黒板にリボンをかざっておいていい？」と聞かれて、うなずいた。家に持って帰っても、くつ下の引き出しにつっこんでそれっきりだろうし。ただの特別賞だし、ぼくにとってそのリボンは、一位をとったのはだれだったのかを思い出させるものだから。そんなこと、わざわざ思い出したくないもん。

クリスティーナはトロフィーやリボンをたくさん持っているから、全部かざるために、棚《たな》をもうひとつ作らなくちゃならないころだった。でもその日、学校が終わるまでのあと一時間、このクラスでは、クリスティーナのトロフィー置き場のことなんてどうでもいいことだった。

黒板を見れば、先生のスマイルマークのマグネットから、ぼくのリボンが堂々とぶらさがっていたんだから。

国名と首都、人口とかを全部覚えるのには、けっこう時間がかかった。アメリカの州都の名前を言えるビクスビー先生は、それがどのくらい努力が必要なことか、わかってくれている。先生っていうのはみんな、生徒に州都を覚えさせようとするものだけれど、ほとんどの先生は答え合わせをするときに、正解《せいかい》シートと照らしあわせてやる。でも、ビクスビー先生はちゃんと記憶《きおく》しているんだ。先生が答えられるか、前に問題を出してみたら、あっていた。歴代の大《だい》統領《とうりょう》も全員言えるんだよ。太陽系《たいようけい》の惑星《わくせい》についての知識《ちしき》はあやしいけど。たとえば、金星の表面温度は水星より高いということは知らなかった。「もっと天文学の勉強をした方がいいですよ」ってアドバイスしたらムッとしたみたいで、「逆《ぎゃく》にわたしは、あなたが知らないことを知ってるはず」と言いかえされた。

だから「それはきっとないですよ」ってかえした。

そしたら先生が「レッド・ツェッペリンのリードは？」と聞いてきたから、「そもそも、ツェッペリン飛行船が鉛《レッド》でできているわけないですよ、重量の問題がありますから」って答えた。すると「ほらね」って。

レッド・ツェッペリンは、ロックバンドの名前だったんだ。調べたから、今はもう知ってる。リード・シンガーの名前は、ロバート・プラント。一番ヒットした曲は、買い物をするために天国への階段《かいだん》を買った女の人のことを歌っている。その曲、八分もあるんだよ。そんな長い時間、ひとつの曲を集中して聞いてなんかいられないでしょ？ それに、歌詞《かし》もあまり意味がわからない。とはいっても、先生が言ったことは正しかった、ということには、うーん、なるんだよね。つまり、先生の方がぼくよりくわしいことも、少しはあるということ。

先生がリボンを黒板にかざってくれたその日の午後、トレバーはあの「変なの」発言のせいで、休み時間がつぶされることになった。あの言葉、ぼくは気にしていなかったんだけど、壁《かべ》ぎわに立たされてるトレバーを見るのは悪い気分じゃなかったよ。才能《さいのう》をみとめてもらうのって、やっぱり大事なことだな。

卒業式まで勤務《きんむ》することはできない、とビクスビー先生が告げた日、家に帰ったぼくは、きちんとたたんでならべたくつ下の下にしまってある、特別賞のリボンを手にとった。真ん中にはしわができて、上の糸はほつれていたけど、手ざわりはすべすべしてなめらかだった。クリスティーナが新しいむずかしそうな曲を練習しているのが、一階から聞こえていた。

ベッドに腰《こし》かけると、手にしたリボンを見つめた。そしてトファーやビクスビー先生のこと、レッド・ツェッペリンの歌のこと、すい管腺癌《かんせんがん》のこと、それから自分がまだ知らない、知りたくないかもしれないたくさんのことを考えてみた。少しすると、クリスティーナがイライラした声をあげて鍵盤《けんばん》をたたく音が聞こえてきた。いつもなら、そこでニヤリとするところだったんだけど。

ブランド

『友だち選びには選択肢《せんたくし》があるし、鼻をほじるかどうかも選択肢《せんたくし》があるが、友だちの鼻をほじるという選択肢《せんたくし》はない』

これは、おれの父さんの言葉だ。でも正しいとは言いきれない。なぜって『鼻をほじるかどうかも選択肢《せんたくし》がある』は正しいけれど、『友だちの鼻をほじるという選択肢《せんたくし》はない』は正しくないから。

あるとき、スティーブの鼻に鼻くそがついていたことがあった。鼻の穴《あな》の入り口にカピカピにかたまっていたんだ。読書の時間でみんな本に集中していたけれど、おれは集中できなくて、テーブルの向かいにいるスティーブの鼻くそをじっと見つめていた。そして、こっそり伝えてやったんだ。

「おい、ついてるぞ……そこに……はしっこにさ」

スティーブは、鼻をこするか指ではじくようなしぐさをしたけれど、とれなかった。気にする様子もなく肩《かた》をすくめ、また読書にもどった。おれも本に目をもどしたけど、出てくる言葉が頭の中で全部そのことにつながっていく。『灰緑色《かいりょくしょく》』や『岩のようにかたい』という表現《ひょうげん》を見ていたら、火山からふきだして徐々《じょじょ》にかたくなった鼻くその溶岩《ようがん》を思いえがいてしまって。だからまたささやき声で伝えると、スティーブは鼻をこすって、フンッと鼻息をふき肩《かた》をすくめた。でもまだとれない。それを見たら、なぜかムキになってしまった。ついにおれはテーブルごしに手をのばし、スティーブの鼻くそをつめでかきだして床《ゆか》にはじきとばした。

そのとき鼻を少し引っかいてしまったか、鼻毛もいっしょにぬけたのかもしれない。スティーブは「ヒャッ！」とさけんでおれの手を払《はら》いのけ、うっすらなみだをうかべた。ビクスビー先生に「どうしたの？」と聞かれ、おれは「スティーブの鼻くそをとってやっただけです」と答えたけれど、これがマズかった。みんなは、しかめっ面でブーブー言いだし、先生はぴしゃりとこう言った。

「今度から、鼻くそは本人がとるものだとわきまえて。いいわね。それから、とった鼻くそは、衛生的《えいせいてき》に処分《しょぶん》して。つまり、ほかの人の髪《かみ》の毛《け》にとばしたり、つくえの裏《うら》にくっつけたり、丸めて遊び道具にしたりしてはダメよ」

それを聞くと、みんなはまた嫌《いや》そうな声を出したけど、おかげで注意をそらせた。みんなもう、おれじゃなく先生を見ていた。スティーブだけは、うるんだ目でこっちを見ている。

「お礼はいいから」

そう言ったけど、感謝《かんしゃ》はされていないようだった。

とにもかくにも、さっき言ったことは証明《しょうめい》できる。友だちの鼻をほじるという選択肢《せんたくし》はある。ただ、あくまで『選択肢《せんたくし》はある』であって、その『選択肢《せんたくし》を選ぶべきだ』ではないけれど。

でもおれが疑問《ぎもん》を持っているのは、父さんの言葉のその部分じゃない。最初の『友だち選びには選択肢《せんたくし》がある』という部分だ。ここも本当だかどうか。おれがスティーブとトファーを友だちに選んだ、というのは正確《せいかく》じゃないし、おれが選ばれた側という感じでもない。なんとなく友だちになった、という方がしっくりくる。いつの間にかはなれられなくなった、かわいた鼻くそみたいに。

おれたちにはあまり共通点がない。三人ともテレビゲームが好きで同じ町に住んでいるし、週に二回はピザを注文するべきだという考えもいっしょだ。でもそれは、学校の男子全員同じだろう。はっきり言うと、この二人よりほかのやつらの方が、おれと共通点があると思う。

二人がおれとどうちがうかというと、まず、スティーブは正真正銘《しょうめい》の天才だ。記憶力《きおくりょく》がずば抜《ぬ》けているんだ。リンカーン大統領《だいとうりょう》のゲティスバーグの演説《えんぜつ》を暗唱できるし、「トランスフォーマー」シリーズのロボットの名前とデータも全部言える。それに、算数がとても得意。

おれはまだ、わり算でまちがえることがあるけれど、スティーブはもう『代数』とかいうのをマスターしている。頭の中には数字やデータ、本のタイトル、世界記録、ほかにもありとあらゆる知識《ちしき》がたくさんつまっていて、サイボーグなんじゃないかとさえ思うことがある。

そしてトファーは、芸術家《げいじゅつか》タイプの天才だ。おれより作文がうまいし、絵なんか比《くら》べようもないくらいの腕《うで》だ。そして頭の中には、学校の図書室よりも多くの物語がつまっている。

おれは天才でもないし、絵も下手。モンタナ州の州都がどこかも知らない。得意だと胸《むね》をはれるようなものは、何もない。サッカーや野球、ラグビーはやったことがある程度《ていど》だし、テニスキャンプに参加したときなんかもう……。がんばってもがんばらなくても、成績《せいせき》はBかC。料理なら少しはできるけど、自分流だし、やるしかないからやっているだけだ。オムレツならそこそこうまくつくれるけど、トルティーヤに具をはさんだのをレンジでひとつあたためる方がかんたん――父さんもおなかがすいているときは、ふたつだな。

つまり、おれはあの二人とはちがう。似《に》ていない。でもとにかく、ランチを食べるために席を見つけないといけないときもあるから。

去年のことだった。おれは五年生でこの小学校に転校してきた。小さい家に引《ひ》っ越《こ》さなくちゃならなかったから。父さんの障害者《しょうがいしゃ》手当の額《がく》じゃ、前に住んでいた家の家賃《やちん》は払《はら》いつづけられなかった。それに段差《だんさ》が多くて一階にシャワーもなかったから、住みにくくなってしまった。転校初日、学校の食堂の入り口に立ってまわりの視線《しせん》を感じながら、おれは満席のテーブルを見回し、食べる場所をさがした。すると、トファーとスティーブのテーブルの席がひとつ空いていた。トファーは金髪《きんぱつ》に青い目の白人で、スティーブは日本人らしい。二人は身を寄《よ》せあってノートの落書きを見ていて、おれが前に立つとようやく気づいた。だれか席をとっているのか聞くと、トファーは「ううん」と答え、スティーブは無言。それが、おれたち三人のはじまりだった。

父さんが言っていたことは正しいのかも。おれは二人を選んだのかもしれない。それか、ほかにすわる場所がなかっただけか。

ビクスビー先生のことも、おれが選んだわけじゃない。先生のクラスになったのは、たまたまだ。生徒をどうクラスにふりわけるのか知らないけれど、先生たちが生徒の名簿《めいぼ》のまわりに集まって、ドッジボールのキャプテンみたいにほしい生徒を選んでいくわけじゃないのは確《たし》かだ。もしそんなやり方だったら、おれは残りものだ。別に問題児だというわけじゃなくて、目立たないから。どの先生のクラスになるかは運命だ、と考える人もいるかもしれないけれど、おれはそうは思わない。物事はあらかじめ運命で決められたように進む、なんて信じはじめたら、だれにも答えられないような疑問《ぎもん》が出てくるはずだから。

六年生では三人ともビクスビー先生のクラスになったとわかったとき、ほっとしすぎて目まいがした。転校して一年近くたっていたけれど、おれにできた友だちはこの二人だけ。六年生のもう一人の担任《たんにん》はマッケルロイ先生で、髪《かみ》のうすい四十代の魔界《まかい》の悪役タイプ（トファーの分類によると）。タバコのけむりとバニラの芳香剤《ほうこうざい》が混《ま》ざったような嫌《いや》なにおいがして、すれちがう生徒をにらみつける。今度六年生になる生徒はみんな、人気のビクスビー先生のクラスに入りたがっていた。ピンクのメッシュが入った髪《かみ》を、女子はからかいながらもかっこいいと思っているみたいだ。それにビクスビー先生は、冬休みに何をしたか、作文のかわりに動画を提出《ていしゅつ》することも許可《きょか》してくれる。ハロウィンであまったおかしをこっそり持ってきて、配ってくれることもあった。おれたちのバックパックはもうチョコレートでいっぱいだと知っているはずなのに。そしてビクスビー先生は、教室でニシキヘビを飼《か》う。

小さなことだけれど、ほかにもある。たとえば朗読《ろうどく》の授業《じゅぎょう》では『ホビットの冒険《ぼうけん》』を、登場人物ごとに声色を変えて読んでくれる。そして必要なときはきびしく、やさしいときはやさしく、ちょくちょく自信家な一面をのぞかせる。でもどんなときも、先生は生徒の話を真剣《しんけん》に聞いてくれる。ほかの先生たちは、生徒の話を聞いているときも教室のようすを見回しているけれど、ビクスビー先生は生徒の目をしっかり見て、言いたいことがなかなかまとまらなくて時間がいくらかかかったとしても、じっと待っていてくれる。

でもクラス分けのときはまだ、そういう先生だとは知らなかった。おれが思ったのは、二人と同じクラスになれてよかったということだけ。それがケーキ本体で、ビクスビー先生のことは、その上のイチゴのようなもの。

先生とおれの間にどんな物語がはじまるかなんて、そのときは知るはずもなかった。


今週の金曜、本当はパーティーが開かれることになっていた。先生が最後に学校に来る日のはずだったから。問題はそこだ。あのパーティーがあったら、おれは言いたいことを言えていた。パーティーがあったら、胸《むね》の真ん中にぽっかり穴《あな》があいて心がむしばまれていくこともなかった。教室に入って、先生がおれだけのために壁《かべ》に書いてくれた最後の格言《かくげん》を見るたびに気持ちがしずむこともなかった――『まだはじめてもいないのに負けてしまうことがある。しかし、かまわず挑《いど》みつづけよ。何が起きても』。

パーティーは金曜のランチの時間に予定されていた。先生がクラス全員分のピザをたのんで、マッケンジーのお母さんがカップケーキを持ってきてくれて、バレンタインデーのイベントであまったジュースが出てくるはずだった。

ただ、開かれることはなかった。

最後の出勤日《しゅっきんび》まであと四日となった今週の月曜、うかない足どりで教室に入ったおれたちを、別の人が待っていた。紺色《こんいろ》のスーツに黒い髪《かみ》をひっつめて、目の下にむらさきのくまのあるマクネアー校長先生だ。

「残念ですが、ビクスビー先生は今日は来られません。といいますか、もう今年は来られないようです」

おれのとなりに立っていたカイルが、ぽろっと言った。

「死んだんですか？」

思わず全力でにらみつけた。鼻に思いっきりパンチをくらわせてやりたかった。校長先生は心臓《しんぞう》発作でも起こしそうな顔をし、むせて言った。

「まあ、そんな、とんでもない！　いえいえ、まったく。ただご気分がすぐれないだけです。学校としては、先生がはやくお休みに入って療養《りょうよう》に専念《せんねん》することができるなら、それが一番だと思ったんです」

みんながっかりした声を出した。ほとんどがビクスビー先生を思って出た声だけど、あと少しはパーティーがなくなったことへのがっかりのはずだ。どなってやりたかった。トファーがみんなに「静かにして！」と大声を出したから校長先生はびっくりしたようだったけど、おかげで静かになった。

「先生がその意見に反論《はんろん》なさったことは、みなさんにお伝えしておかなくてはなりません。しかし、わたしたちがおしきったんです。先生は今日も学校へ来たいとおっしゃっていたんですよ。メッセージもあずかっています」

　校長先生は後ろを向くと、ビクスビー先生のパソコンをいじり、電子ボードを起動させた。マウスを動かすとスクリーンがオンになり、ビクスビー先生の顔がアップで映《うつ》しだされた。先週の金曜と何も変わらないように見えるけれど、寝起《ねお》きみたいで目に力がない。でも、いつも通りの笑顔をうかべた。あなたが何を考えているか知ってるわよ、という感じの笑顔。おれも何度も、この笑顔を向けられたことがある。

　ピンクの髪《かみ》を耳にかけた先生が、話しはじめた。

「ハロー、元気？　こんなふうに急にいなくなってしまって、ごめんなさい。でもマクネアー校長先生は、もうわたしに学校をうろついてほしくないらしくて」

「そんなこと、まったくありませんからね」

　あわててささやいた校長先生に、みんなシーッと合図して、メッセージのつづきを聞いた。

「予定よりはやく休みに入ることになったの。ハンモックでくつろぎながら、おもしろい本を読んでミントティーを飲み、これからするべきことを整理して、そして何より健康をとりもどすのよ。でもいなくなる前に、わたしがどれだけみんなのことを誇《ほこ》らしく思っているか、伝えたかったの。あなたたちと出会い、みんなの心が豊《ゆた》かに成長していくのを見守る日々は、すばらしかったわ。わたしがみんなから学んだのと同じくらい、みんなもわたしから学んでいてくれたら、と、今はそれだけを願っています」

　スクリーンのビクスビー先生はそこで目をふせ、そしてまたカメラを見た。

「来年、もどってくるわ。みんな学校に会いに来てくれるわよね。そのとき、やるはずだったパーティーをしましょう。校長先生や代理の先生と仲良くやってね。最高のクラスでいてくれてありがとう。わたしのこと、思い出して笑ってね。思い出して泣くより、その方が前向きに気持ちを切りかえられるものよ。Au revoir《オ ルヴォワール》」

　映像《えいぞう》はそこで終わり、あっというまにビクスビー先生の姿《すがた》は消えた。教室は静まりかえっている。しばらくだれも身動きひとつせず、物音ひとつ立てず、カイルでさえ大きな口をつぐんでいた。やがて、サラがおそるおそる手をあげた。

「『ホビットの冒険《ぼうけん》』は、どうなるんですか？」

　校長先生は、とまどった顔で聞き返した。

「『ホビットの冒険《ぼうけん》』？」

「先生が読んでくれてたんです。あと二十ページで終わりだったのに。今週読み終わるはずでした。結末が知りたいです」

　サラは、先生のつくえの上の本を指さした。校長先生は、あいまいな笑顔をうかべた。

「代理の先生に読んでいただけばいいんじゃないかしら」

「でも、ビクスビー先生みたいに読んでもらえるんですか？」カルロスが聞いた。

「そうそう、声はつかいわけてもらえますか？」

「アヒル池での校外学習は？　木曜につれていってもらうはずだったんです」

「卒業式までに先生がもどってこられるチャンスはないんですか？」

「パーティーのときだけでも、もどってこられないんですか？」

山ほど質問《しつもん》があった。みんな手もあげずに、口々に言っている。教室には校長先生がいるのに、クラスはすっかり混乱《こんらん》していた。おれは手をあげなかった。質問《しつもん》はあったけれど、校長先生には答えられないとわかっていたから。トファーとスティーブもだまったまま。校長先生は、すっかりこまった様子でみんなの顔を見まわし、つくえに手をのばしてよろめく体を支《ささ》えていた。

気がつくと校長先生は片手《かたて》で顔をおおい、急ぎ足でドアから出ていくところだった。おれたちは真っ白なスクリーンと読みかけの本と、たくさんの質問《しつもん》とともに置き去りにされた。

おれは天才じゃないけど、ひとつわかることがある。ビクスビー先生はもう今年、もどってこない。病院や治療《ちりょう》、回復《かいふく》期間のことについては、ちょっと知っている。相手の望むような話をしたり、事実の一部だけを話す方がかんたんなときもあるということを、おれはわかっているんだ。

事実と、包みかくさない真実。そこにはちがいがある。事実は、ビクスビー先生は病気でいなくなったということ。包みかくさない真実は、おれには先生に伝えなくちゃならないことがあるということ。先生はもう知っていることだけれど、向かい合ってしっかり伝えないといけない。ひょっとしてわすれているかもしれないから。おれが前、その言葉を必要としていたのと同じくらい、今の先生にも必要なはずだから。

癌《がん》とたたかう先生を、その言葉が支《ささ》えてくれるはず。だからなんとかしてもう一度、おれは先生に会わなくちゃならないんだ。

トファー

日時：五月七日（金）七時三〇分
場所：フォックスリッジ小学校の敷地《しきち》の端《はし》。バス乗り場の真南。あいにく、後ろのしげみはトゲだらけで、いかにも毒のありそうなベリーがなっている。
スティーブ・サカタ捜査官《そうさかん》とわたしは、今、敵陣《てきじん》近くにひそんでいる。上空から敵《てき》がおりてくる気配はない。パトロールをしている気配もない。サカタ捜査官《そうさかん》は、ペンチやこわれたハサミ、プラスドライバーなどをそなえた万能《ばんのう》ツールで武装《ぶそう》している。わたしはスケッチブック（これなしでは外出できない）と箱入りレーズンを装備《そうび》している。レーズンはもう、ほぼ残っていない。ディーゼル車の排気《はいき》ガスと、刈《か》りたての芝生《しばふ》のにおいが鼻につく。すでに予定時刻《じこく》を五分すぎている。ブランド・ウォーカー捜査官《そうさかん》が遅刻《ちこく》しているのだ。わたしはサカタ捜査官《そうさかん》にたずねた。

「ウォーカー捜査官《そうさかん》はどこにいる？」

「わたしにわかるはずないじゃないか」

「何番のバスで来る？」

「わからない」

「君なら、なんでもわかるだろ！」

「どのバスをつかっているかなど知らない。家に行ったことだってないんだからな！」

わたしは肩《かた》をすくめ、サカタ捜査官《そうさかん》を問いつめるのをやめた。そう、われわれは二人とも、ウォーカー捜査官《そうさかん》の家に行ったことがない。招待《しょうたい》されたことがないのだ。ウォーカー捜査官《そうさかん》の方は、しょっちゅう遊びに来ているというのに（ほとんどわたしの家だ。なぜならサカタ家のカーペットの上で走ることは禁《きん》じられているからだ。そうじ機できれいにそろえた毛並《けな》みがみだれるから、だそうだ。だからサカタ家にはあまり行かない。一方、わたしの両親はいつもいそがしく、われわれが家で何をしようと気にとめない)。ウォーカー捜査官《そうさかん》が言うには、父親が来客を好まないらしい。どんなグループにも、家に仲間をつれていけないメンバーが一人はいるものだ。それにウォーカー捜査官《そうさかん》の父親のことは、いくらか聞いたことがある。事故《じこ》にあったことなど。招待《しょうたい》してもらえる日をゆっくり待とう。

サカタ捜査官《そうさかん》が、そわそわした様子でこちらを見る。

「五分以内にあらわれなければ、中止だ」

「何？　ミッションを投げだし、学校へ行くとでも？」

サカタ捜査官《そうさかん》は肩《かた》をすくめた。わたしは様子をうかがおうと、生《い》け垣《がき》を慎重《しんちょう》にかきわけた。まだ計画が始動もしていないうちに、トゲに刺《さ》され流血するなどまっぴらだ。

見えるのはふだん通りの光景だ。スクールバスが学校の前で、次々に生徒をおろしていく。死にかけのゾンビの一行が列をなし、もたつく足どりで扉《とびら》をぬけていく。さがしている顔は見当たらない。ウォーカー捜査官《そうさかん》は行方知れずだ。

「だから、こんなのやめようって言ったじゃないか」

サカタ捜査官《そうさかん》がぼやいた。じろっとにらんでやったが、おそらくその通りだ。このミッションはすでにボツっている。これはウォーカー捜査官《そうさかん》のオリジナルの言葉だが、わたしたちもつかっている。さらにとんでもなくボッっているときは『ゲフラクトしている』。サカタ捜査官《そうさかん》によると、「ゲフラクト」はドイツ語で「質問《しつもん》した」という意味らしいが、「挽回《ばんかい》しようもないくらい大失敗」という感じがする言葉だ。われわれはまだゲフラクトしている状態《じょうたい》にはほど遠いが、ウォーカー捜査官《そうさかん》があらわれなければ、いずれそうなってしまう。

こんな形で頓挫《とんざ》するはずではなかった。万全な計画があったのだ。もともとは土曜に実行するはずで、学校を休むつもりはなかった。けれども、ある二人の官僚《かんりょう》の間でやりとりされた機《き》密情報《みつじょうほう》を耳にしたことにより、われわれは計画を手直しせざるをえなくなった。

「吐《は》きそう」

サカタ捜査官《そうさかん》がつぶやいた。腹《はら》に手などやって、おおげさだな。

「しっかりしろ」

わたしは屈強《くっきょう》な男らしい声でそう言うと、サカタ捜査官《そうさかん》の背中《せなか》をたたいた。じつは自分も同じ気持ちだったのだが。二人とも、これまで学校をサボったことなど一度もない。規則違反《きそくいはん》だ。つかまれば会議にかけられ拘留所《こうりゅうじょ》へおしこまれ、校長の前へ引きずりだされるだろう。有《ゆう》罪判決《ざいはんけつ》が下れば、死刑《しけい》になるかもしれない。少なくとも、サカタ捜査官《そうさかん》が厳罰《げんばつ》を受けるのはまちがいない。サカタ家の親は、それはそれはきびしいからだ。海軍の軍曹《ぐんそう》とカトリックの修道《しゅうどう》女《じょ》のコンビのようなきびしさだ。サボったことにあの二人が気づけばどんなことになるか、考えたくない。

「まだ時間はある。みんなバスからおりてるところだし、はじまりのチャイムに間に合うよ。全部なかったことにしよう」

サカタ捜査官《そうさかん》はふるえながら言った。わたしは顔をしかめてレーズンの残りを口にほうりこみ、かみしめながら考えた。敵地《てきち》からぬけだせない場合にそなえて、レーズンは残しておくべきだったな……。サカタ捜査官《そうさかん》はつづけた。

「それにウォーカー捜査官《そうさかん》が来ないんじゃ、計画通りにいかない。レジャーシートを持ってくるのは、ウォーカー捜査官《そうさかん》なんだから」

その通りだ。物資《ぶっし》の分担《ぶんたん》は、きのうの夜決めた。ウォーカー捜査官《そうさかん》はレジャーシートの係。わたしは地図とアイテムリスト、紙皿。サカタ捜査官《そうさかん》は音楽。ミッションを完遂《かんすい》するために必要な資金《しきん》は、全員で負担《ふたん》する。わたしのバックパックにずっしり入っている大袋《おおぶくろ》の中身もそれだ。重要な物資《ぶっし》のほとんどは、これから道中で買わなくてはならない。

「シートなしでも大丈夫《だいじょうぶ》だ」

わたしは言った。レジャーシートはなくてもこまらない。なんなら芝生《しばふ》にそのまますわってもいい。

いなくてこまるのはウォーカー捜査官《そうさかん》だ。

なぜならこの計画は、ウォーカー捜査官《そうさかん》のアイデアなのだから。

ブランドのアイデアだけど、最初のきっかけをつくったのは代理の先生だった。名前はブラウンリー先生。とってもいい先生だけど、そそっかしくて話が長くて、うわさ話が大好き。月曜にはじめてクラスにあらわれるやいなや、ペラペラと話しはじめた。ビクスビー先生は家で小説を読んだり、裏庭《うらにわ》でお茶を楽しんだりなんかしてなくて、予定よりはやく入院して『特別集中治療《ちりょう》』を受けてるってことを。そして、数週間はそれがつづくだろうってことを。ブランドに目をやると、真っ青な顔をしてた。

しばらく沈黙《ちんもく》がつづいたあと、スーザンが言った。

「カードを送らなくちゃ」

ブラウンリー先生は、それはとてもいい考えだと言い、画用紙を出してみんなでつくりはじめた。自画像《じがぞう》や下手な詩を書いた、二十四枚《まい》のおみまいカードだ。スティーブのカードは、ちょっとおかしかった。ビクスビー先生が食べるべきものと食べてはいけないもののチェックリストだったから（それによると、ブロッコリーは食べた方がよくてフライドチキンはダメらしい。先生がもっとかわいそうになった）。ぼくは『ホビットの冒険《ぼうけん》』のワンシーンの絵をかいた。それからみんなのカードを大きな封筒《ふうとう》に入れると、先生が病院の住所や病室の部屋番号を走り書きした。スティーブが、郵送《ゆうそう》してもらえるように自分が事務室《じむしつ》に持っていくと名乗り出て、運びながら得意の暗記術《あんきじゅつ》で住所を記憶《きおく》した。

そのあとブラウンリー先生は分数のわり算を教えようとしたけど、すぐにあきらめた。だれもちっとも聞いてなかったからだ。みんな、病室のビクスビー先生と『特別集中治療《ちりょう》』の意味を考えてた。だからブラウンリー先生は、はやめに休み時間にした。

計画がふってわいたのは、その休み時間だ。ブランドは、うんていの上にうつぶせになって、すきまからぼくらを見おろしてた。スティーブとぼくは、すわって地面の木くずをつまんでは、おたがいのえり口からシャツの中に入れあってた。バカみたいだし、スティーブが弱すぎてぼくが一方的に攻撃《こうげき》してるみたいになってたけど、すべり台は人がいっぱいだし、三人ともキックボールをする元気はなかった。ぼくが三勝目をあげたとき、ブランドが口を開いた。

「行かないと」

ぼくはスティーブと目をあわせ、ブランドを見あげた。

「店に？　月に？　ベッドに？　どこへゆくおつもりか、シェイクスピアよ」

ぼくはときどきブランドを『ブランド・シェイクスピア』って呼《よ》ぶ。言葉をあみだすのがうまいから。今年、ぼくらはシェイクスピアについて勉強した。シェイクスピアは新しい言葉を次々につくり、詩を書き、髪《かみ》の毛《け》がうすい人だったそうだ。

「病院に。先生に会いに。会いに行きた……」ブランドはそこで口をつぐんで、くちびるをかみ、大きく息をついた。「会いに行けば、先生、喜ぶんじゃないかな」

「賛成《さんせい》するかな」スティーブが言った。「クラスのみんながさ」

「みんなで行くんじゃなくて」ブランドは校庭に目をやった。「おれたちだけ。三人でさ」

「三人だけで？」とスティーブ。

絶対《ぜったい》乗り気じゃないな。ブランドは今度は、ぼくを見つめて言った。

「あんなカードだけじゃ、足りないと思わないか？」

「ぼくのカードは、すごくよくできたけどね」

『ホビットの冒険《ぼうけん》』の主人公ビルボと指輪の絵を思い出してそう答えたけど、ブランドが言いたいことははっきりわかってた。ぼくも、何か足りないって思った。かんたんにすませすぎな感じがして。ビクスビー先生には、あんなのだけじゃ足りない。

ブランドはうんていからおりると、となりにすわった。

「なんていうか……。今年いろんなことがあっただろ。先生に借りがあると思わないか？」

スティーブはこまった顔をしたけど、ぼくはうなずいた。

「何かアイデアがある？」

ブランドにそう聞きながら、本当は逆《ぎゃく》だなと思った。いつもなら、ぼくがブランドにアイデアを出すのに。いつだって、アイデアがわいてくるのはぼくだから。でもこのときは、もう考えがあるんだなと思った。

「何か月か前、先生が黒板に作文のテーマを書いたときのこと覚えてるか？　フライドポテトといっしょにってやつ。おれがトレバーを『けつニキビ』って呼《よ》んだ、あの日」

ぼくは指を鳴らした。ブランドがなんのことを言ってるか、はっきりわかった。けつニキビのとこだけじゃなくて全部。

ビクスビー先生は週一回、生徒に作文を書かせた。自由に書いていいときもあったけど、たいていは黒板に書かれたテーマで書く。『自分についておどろきの発見をしたときのこと』とか『すばらしい人とはどんな人？』とか。『○○と○○、どちらがいい？』って感じのテーマもあれば、『だれも食べたくないガムの味を考えて、キャッチコピーを書きましょう』とかいう、おもしろいのもあった（ぼくの答えは『ピクルス味』）。ブランドがどのお題のことを言ってるのかはわかる。すごくいいアイデアだ。思いついたのがぼくじゃないのが、少しくやしかった。

「先生がなんて言ったか、全部覚えてる？」ブランドは聞いた。

「覚えてるよ」とスティーブ。

「そりゃ、スティーブの記憶力《きおくりょく》ならね」とぼく。

「でさ……」ブランドは両手を広げた。「あれ、全部やってあげられるよな。公園も音楽も、全部。っていうかほとんど全部、かな。今度の土曜にやろうよ。びっくりさせるんだ、おれたち三人だけで」

ぼくはうなずいたけど、スティーブは渋《しぶ》い顔をした。

「それはむずかしいよ。それにお金がかかる」

ノーと言ってるわけじゃなくて、ただ問題点を指摘《してき》してるわけだな。だからぼくはビクスビズムをつかって説得した。

「『やる価値《かち》のあることに、かんたんなものはない』」

スティーブは、うんていにもたれかかるとうでを組み、まだ納得《なっとく》がいかないみたいだった。

「いい考えだと思えないんだけど……」

「やろうぜ。スティーブなしじゃできない」ブランドが言った。「三人じゃなきゃおかしい。三銃士《さんじゅうし》の一人が『ベビーシッターをしなきゃいけないから』なんて理由で留守番《るすばん》するみたいなおかしさだよ」

「正確《せいかく》には四銃士《よんじゅうし》。それに全部って言ったって、手に入れられなそうなのもあるし……。あと、パパたちが……」

声が次第に小さくなったスティーブは、ブランドと何秒か見つめあった。ブランドは地面にドサッと寝転《ねころ》がると、額《ひたい》の上でうでを組んで吐《は》きすてた。

「だっさ」

「おい、ブランド」ぼくがとめた。

「悪い。でも、いっつもそれだよな。いっつも『パパがいいって言わないと思う』とか、『そんなことしちゃいけないんじゃないかな』とか。ルールにしたがうより大切なこともあるだろ」

「ブランドはいいよね」スティーブは言いかえした。「親と大変なことなんてないから」

親と大変なことなんてない――。

ブランドは何か言いかえそうとしたけど、結局「なんだよ」ってつぶやいただけだった。ぼくは言い合いを終わらせようと、スティーブを見た。ぼくがじっと見つめれば、たいてい折れるから。

「ブランドの言う通りだよ。うまくやれたら、すごくいい結果になる。先生がどれだけおどろくか考えてみてよ。親になんか、絶対《ぜったい》バレないって」

「うまくやれたら、ね」スティーブはぼくの言葉を拾って、ため息をついた。「まあ、ブランドが言ってたこと、ひとつは正しいよ。ぼくなしじゃ、できない」

ブランドがパッと起きあがった。

「じゃあやる?」

スティーブはしぶしぶうなずき、ぼくはにっこりした。ブランドは極悪人みたいに、もみ手をしてる。スティーブは言った。

「でも約束してよ。絶対《ぜったい》トラブルにならないようにするって」

ぼくはインディ・ジョーンズみたいに自信たっぷりな笑顔を向けた。

「これまで君をトラブルにまきこんだことなんて、あったかい?」

「三日前。それに先週は二回も」

「だからあのときは、サミュエルソンさんちには犬が外に出られないようにセンサーがついてるって思いこんでたんだよ」

三人で必死でにげたときのことを思い出した。猛犬《もうけん》ぶってる小さなシュナウザーが、スティーブのスニーカーをぬがせようとしてきたんだ。

休み時間の残りで必要なもののリストを作った。メリッサからくすねたペンで、ブランドのうでを紙がわりに。どんどんうでに書きこんでいくにつれ、わくわくしてきた。すごい計画だ。危険《きけん》だし、ひょっとしたら違法《いほう》かもしれない。でもやっぱりバツグンの計画だ。ブランドのうでじゅうにタトゥーみたいに書きこまれた計画とともに、ぼくらは教室へ向かった。スティーブはこまった顔、ぼくは笑顔、ブランドは真剣《しんけん》な顔で。

でも、廊下《ろうか》で急にブランドが足をとめた。ひとつ先のドアのところで、先生が二人、ひそひそ話をしてるのに気づいたんだ。一人は、五年生の担任《たんにん》のラモス先生だった。

「容体《ようだい》が悪くなったって……。ボストンの病院に転院するそうよ。土曜の朝の飛行機に乗るって。ボストンにご家族がいるらしいわね」

「よくなるといいんだが」マティソン先生がため息をついた。「こんなことになるなんて、かわいそうに。生徒たちもかわいそうだ」

そこでマティソン先生はふとふりかえり、つっ立って聞いてるぼくらに気づいた。いつもならそこで頭をたたかれるところだけど、このときはなんだかよくわからない表情《ひょうじょう》をした。ひょっとして、それがマティソン先生の笑顔なのかな。先生の顔の筋肉《きんにく》は、笑顔のつくり方を知らないのかも。ぼくらには何も言ってこなかった。

ブランドがぼくにささやいた。

「そういうことだよな」

「うん」

「土曜の朝？　今度の土曜？」

「だよね」

「じゃあどうする？」

ブランドは聞いてきた。この小さな三人グループでの、ぼくのリーダー的ポジションが無事もどってきたぞ。ぼくは言った。

「よし、計画を前だおしするぞ」

日時：五月七日（金）七時三八分

レーズンは底をついた。

最後のバスが学校に生徒の集団《しゅうだん》をはじきだし、ソーンバーグ教頭がおなじみの仏頂面《ぶっちょうづら》で校内へ誘導《ゆうどう》している。視線《しせん》がこちらへ向いたので、わたしはしげみに身をかくした。ウォーカー捜《そう》査官《さかん》の姿《すがた》はまだない。

「命とりなやつだな。あいつのせいで、ミッションが遂行《すいこう》できなくなりそうだ」

わたしが言うと、サカタ捜査官《そうさかん》が首を横にふった。

「捜査官《そうさかん》ごっこはもうやめよう。いい？」

「うん」

ぼくは少しムッとしながら答えた。スティーブはいつも、ぼくが考える芝居《しばい》につきあってくれる。これまでやってくれた役は、からだが麻痺《まひ》した兵士や、置き去りにされた宇宙飛行士《うちゅうひこうし》、捕虜《ほりょ》、亜麻色《あまいろ》の髪《かみ》のプリンセス、くつ屋のゾンビ、『スター・ウォーズ』に出てくる怒《いか》り狂《くる》った毛むくじゃらのウーキー。

芝居《しばい》なんかしなくても、学校をはじめてサボるだけでドキドキだ。でも芝居《しばい》せずにはいられない。いつでも何か楽しいことをしようとするのが、ぼくのクセなんだ。

ぼくは無言で駐車場《ちゅうしゃじょう》を見まわし、ブランドの気配をさがした。スティーブは、スニーカーのテープを何度もつけたりはがしたりしてる。ベリッ、ピタッ、ベリッ、ピタッ。スティーブが聞いてきた。

「小学校を一日も欠席しなかった生徒の方が、一日でも欠席した生徒より大学進学率《りつ》が三倍高いって知ってた？」

今朝調べたに決まってる。それか親に言われたことがあるのか、クリスティーナの部屋の壁《かべ》に書いてあるのかも。

「もう今年三日休んだじゃん、インフルエンザで」

「一応《いちおう》言ってみただけだよ。この計画を実行すればさ、教養のある大人、成功者になるチャンスを劇的《げきてき》に失うことになるよね」

全部おおげさだ、とくに大人を過大評価《かだいひょうか》しすぎ……と言おうとしたとき、だれかに肩《かた》をたたかれた。くるっとふりかえり、カンフー映画《えいが》のヒーローみたいにとびかかった。空手を習ったことはないけど、たくさん映画《えいが》を見てきたから、手の出し方はわかってる。ブランドがあきれた顔で言った。

「けがするぞ」

ブランドは色あせた青いジーンズにTシャツ姿《すがた》だ。Tシャツには、首にスカーフをまいた何かのキャラクターっぽいトラのイラストと『GRREAT!!!《すっごいぜっ》』ってセリフがプリントされてる。ブランドは腰《こし》をおろし、全員でしげみの後ろにかくれた。

「おそいよ。それに何そのかっこう？」ぼくはブランドの服を指さしてから、ぼくとスティーブが着てる迷彩柄《めいさいがら》のズボンと緑のTシャツを指さした。「迷彩柄《めいさいがら》にしようって決めたよね？」

ブランドは肩《かた》をすくめた。

「家を出るのがおくれてさ。それに、そういう服がなくて」

「命とりなやつだ」

スティーブがつぶやいた。ぼくのセリフをまねしたのかな。

「じゃあ、せめて自分の分担《ぶんたん》のは持ってきたよね？」

ぼくが聞くと、ブランドはバックパックをおろし、中からレジャーシートを出した。表面は赤いチェックのフェルト地で、裏《うら》はつるつるのビニールだ。やけに慎重《しんちょう》に開いてるから、中に何か包んでるのかな。するとブランドは、マジシャンのような華麗《かれい》な手つきで中身をとりだした。

「ほら」

雨のしずくのようにすきとおったワイングラスをかかげた。グラスのふちに朝日がきらりと反射《はんしゃ》する。

「おー」とぼくが声をあげ、スティーブが「あー」とつづけた。

「これも必要だっただろ？」

ブランドの言葉にぼくはうなずいた。ぼくが考えたリストには、ぬけがあったな。ブランドはワイングラスをていねいに包みなおすと、バックパックにもどして言った。

「さてと。電話しようか」

ぼくはまた生け垣《いがき》の上から向こうを見た。駐車場《ちゅうしゃじょう》からは車がどんどん出ていく。たぶんまだ時間がある。二回目のチャイムが鳴る前にロッカーへ行って、ぼんやりして何も気づかないだろうブラウンリー先生のいる六年一組に、余裕《よゆう》で到着《とうちゃく》できるな。スティーブを見ると肩《かた》をすくめてるけど、何を考えてるかはわかる。ブランドのうでに書きこんだときにはいい感じに思えた計画も、実際《じっさい》行動にうつしてみるとダメな気がしてきた――そう思ってるはず。二の足をふんでるんだ。いや、もう三の足、四の足までふんでるな。

みとめるよ、ぼくだって不安だ。でも先生の姿《すがた》やマジックや格言《かくげん》や、いろんなことが頭にうかんできて……。それから、先生がリサイクルボックスをあさってるところを目撃《もくげき》した日のことも思い出した。先生のつくえの一番下の引き出しにしまってあるものを見せてもらい、ずっとそれを大切にするつもりだと言われた日のことを。ぼくは口を開いた。

「よし、はじめるぞ。携帯《けいたい》は？」

指を鳴らすと、スティーブはしぶしぶポケットから携帯《けいたい》電話をとりだし、ブランドにわたした。三人の中で携帯《けいたい》を持ってるのは、スティーブだけだ。じつはぼくも持ってるけど、うっかりトイレに落としてからつかえなくなった。携帯《けいたい》でホラーゲームをしながら用を足しちゃだめだという、大事な教訓を得たよ。お母さんは「おこづかいを百ドルためれば、またすぐ新しいのを買えるわね」だって。

今の貯金、十五ドルは全部、バックパックに入ってる。あとバス用の小銭《こぜに》も。

スティーブが学校の事務室《じむしつ》の電話番号を言い、ブランドが発信ボタンをおしてせきばらいした。ところがそこでスティーブが手をのばし、とりかえして電話を切った。

「待って。発信者番号が出ちゃうんじゃない？」

「事務室《じむしつ》の電話、見たことないの？　三十年くらい前のだったから、そんな機能《きのう》ついてないよ」

ぼくはスティーブから電話をとり、ブランドにかえした。ブランドは大きく息をすい、かけなおした。でも今度はぼくがあわてて引ったくり、電話を切った。

「今度はなんだよ」とブランド。

「声を確認《かくにん》しないと。ブランドが出す〝二児の母の声〟をさ」

「声を確認《かくにん》しないと」ブランドはイライラ不機嫌《ふきげん》な声でそのままかえした。「ブランドが出す二児の母の声をさ」

「全然うちのお母さんの声に似《に》てない」

「だから？」

「だから、お母さんはPTAのメンバーなんだよ。学校の人たちはみんな知ってるんだから、声を似《に》せないと」

「どうやって似《に》せるんだよ。声なんて思い出せないよ」

「キンキンした声で、早口」

ブランドは電話をとりかえすとせきばらいし、練習をはじめた。

「お世話になっております、レンです。うちのふつつかなネチネチ細かい息子トファーは、本日は欠席いたします。いつものように、お友だちの良い子ブランドにめんどうをかけながら一日すごす用事ができましたので」

挑発的《ちょうはつてき》な視線《しせん》を投げてくる。

「二日酔《ふつかよ》いのミッキーマウスみたいな声じゃないか！」

「じゃあ、自分でかけろ」

ブランドは電話をわたそうとしたけど、ぼくは感心しておしかえした。

「いや、かんぺき。うちのお母さんは、まさにそんな声だ。今はっきりわかったよ」

ブランドはもう一度電話をかけ、事務室《じむしつ》の職員《しょくいん》にちゃんとぼくの欠席を伝えた。腹痛《ふくつう》ってことで。そして不自然じゃないよう、スティーブの言う通り三分三十七秒あけて、今度はスティーブのお父さんの声をまねしてかけた。低い声だから、さっきよりかんたんだった。通話が終わると、ブランドはスティーブに電話をかえした。

「完了《かんりょう》」

「ブランドの欠席の電話は？」

「家からかけてきた」

ブランドは、なんでもないことのようにそう言った。前にもやったことがあるみたいに。ときどき感じる。ブランドには、ぼくらに話してないことがたくさんあるんじゃないかなって。

駐車場《ちゅうしゃじょう》の向こうから、一回目のチャイムが聞こえてきた。最後の流浪者《るろうしゃ》たちが、七時間延々《えんえん》つづくプリント課題と、体育のあとのくつ下の汗《あせ》くさいにおいの中へ、もたつく足どりで消えていく。でもぼくらはちがう。ミッションがある。聖地《せいち》をめぐる長い冒険《ぼうけん》の旅に出かけるんだ。

「始動……だね。ついに本当に学校をサボることになっちゃった」

スティーブが言った。頭から煙《けむり》が出そうな雰囲気《ふんいき》だ。親にバレたらどうなるか、想像《そうぞう》してるんだな。スティーブの両親は学校のことになるときびしいから。殺しはしないだろうけど拷問《ごうもん》するはず、まちがいない。ぼくは言った。

「サカタ捜査官《そうさかん》、心配するな。君の身柄《みがら》を拘束《こうそく》させはしない」

そりゃ心配するよね。サカタ夫妻《ふさい》は過保護《かほご》、それもトップレベルの過保護《かほご》さだから。軍隊で言えば、機関砲《きかんほう》と対戦車ミサイルを搭載《とうさい》した監視《かんし》ヘリコプターみたいな。上空で監視《かんし》し、攻撃《こうげき》のタイミングを待ってる。そしてスティーブには、クリスティーナっていうお姉ちゃんがいる。ぼくのことをわかりやすーくきらってるお姉ちゃんが。あの家の両親は、スティーブに対するのと同じかそれ以上にクリスティーナにきびしいんだけど、クリスティーナはそれを喜んでるように見える。両親はいつも、クリスティーナを光りかがやく優等生《ゆうとうせい》だとほめちぎってるけど、スティーブとぼくの方が本性《ほんしょう》をよく知ってるもんね。ぼくらが八歳《さい》のころからスパイしてるから。

ちなみに親のことでいえば、スティーブとクリスティーナがかかえてるような問題は、ぼくにはない。妹のジェスはまだ三歳《さい》で、ときどきおもらしするし、優等生《ゆうとうせい》あつかいするには無理がある。それにうちの親は過保護《かほご》じゃないし、監視《かんし》もしない。いつも、ちらっと目をやるくらい。仕事や集まり、放課後のイベントと、次から次にいろんな用事に飛びまわって、どこにもじっとしてない。池を泳ぎまわるアメンボみたいに。出かけるときは、ぼくの頭に急いでキスして、ドアから出ながら二回目のキスを投げる。話し方も早口で、聞きとれないことが多い。

「ごめんもう行かなくちゃお父さんは一時間もすれば帰ってくるはず夕飯前におやつ食べすぎないでねジェスのおせわおねがい大好きよ帰りはおそくなるから」

ずっとこうだったわけじゃないよ。前は、世界はぼくを中心にまわってて、何をしてもほめられた。ぼくがかいた絵は全部ファイルに大切にしまわれて、カラフルねんどでつくった作品はていねいに棚《たな》にかざられた。週末は親子三人で仲良くすごして、ピクニックに行ったり、ほっぺたいっぱいにポップコーンをほおばりながら映画館《えいがかん》で新作を見たりした。ぼくがかいた絵を、クリスマスカードに印刷してくれたこともある。雪合戦で三人がいっしょに玉をよけてる絵だ。六歳《さい》のときだったかな。

でも妹が生まれて、急にバタバタしはじめた。三階建ての家の家賃《やちん》を払《はら》いつづけ、毎年恒例《こうれい》のアウターバンクスへの旅行もつづけられるように、お母さんは病院の夜勤《やきん》を再開《さいかい》した。ミニバンを買いベビーゲートを設置《せっち》し、お父さんは昇進《しょうしん》して残業するようになった。昼間、お母さんは寝《ね》てて、ジェスにはぼくが本を読んであげるようになった。

今もときどき、お母さんが夜勤《やきん》じゃない日に妹が寝《ね》つくと、三人でテレビの前のソファーにすわり、レンジであたためたポップコーンを食べながら映画《えいが》を見ることがある。お母さんは、いつもとちゅうで寝《ね》ちゃっていびきをかくから、そこからは音量をあげて見る。でもほとんどの夜は、ぼく一人でテレビを見てる。

ときどき思う。二人はぼくがどんな毎日を送ってるか、ちゃんと知ってるのかな。いつだったかスティーブに言われた。ぼくは自分一人の小さな世界にこもって親を中に入れないから、二人はただ、何もかもうまくいってるんだと思っておく方が楽なんじゃないかなって。たぶん、それはちょっと当たってる。でも、スティーブの親の半分くらいは、ぼくも注意を向けられたいって思う日もある。もちろん、いい意味の注意だよ。

今でも絵を見せることはあるけど、反応《はんのう》はいつもまるっきり同じ。

「すごいじゃない、トファー。冷蔵庫《れいぞうこ》にはっといたら？」

「お、いいな。テーブルに置いといてくれ。会社に持っていくから」

「よくかけてる。ねえ、ごみ出してきてくれる？」

見てくれないわけじゃない。頭の中でカウントしてるみたいに、きっかり三秒見るんだけど、ぼくが見てほしいような見方は絶対《ぜったい》にしてくれない。

こういうことは、だれにだってあるんだろうな。わきに追いやられたり、状況《じょうきょう》を見て自分からすみによけたりして、ただの「大勢《おおぜい》の中の一人」になる。そして、こう思いはじめる。もう自分は世界の中心じゃないんじゃないかって。自分は思ってたほどすごくもないし、想像力《そうぞうりょく》もない、才能《さいのう》もない、注意を向けてもらう価値《かち》もないんじゃないかって。

でも頭の中だけでは、もとどおりの価値《かち》ある自分でいつづけられる。世界の中心に立つヒーロー、計画を実行できる男になれる。

ぼくは、この先の案内人になれるんだ。

「目的地は二十クリックほど先だ」

三人でバス停へ向かいながらぼくはそう言ったけど、正直に言うと『クリック』がなんなのか知らない。映画《えいが》で聞いたことがあるだけ。めずらしくスティーブも知らないらしく、わざわざつっこんでくることもなかった。ブランドが笑って言った。

「そういうの、どんな感じなの？」

「え？」

「空想の世界で生きてるってさ」

「オッタマＧだよ」

ぼくの造語《ぞうご》にブランドは目をしばたかせて、聞き返した。

「……おったまげるほどGood《グッド》の略《りゃく》？」

ぼくはうなずいた。ブランドのシェイクスピア道《どう》も、まだあまいな。

「オッタマG……」ブランドは、その言葉をかみしめるようにつぶやいた。「いいな、それ」

三人でタルボット通りをわたってる間も、ブランドは一人で「オッタマG」ってつぶやいてる。ぼくらは、運転手たちの視線《しせん》に気づかないふりをした。たぶんみんな、どうして金曜の朝に男の子三人が学校とちがう方へ歩いてくんだろうって不思議に思ってるんだ。言ってやりたかった――「気にするな。おれたちは先生のための極秘《ごくひ》ミッションを担《にな》ってるんだ。お前たちは、たいくつな持ち場にもどりな」。

とはいっても、やっぱりじろじろ見られて緊張《きんちょう》する。大人ってさ、何も悪いことをしてなくても悪いことをしてるような気分にさせてくれるよね。今は実際《じっさい》悪いことをしてるから、余計《よけい》ドキドキしちゃうよ。ぼくは言った。

「この通りを行くのは、やめた方がいいんじゃないかな。知ってる人に見られるかも」

たとえばPTAのだれかとか。すると、ブランドが嫌《いや》みを言った。

「え？　その迷彩服《めいさいふく》は、目くらましの役に立たないってこと？」

ぼくはにらんだけど、ここがカンボジアのジャングルなら、トラのTシャツなんか着たブランドはおしまいだと考え、ちょっといい気分になった。ぼくは地図を広げ、ちゃんとバス停の方へ向かってることを確認《かくにん》した。ビクスビー先生の授業《じゅぎょう》で地図の見方を勉強したんだ。地図記号も習い、腐《くさ》ったスイカを見つけたら食べてはいけませんとか、勉強と関係ないことも教わった。

「ここで右に曲がって、ステート通りで左に曲がると——」

ぼくは急に言葉をとめた。っていうか、いきなり壁《かべ》におしつけられた。ブランドが片手《かたて》でぼくの胸《むね》をおし、もう片方《かたほう》の手でスティーブを壁《かべ》の方に引きずりもどした。

「目をつけられたみたいだな」

「え？」

「見つかった」

ブランドは、角にいる人を指さした。ぼくはちらっと見ると、ゴクリとつばをのみこみ、壁《かべ》に背中《せなか》をおしつけて言った。

「うっわ……ゲフラクトか」

ブランドもかたい表情《ひょうじょう》でうなずいた。スティーブがヒステリックな声をあげる。

「そんな！　マッケルロイ先生？」

六年生の担任《たんにん》の先生で、魔界《まかい》の悪役タイプだ。ツイードのジャケットを着て、書類かばんを手にしてる。二十世紀にタイムスリップしたみたいな書類かばんをつかってる先生は、学校で一人だけだ。仏頂面《ぶっちょうづら》の口のはしから、タバコがだらりとぶらさがってる。でもよかった、電話中で話に気をとられてる……いや、ひょっとしたら、さっきのぞき見したぼくに気づいたかもしれない。スティーブがささやく。

「なんでまだ学校に行ってないのかな」

「その言葉、そっくりそのままかえされそうだな」とぼく。

マッケルロイ先生がどうして学校の外を歩いてるのか不思議だったけど、そういえば近くのアパートに住んでる先生もいるって聞いたことがあるな。マッケルロイ先生もそうなんだろう。

「どうする？　見つかったらこまるよ。ママに電話される！」

そう言うスティーブの顔はフグみたいにふくらみ、目は飛びだしそうだ。スタートしたばかりのミッションが、もう崩壊《ほうかい》の危機《きき》だ。カウントダウンがはじまった。こうなったら、打てる手はひとつしかない。ぼくは口を開いた。

「だまらせないと」

「んっ？」

ブランドの声をよそに、ぼくは地面を見まわし凶器《きょうき》になりそうなものをさがした。そして策《さく》を練ろうと、ぶつぶつ言いながら考えた。

「だから、やっつけるんだよ。敵《てき》は抹殺《まっさつ》しないと。くつひもでヤツを窒息《ちっそく》させればいい。それかベルトか」

マッケルロイ先生の声が聞こえてきた。電話を耳に当てたまま、近づいてくる。

「それか、これ」ぼくはしゃがんで、ころがってるレンガを拾った。「これで頭をなぐって、気絶《きぜつ》してる間に、向こうのごみ箱のかげまで引きずっていくんだ」

「それか……」冷静なブランドは、レンガを持ったぼくの手をおろし、駐車場《ちゅうしゃじょう》を指さした。

「車にかくれるだけでもいいよな」

ぼくはレンガを見おろし、それから車を見た。

「わかった」

そしてレンガを置くと、ぼくらは一番近くにとまってる車の後ろに身をひそめた。マッケルロイ先生が速足でやってくる足音が聞こえた。とがった大声で話している。朝の空気は冷え冷えとして、通りは霧《きり》が濃《こ》く立ちこめてる。

「わかった、もういいだろ？　とにかく今日はまた遅刻《ちこく》だ。二回目のチャイムに間に合わなかったら、マクネチチ校長がケツにケリ入れてくるだろうからな。ああ、あのばあさんならまちがいない。さあ、子どものころ頭でも打ったんじゃないか？　そうだな、また来週かけてくれ」

ぼくは車の窓《まど》ごしに、書類かばんとジャケットとあの仏頂面《ぶっちょうづら》を確認《かくにん》した。先生は電話を切り、最後にもう一息ゆっくりタバコをすうと、足でふみつぶした。まるでマフィアみたいだ。

そして携帯《けいたい》をポケットにしまうと、学校へ向かうため駐車場《ちゅうしゃじょう》を横切ろうとした。

そのまま歩きつづけますように。気づかれませんように。

そばを通ったけど、全然気づいてない。でもそのとき、スティーブがくしゃみをし、先生がふりむいた。心臓《しんぞう》が口から飛びでそうだ。

「クリストファーじゃないか？」

「頭さげて！」

スティーブにささやかれて言いかえす。

「くしゃみするなよ！」

「クリストファー・レン？」

先生の声が大きく、近くなる。アスファルトをふむ足音が聞こえてくる。

五メートル。

四メートル。

スティーブが狂《くる》ったようにシャツを引っぱってくる。そんなことしたって、なんにもならないじゃん！

三メートル。

二。

完全にゲフラクト。

音が消えた。息をするのもこわい。しないのもこわい。何も聞こえない。横では、スティーブが体を小さく丸めてる。ブランドは身をかがめて、いつでも飛びだせるよう身がまえてる。

「おい！」

ぼくらはとびあがった。バックパックが車体をこすり、スティーブはサイドミラーに頭をぶつけ、けられた子犬みたいな声をあげた。三人でかたまってジタバタしてると、大きな影《かげ》がおいかぶさってきた。先生は銃口《じゅうこう》を向けるかのように携帯《けいたい》をぼくらにつきだした。

「お前たち何してる？　学校はどうした？　もうすぐ八時だぞ」

先生の目は血走り、口もとが引きつってる。はやく言いわけを考えないと。うちのお母さんが三人を学校まで車で送るとちゅうでガス欠になって、そこから歩いていかなくちゃいけなくなったって言ってみたらどうかな？　問題はマッケルロイ先生が「それなら学校までついてこい」って言いそうだってことだ。そうなる前に、やっぱりなぐって気絶《きぜつ》させた方がいいんじゃないか？　ぼくの左では、スティーブが何かぼそぼそ言ってる。たぶん祈《いの》りの言葉だ。先生は、目からレーザー光線を出してぼくらを焼き殺そうとするみたいな目つきだ。にげるしかない。ぼくが走りだそうとしたとき、ブランドが前に進み出た。

「先生は、どうしてまだ学校にいないんですか？」

ぼくはブランドをまじまじと見た。こんなふうに先生に口ごたえするところなんて、はじめて見た。ほかの生徒ならまだしも、ブランドだ。名前を呼《よ》ばれてはじめて、やっと口を開くタイプなのに。

「なんだって？」

先生がドスのきいた声で答え、スティーブはうめき声をあげた。終わりだ。ジ・エンド。先生は、ぼくらの耳をつかんで学校に引きずりもどすだろう。遅刻者登録《ちこくしゃ》される。そしてさらに、親に電話して、学校をサボろうとしてつかまったことを白状《はくじょう》しなくちゃならない。そしたら居残《いのこ》りだな。拘留所《こうりゅうじょ》に護送《ごそう》され、おやつ禁止《きんし》、携帯禁止《けいたいきんし》、絵も禁止《きんし》で、ただただ先生の視線《しせん》に射《い》られながら拷問《ごうもん》のような沈黙《ちんもく》に絶える二時間が待ってる。

「おい、今なんて言った？」

先生はブランドを指さした。ブランドは言った。

「わかりますよ。そりゃそうですよね。毎日マクネチネチ校長先生の下で働くなんて、嫌《いや》ですよね」

先生の顔は真っ赤になり、こぶしをおろした。ブランドはたたみかける。

「あのばあさんに、こまってるんですよね？　ね？」

「なんのことだ？」

「子どものころの事故《じこ》が原因《げんいん》なんじゃ、責《せ》められませんよね。頭を打ったって話、はじめて知りました。それとも先生の作り話ですか？」

「そんなことを言った覚えは――」

先生はたじろいだ。

「言った覚えはないと。いいでしょう、わかりますよ。校長先生はマッケルロイ先生の上司ですもんね。悪口を言えるのは聞こえない場所でだけ、と。でも本当にこまったことになりそうなら、また遅刻《ちこく》するのはまずいですよ。これで四回目ですか？　五回目？　今、もう何時ですか？」

ブランドは先生の腕《うで》時計を指さした。この時代にまだ腕《うで》時計をつけてる人なんて、マッケルロイ先生以外見たことないよ。

「くそっ」

先生はそうつぶやき、もう一度時計を確認《かくにん》すると、向きをかえて学校へと走りだした。とちゅうでスピードを落とし、ぼくらの様子を確《たし》かめ、どんな罰《ばつ》をあたえようかと考えてるみたいだった。でも結局そのまま走りつづけ、通りをわたり、学校へ向かっていった。

ダメだ、笑っちゃう。ほっとしたやらおかしいやら、ないまぜの気持ちで先生が走る姿《すがた》をただ見てた。ゼイゼイ言う音が風に乗って、ここまでひびいてくる。ブランドにハイタッチして言った。

「あの顔、見た？」

ブランドはにやっと笑った。テンションの低いスティーブが、ガタガタふるえながら言った。

「いつか仕返しされるよ」

「そうだね。でも、マッケルロイ先生はぼくらの担任《たんにん》じゃないから」

ぼくはそうかえした。ぼくらの先生は病院のベッドにすわって、たぶん今ごろ、生徒から送られてきた二十四枚《まい》のカードを読んでる。ぼくら三人が何をもくろんでるかなんて、想像《そうぞう》もせずに。

「まあ、いつか告げ口されるだろうな」ブランドはそう言うとバックパックをつかみ、またバス停の方へ向かいはじめた。「行くぞ」

ブランドが主導権《しゅどうけん》をにぎってる。まあいいか、功績《こうせき》をあげたんだから。

「へっ？」

そうかえすスティーブの視線《しせん》の先には、まだマッケルロイ先生の小さな後ろ姿《すがた》が。ぼくは言った。

「計画通り行くぞ」

「う、うん、でも――」

「でも何？　今日の主役はマッケルロイ先生じゃないんだから。もっと大事な用があるよね。それにマクネアー校長先生のあだ名をゲットしたから、切り札になるし」

ぼくがにっこりほほえむと、スティーブも半笑いの顔をかえしてきた。納得《なっとく》いってないな。でも、一人で引きかえしたりはしないさ。ぼくがブランドのあとを追うと、三秒後、スティーブも小走りでついてきてぶつくさ言った。

「かしこいやり方じゃないと思うけどな」

わかってるよ。だけどさ、いつもいつもかしこく生きてて、つかれることない？

そう聞きたかったけど、やめた。答えはわかってるから。スティーブとはこれまでの人生の半分以上をいっしょにすごしてるから、おどろかされることはほとんどないんだ。

スティーブ

『ただひとつ変わらないこと。それは、変わりつづけるということ』

ある日、ビクスビー先生が黒板にそう書いたことがあった。二千五百年以上前のギリシャの哲学者《てつがくしゃ》ヘラクレイトスの言葉だよ。調べたから知ってる。ヘラクレイトスは死ぬ前、悪いところをなおすために体に牛のフンをぬりつけたという逸話《いつわ》のある世捨て人《よすびと》だから、かしこい人だったかどうかは疑問《ぎもん》だよね。とはいっても、この言葉は正しいということがわかったんだ。ぼくにとっては、ほんとに嫌《いや》なことなんだけど。やっと結論《けつろん》が出たと思っても、それが変わっちゃうなんて。

そうそう、冥王星《めいおうせい》がいい例。冥王星《めいおうせい》がもう惑星《わくせい》ではないとされ、その理由が、軌道上《きどうじょう》にほかの天体があるからだという単にそれだけだと知ったとき、ぼうぜんとした。とつぜん惑星《わくせい》にそんな定義《ていぎ》をくわえるなんて。別に、冥王星《めいおうせい》は惑星《わくせい》のはずだと言いたいわけじゃないよ。ただ、定義《ていぎ》というものは変えるべきじゃないと思うだけ。科学者たちがそう言いだしたから、なんて理由で、とつぜん惑星《わくせい》じゃなくなるなんておかしいよ。

ぼくのベッドの頭のところにある太陽系《たいようけい》の模型《もけい》には、惑星《わくせい》が九つある。天文学的にはまちがってるとわかっているけど、はしっこにつきだしてる小さな冥王星《めいおうせい》は、やっぱりあった方が見ていて落ち着く。そういうことをいちいち気にしすぎだってトファーに言われるけど。

「『うわべが変わっても、本質《ほんしつ》は変わらないものだ』」

前にトファーにそう言われたときは、「そんなばかばかしい言葉、はじめて聞いたよ」ってかえした。

問題は、慣《な》れ親《した》しんだことがある日とつぜん変わっていたら、こまるということ。たとえば、急にスーパーの陳列《ちんれつ》が変わって、アップルソースが置いてある場所が、フルーツの缶詰《かんづめ》コーナーからクラッカーの横にうつっていたら、もう見つけられないじゃない。それにたとえば、小さいころパパとママがケンカしてるときに「いっしょにベッドで寝《ね》ていいよ」って言ってくれていたお姉ちゃんが、急に電話で男の子とひそひそ話をするようになって、アルファベットゲームをいっしょにやらないかなってちょっとドアの前で様子をうかがっただけで「出てってよ！」ってどなられるようになることとか。六年生がもう残り一か月だというのに、担《たん》任《にん》の先生がいなくなって、シリアの首都も知らないようなダメな先生が代理で来ることとか。

何年もだれもすわらなかった食堂の席に、とつぜんだれかがすわるようになることとか。これまでみたいに二人じゃなくて、三人になることとか。親友は今でも変わらず親友のままだとわかっていても、やっぱり落ち着かないんだ。だって、この先変わっちゃうかもしれないでしょ？　こんな格言《かくげん》もあるし。

『同じ川に二度と入ることはできない』

二千五百年前のヘラクレイトスの言葉だよ。牛のフンを体にぬりつける前の言葉だと思う。仲間のギリシャ人たちは、ヘラクレイトスに一回、いや二回は川に入ってほしいと思ったはずだよね。

確《たし》かなことがひとつある。一四二番のバスの車内は、ぬれた犬みたいなにおいがする、ということ。

ステート通りでぼくたちを乗せたバスは東へ進み、バス停に十七か所とまってからウッドフィールド・ショッピングセンターに着くはずだ。バスには、前と真ん中の二か所にドアがある。乗客は四十八人くらい。大柄《おおがら》の女性《じょせい》運転手を入れれば四十九人。ぼくたちが運賃《うんちん》を箱に入れるときも、運転手はまっすぐ前を向き窓《まど》の外を見ていた。ぼくはしっかり一枚《まい》ずつ硬貨《こうか》を入れたよ。落ちる音が風鈴《ふうりん》みたいで好きだから。

ぼくたちは後ろの席へ向かったけど、ブランドとトファーがとなり同士ですわったから、ちょっとびっくりした。だめってわけじゃないけど、いつもトファーはぼくとすわるのがお決まりだから。ぼくたちは二人とも十七番のスクールバスで学校へ行くんだけど、トファーは必ず席をとっておいてくれるんだよ。後ろの席をとっていて、お母さんがランチ用に包んでくれたクッキーをぼくにわけてくれる。ぼくが食べている間、ぼくの算数の宿題を書きうつすんだ。うちのママはおかしは持たせてくれない。テレビでいつも問題視《もんだいし》されているアメリカの肥《ひ》満児《まんじ》みたいにぼくがなってしまわないように、気をつけているから。新鮮《しんせん》な果物と野菜がつめこまれたぼくのお弁当《べんとう》とはちがって、トファーのお弁当《べんとう》の中身はひとつひとつアルミホイルで包まれていて、環境《かんきょう》にやさしくない人たちならではの几帳面《きちょうめん》さだ。クッキーはいつも四枚《まい》入っているから、一人二枚《まい》でちょうどなんだけど、トファーはいつも三枚《まい》くれる。

でも今このバスでブランドとトファーがいっしょにすわったから、ぼくは一瞬《いっしゅん》とまどって通路に棒立《ぼうだ》ちになった。それでバスが前にかたむいた拍子《ひょうし》にバランスをくずし、二人の前の席にたおれこんで、ポータブルスピーカーの入ったバックパックが壁《かべ》に当たった。このスピーカーは、ビクスビー先生のために特別にぼくが編集《へんしゅう》した音楽を聞くために持ってきたんだ。もともとの計画ではベートーベンだけだったけど、先生が好きそうなのをほかにも何曲か入れた。昨日は一晩中《ひとばんじゅう》これを聞いていたんだ。でもスピーカーがこわれたら、先生に聞かせられなくなっちゃう。

ぼくはすわりなおすと、立てひざをついて二人を見た。座席《ざせき》のビニールカバーが指にはりつくから、さわらないように気をつけながら。

「どうかした？」

トファーが聞いてきたから、ぼくはきっと不安そうな顔をしていたんだろうな。うなずいて答えた。

「運輸省《うんゆしょう》の統計《とうけい》を見てみたんだけど、負傷者《ふしょうしゃ》が発生したバス事故《じこ》の件数《けんすう》は、この二十五年で劇的《げきてき》に減少《げんしょう》したんだって」

「へえ、いいね」

トファーはそう言ってブランドと地図をながめ、二人で道順をなぞっている。学校からショッピングセンター、繁華街《はんかがい》、病院、公園、そして帰り道。順路を全部調べて印をつけたのはぼくなのに。あれはトファーの地図だし、計画はブランドのアイデアだけど、順路はぼくが考えたんだからね。タイミングをみて言った。

「ウッドフィールド・ショッピングセンターまで、あと二十三分だよ」

ブランドがトファーの方を向いて何か言ったけど、エンジン音と道路の騒音《そうおん》でよく聞こえない。うるさくてなんだか落ち着かないな……。ぼくは不安になると、ときどきおしゃべりになるんだ。

「世界ではじめてスクールバスが登場したのは、一八二七年なんだよ。馬が引くタイプだったって」

昨日の夜の調べ物は、ちょっと脱線《だっせん》しちゃって。時刻表《じこくひょう》を調べていたら事故統計《じことうけい》のデータを見つけて、その流れで公共交通機関の歴史にたどりついて……気づいたら丸一時間たっていた。

「すごいね」トファーはやっとぼくの方に目を向けて、地図をおろしてくれた。「ねえ、携帯《けいたい》持ってるのスティーブだけなんだからさ、調べ物のページをかたっぱしから保存《ほぞん》するのにつかうんじゃなくて、クラスのだれかにメールして、ブラウンリー先生がぼくらの欠席について何か言ってないか聞いてみてよ」

「マッケルロイ先生がチクってないかどうかも」ブランドがつけくわえた。

「クラスにメールするような相手はいないよ……」トファーは知ってるはずなのに。「トファーとしかメールしたことないから。トファーがトイレに携帯落《けいたい》としてからは、それもないし」

じょうだんを言ったつもりはなかったのにブランドが笑い、トファーはしかめっ面になった。

「うっかり落としただけだよ」

「トイレは危険《きけん》スポットだよな」

ブランドはそう言ってまた笑った。そのときバスがあらっぽくとまり、ぼくは思わず後ろによろめいて……。三人乗ってきておりた人はゼロ。すわりなおしたぼくのバックパックは、へばりつくシートにぴったりおしつけられている。窓《まど》の外をながめていると、後ろでブランドが何か言い、トファーが笑ってる声が聞こえてきた。気にしない、気にしない。別に、何話してるかわからなくたっていいもん。だれがどこにだれとすわろうと、別にいい。トファーはぼくの親友で、それは何があっても変わらないんだから。

トファーと知りあったのは一年生のときだった。ぼくがつかっていたレゴのスター・ウォーズの弁当箱《べんとうばこ》を指さして聞いてきたのが、はじまり。

「レゴのスター・ウォーズセット、持ってる？」

「四つ持ってるよ。全部組み立てて、棚《たな》に飾《かざ》ってる。説明書もちゃんととってる。またつくりなおさないといけないことがあるかもしれないからね。地震《じしん》がおきたときとか」

「ぼくもいくつか持ってるけど、バラバラにしてる。つくったらすぐにこわして、ほかのセットのピースと混《ま》ぜちゃうから。それにレゴのボバ・フェットの足は、犬が飲みこんでなくなっちゃった」

「そんなめちゃくちゃな話、聞いたことないよ……」

めちゃくちゃだと思ったのは犬の話より、ピースを混《ま》ぜてるってとこ！　もちろん、ぼくは聞いたよ。

「ピースを混《ま》ぜちゃったら、また宇宙船《うちゅうせん》を組み立てるとき、どうするの？」

するとトファーは、肩《かた》をすくめて言ったんだ。

「自分で考えた宇宙船《うちゅうせん》をつくればいいよね」

それを聞いた瞬間《しゅんかん》、トファー・レンがどういう子なのか、だいたいわかった。

入学した月にはもう仲良くなって、数週間かけてレゴをいっしょに組み立てた。もちろん、トファーのレゴをだよ。自分のを分解《ぶんかい》するのは嫌《いや》だから。放課後毎日いっしょにすごして、ポケモンのゲームをしたり、ライトセーバーでたたかったりした。トファーが考えたゲームも十種類以上はやったけど、どれも裏庭《うらにわ》を走りまわってミイラやゾンビ、吸血鬼《きゅうけつき》、巨大《きょだい》ロボットから世界を救う遊びだった。カメラなしの映画《えいが》ごっこも、よくしたなあ。たいていいきなり戦闘《せんとう》シーンで、メロドラマっぽいシーンはカット。トファーの家の車に乗りこんで、宇宙船《うちゅうせん》ごっこもした。全部トファーが考えた遊びだった。いつだってトファーの。ぼくはついていくだけ。

放課後毎日、冒険《ぼうけん》の旅に出かけた。ソファーで砦《とりで》をつくったり、公園に穴《あな》をほって宝物《たからもの》をうめたり。うめるのはラムネを一包みか四分の一で、よくほりかえすのをわすれていた。一番おもしろかったのは、捜査官《そうさかん》になりきってクリスティーナをスパイする遊びだった。ぼくのｉＰｏｄ《アイポッド》で会話を録音したり、クローゼットにかくれたのに息の音でバレて「出てって！」って追いだされたりして。家族といるより、トファーといる時間の方が長かったな。でもうちのパパたちは、そのことをあんまりよく思っていなかった。ぼさぼさの金髪《きんぱつ》でちょっと変わった感じの男の子が、ぼくの細かく設定《せってい》された自由時間を独占《どくせん》しているって。でもトファーは、パパたちに対して礼儀《れいぎ》正しかったし「基準《きじゅん》に達する」成績《せいせき》をとっていたから、友だちづきあいをつづけることを許《ゆる》してもらっていた。パパもママも、ぼくにあまり友だちがいないことを気にしていたから、トファーがぼくの才能《さいのう》をのばしたり表彰歴《ひょうしょうれき》を増《ふ》やしたりするのにじゃまにならないなら、仲良くしていてもいいと思ったみたい。

運よく、二人ともずっと同じクラスだった。トファーに言わせると、ぼくたちはコンビだからだって。バットマンとロビン、アニメのフィンとジェイクみたいに。ほかの生徒たち、特に男子はときどき、ぼくたちをからかう歌を歌ったり、ウヘッて顔をしたりする。かげで悪口を言われているのを、たまたま聞いたこともある。トファーも知ってるはずだけど、何も言ってこない。どうでもいいことだから。大事なのは、ぼくたちははなれられない関係で、放課後に巨大《きょだい》ロボットから世界を救うということだけだった。

トファーは不変だ。円周率《えんしゅうりつ》や√《ルート》2みたいに。ぼくが盲腸《もうちょう》の手術《しゅじゅつ》を受けたときも、手術《しゅじゅつ》が終わったあと病室にストロベリーシェイクとマンガを持ってきてくれた。パパとママが二人とも出張《しゅっちょう》に行って、クリスティーナがいつも以上に保護者《ほごしゃ》ぶっていばっていた最悪な四日間も、うちに来てくれた。算数のテストをタイラーにカンニングされて告げ口したら「仕返ししてやる」っておどされたときも、いっしょにいた。その日は二人ともアザをつくって帰って、バスの中で見せあうとぼくのアザの方が六ミリ大きかったから、なぜかトファーはくやしがっていた。

不変のものは、永遠《えいえん》に不変でいてもらわなくちゃいけない。そのありがたみをわすれがちだけど。毎朝日がのぼることや、息をすること、コーラの缶《かん》をあけるとシューッと音がすることもそう。毎朝先生が格言《かくげん》を黒板に書くことも。

親友が、バスで席をとっておいてくれることも。

「ウッドフィールド・ショッピングセンター」

ぶっきらぼうにバス停の名前を告げるアナウンスがあった。おりると芝生《しばふ》がつゆにぬれていたけど、くつ下の口ゴムに当たるほどには草がのびていなくて、ほっとした。通りのこちら側にはショッピングセンターがあって、たくさんの店舗《てんぽ》が入っている。通り向かいにも店がならんでいて、間にとびとびで飲食店が六軒《けん》ある。ひとつはマクドナルドだけど今はまだ行かない。まずは地図で赤丸をつけてある、三軒《けん》先のベーカリーに行かなくちゃいけないから。そこでリストの一つ目のアイテムを買う予定なんだ。

これも計画のうち。校庭でアイデアを練ったあと、ビクスビー先生がボストンへ行くとわかって変更《へんこう》した計画。それにそってぼくたちは校舎《こうしゃ》の外で落ちあい、欠席の電話を入れたんだ。まずここに立《た》ち寄《よ》って一つ目のアイテムを買い、三十七番のバスに乗って繁華街《はんかがい》へ向かう予定。そこで二つ目のアイテムを手に入れるんだけど、どうやって買うのかはまだわからない。だって違法《いほう》だし、たぶん高いから。トファーには何かアイデアがあるらしいけど教えてくれない。ということはつまり、すごくあぶない方法なんだろうな。リストの三つ目のアイテムは、最後に手に入れることにした。そうしないと、さめちゃうから。マクドナルドにまだ行かないのは、それが理由。三つ目のアイテムを手に入れたら、病院までの残り六ブロックは歩いて行く。クリスマスの聖歌《せいか》『われらはきたりぬ』でキリストに贈《おく》り物《もの》をとどける三人の王みたいに……というのはトファーのセリフだけど。そして先生を病院からつれだし、地図で丸くかこんだ公園に行くことになっている。バスの時刻表《じこくひょう》といっしょに昨日の夜調べた公園だ。それから……。

全部やりとげたら、その後どうなるのかな。ぼくはただ、何が起きてもトファーといっしょにいる。それだけは決めているんだ。

「ミシェルズ・ベーカリーだ」

ブランドが指さして言った。月曜にうんていの下でうでにメモをしているとき、ブランドはこう言った。

「絶対《ぜったい》にミシェルズ・ベーカリーで。ほかの店じゃだめだ」

その通り。先生はちゃんとお店の名前を言っていたんだ。

「行こう」

トファーがぼくを引っぱり、三人で通りをわたった。ブランドが先頭でぼくが最後。バスはもう一息、排気《はいき》ガスのかたまりをはきだすと、ブルンと音をあげ発車した。

ミシェルズ・ベーカリーは石造《いしづく》りの建物で、窓《まど》の陳列棚《ちんれつだな》にはケーキがたくさんならんでいる。白い看板《かんばん》には緑のかわいい丸文字で『ミシェルズ・ベーカリー』と書かれていて、『デリバリーのご注文もお受けします』という文字が青いライトで点滅《てんめつ》している。行方不明になった「プリンセス・ポポー」という名前のネコのはり紙もある。ぼくはネコがきらいだし、うちではペットはかっていない。クリスティーナは獣医《じゅうい》になりたいのに変だよね。獣医《じゅうい》を目指してるのは、医者になりたいけど、口ごたえする人間相手は嫌《いや》だからって理由じゃないのかな。店に入るとドアのベルが鳴った。

「いらっしゃいませ。ミシェルズ・ベーカリーへようこそ」

ふいになまりのある声で言われたから、ぼくは店内を見まわし、カウンターに立っている男の人を観察した。店内にはほかにだれもいない。その人は大柄《おおがら》でがっちりしていて、日焼けした肌《はだ》に黒い髪《かみ》。声のイメージ通り、口ひげもある。

「店名がミシェルズ・ベーカリーだということは、あなたの名前はミシェルなんですか?」

失礼に聞こえないよう注意しながら聞いた。興味《きょうみ》があって。だってミシェルという感じの人じゃないんだもん。前、トファーに言われたことがあるんだ。「スティーブの口のきき方って、ひやひやすることがあるよ」って。この言い方は大丈夫《だいじょうぶ》かな? 横でブランドがもう首をふっているけど。

「いいえ、わたしはエデュアルドです。ケーキもわたしが焼いています」

男の人はそう答えた。確《たし》かにエデュアルドという感じの人だ。ぼくは店内を見まわした。少なくとも、さっきのバスよりずっといいにおいがする。ショーケースには、うずまきのクリームでデコレーションしたカップケーキがならんでいる。見ていたらよだれが出てきた。うちでデザートらしいものが出されるとしたら、ラムネタイプのビタミンサプリくらい。ママがたくさん決まり事をつくっているんだ。

「じゃあどうしてエデュアルドズ・ベーカリーっていう店名にしなかったんですか？」

トファーが聞いた。ときどき、トファーにぼくの知りたがり病がうつったんじゃないかと思うときがある。

エデュアルドさんはため息をついた。口ひげがはしでくるんとカールしている。手をのばして引っぱって、本物なのか確《たし》かめたいと思ったけど、気持ちをおさえた。そんなことされたら、だれだって嫌《いや》がるよね。これまでの経験《けいけん》で知ってるよ。

エデュアルドさんは大きな手をレジに置いて言った。

「ひとつうかがってもいいですか？　正直におっしゃってくださいね。大きくてごうかな高級ケーキを買うとき、エデュアルドとミシェル、どちらの名前がついた店で買いたいですか？」

どうちがうの？　大きくてごうかなケーキがちゃんとおいしければ、どっちでもいいよね？

ぼくは肩《かた》をすくめた。これ、引っかけ問題なのかな？　ビクスビー先生はときどき引っかけ問題を出して、生徒がちゃんと話を聞いているか確《たし》かめることがある。ぼくがいい問題だなと思ったのは『エベレストが発見される前、世界で一番高かった山は？』。ぼく以外、みんなまちがえたんだよ。

エデュアルドさんは答えを待たず、たたみかけてきた。

「メキシコ料理のレストランが『ミシェル』という名前だったら、行きますか？」

「メキシコ料理は食べません。豆を食べるとおなら――」

トファーがひじでつついてきたから最後まで言えなかったけど、エデュアルドさんは言いたいことをわかってくれた。

「わたしもです」エデュアルドさんは、おなかをたたいて言った。「何もはずかしがることじゃありません。豆を食べればみんなそうなります。生理現象《げんしょう》で、食べれば自然とそうなりますよね。そんなふうに、人間には習性《しゅうせい》があるんです。たいていの人は、ミシェルという名前の店からケーキを買いたがるものです。それがご質問《しつもん》への答えです」

ぼくは窓《まど》にかけられた『ミシェルズ・ベーカリー』という看板《かんばん》を見て、それが『エデュアルドズ・ベーカリー』だったらと想像《そうぞう》してみた。言っていることは正しいかも。でもビクスビー先生がここにいたらなんて言うか、想像《そうぞう》できるな。

『自分自身に満足することができれば、だれもがあなたを尊敬《そんけい》してくれることだろう』

古代の中国の思想家、老子の言葉だよ。これも調べたから知っている。老子はあまりかしくなかったみたいだけど。だって『千里の道も一歩から』もこの人の言葉だから。そのあと五百万歩は歩かないと到着《とうちゃく》しないのに、そのことについて言っていないなんて。ぼく、歩数を計算したんだよ。

ぼくはエデュアルドさんに目をもどし、老子の言葉を教えて、店名を変えた方がいいんじゃないかと言おうかと考えたけど、とどまった。だって、日本人なのにスティーブなんて名前の十二歳《さい》にアドバイスされたって、聞く気にならないよね？

「それで、今日は何をお求めですか？」

エデュアルドさんは聞いた。ブランドは後ろのショーケースの方へ行き、中をのぞいて今度は反対側のショーケースの方へ向かっている。ブランドがいなくなってあいた場所にすべりこみ、ぼくはトファーに近づいた。

「ケーキをさがしているんですがね」トファーは片方《かたほう》のまゆをあげ、声色を変えて言った。巡査《じゅんさ》か何かになりきってるんだな。うたがわしいデザートを追跡《ついせき》する巡査《じゅんさ》に。「ホワイトチョコ・ラズベリー・シュプリーム・チーズケーキです。聞き覚えはないですか？」

エデュアルドさんはいたずらっぽくうなずいて、口ひげをなで調子をあわせた。

「ええ、そのケーキなら知っていますよ」

「どうすれば手に入りますか？」

「どちらをお求めかで値段《ねだん》がちがいますね。ホールですか？　それとも一切れ？」

トファーは算数の問題だと思ったみたい。算数の天才であるぼくを見て、助《たす》け舟《ぶね》を求めてきた。計画を思い起こしながらぼくは聞いた。

「いくらですか？」

ケーキをホールで買って、四人で切り分けて食べる予定だったな。でも、三人の持っているお金の額《がく》が頭をよぎった。まばたきひとつせず、エデュアルドさんは言った。

「一切れ八ドルです。ホールでしたら、五十五ドル」

トファーが、さっとまゆ毛をあげて言った。

「五十五ドル？」

エデュアルドさんは肩《かた》をすくめた。

「エデュアルドズ・ベーカリーでしたら四十ドルで手に入ったでしょうが、ここはミシェルズ・ベーカリーですから、五十五ドルです」

にやりと笑い、銀歯が二本見えた。トファーは、ばつが悪そうな顔でぼくにささやいた。

「三ドルだって言ってなかったっけ？」

「ネットのクチコミでドルマークが三つついてた、って言ったんだよ。高いお店だってこと」

ブランドはまだ後ろでショーケースの前に立ったまま、ガラスにうつる自分の姿《すがた》をじっと見ている。トファーは両手をあげた。

「もういいです、無理だ。ケーキに五十五ドルも払《はら》えないよ」

ぼくもうなずいた。チーズと砂糖《さとう》でできているだけのものに、そんなに払《はら》えないよね？　エデュアルドさんはカウンターにもたれかかると、せきばらいをした。人差し指で手まねきされ、トファーとぼくは身を乗りだした。

「この店のホワイトチョコ・ラズベリー・シュプリーム・チーズケーキを食べたことはありますか？」

エデュアルドさんは二人に話しかけてるんだけど、ぼくにだけ視線《しせん》がそそがれているような気分だ。その目を見ていると、なんだかこわくなってきた。茶色い目だけど暗くて、大きく開いた瞳孔《どうこう》だけのように見えるから。ぼくは首をふった。

「¿Crees《クレエス》 en《エン》 Dios《ディオス》?」

エデュアルドさんに聞かれ、トファーは言った。

「スペイン語わからないよ」

「ぼくも二十まで数えられるだけ」

でも日本語はペラペラだし、ロシア語のあらっぽい言葉なら、スパイ映画《えいが》ごっこのためにトファーとネットで見ていくつか覚えてる。

「神を信じますか？」

エデュアルドさんは翻訳《ほんやく》して言いなおした。どうしてそんなことを聞かれるのかわからないけれど、トファーが「答えて」という目を向けてきた。トファーのパパたちは神の存在《そんざい》を信じていないから。ぼくは一応《いちおう》キリスト教徒だからうなずくと、エデュアルドさんはたたみかけてきた。

「天国へ行ったことはありますか？」

絶対《ぜったい》これも引っかけ問題だよね？　うまいかえしを思いつかずにいると、エデュアルドさんは自信たっぷりな顔でぼくたちを指さした。

「ないなら、それはわたしのつくったホワイトチョコ・ラズベリー・シュプリーム・チーズケーキを食べたことがないからですよ。一切れ八ドルは格安《かくやす》です。そんな値段《ねだん》で天国に行けるんですからね」

「わかりました。二切れください」

トファーがそう答えた。えっ、どういう計算？　一切れをさらに半分ずつに分けるつもりなんだろうけど、ビクスビー先生にもそんな中途半端《ちゅうとはんぱ》なのを食べさせることになるなら、ぼくはパスするよ。食べものをシェアするの好きじゃないし。トファーにお金を出してと言われ、持ってきた十ドル札をさがした。トファーはバックパックから五ドル札三枚《まい》をはさんだマネークリップを出し、そのうち二枚《まい》をぼくの十ドルに重ねてカウンターに置いた。

「二切れください」

トファーはもう一度言った。ところがエデュアルドさんがお金に手をのばしたとき、後ろでブランドが口を開いた。

「ホールごと買います」

ぼくは思わずふりかえった。ブランドは財布《さいふ》を手にしている。財布《さいふ》なんて持ってたんだ。ぼくはマネークリップだって持っていないのに。ブランドがカウンターに二十ドル札を置き、全部で四十ドルになった。あれ、ブランドも計算が苦手だったっけ？

「ちょっとちょっと、何してるの？」

トファーがささやく。

「ホールで買うぞ。妥協《だきょう》はだめだ」

ブランドが答えると、エデュアルドさんはいぶかしそうに現金《げんきん》に目をやり、もう一度値段《ねだん》を言ってきた。

「ホールは、五十五ドルですよ」

何か言いかけたトファーの肩《かた》に、ブランドが手を置いて言った。

「二人は外で待っててくれるか」
トファーはためらっているけど、ぼくはドアへ向かった。指示《しじ》にはしたがうタイプだから。

パパにも、少し前に同じことを言われた。外で待っているように、と。だから、あのときもそうしようとしたんだ。パパとママの言うことには、したがう習慣《しゅうかん》がしみついているから。外で待っているべきだったのかもしれないけど、もしそうしていたら、ビクスビー先生に言い負かされたときのパパの表情《ひょうじょう》を見のがしてたな。

その日は保護者《ほごしゃ》面談があったんだ。でも年一回の定期面談じゃなくて、ぼくの成績表《せいせきひょう》で英語の評価《ひょうか》がBだったのを見たパパがすぐに申《もう》し込《こ》んだ、臨時《りんじ》面談だった。もしBプラスだったら、がっかりはするけどAに近いからぎりぎりOKだった。でも残念なことに、ふつうのB。ずらっとならぶAの中にぼこっとつきでてきものみたいで、見すごせない。ぼくはびくびくしながら成績表《せいせきひょう》を持ち帰り、一番よさそうな説明をした。

「読解力《どっかいりょく》と作文の問題のところでつまずいちゃって……」
ママはうなずいて「次はもっとがんばって」と言ってくれたけど、パパはそれじゃ納得《なっとく》しなかった。

次の日の夕方、スーツ姿《すがた》のパパと二人で六年一組の教室の外に立っていたのは、そういうわけ。ママはクリスティーナとスポーツジムに行っていた。クリスティーナの成績表《せいせきひょう》はかんぺきで、もう冷蔵庫《れいぞうこ》にマグネットではってあったから。ドアから顔を出したビクスビー先生は、もう何時間も学校にいるのに元気な顔をしていた。先生に「どうぞ」と言われて入ろうとしたぼくの肩《かた》を、パパがつかんでとめた。

「廊下《ろうか》で待っていなさい」

でもビクスビー先生はあっさり言った。

「かまいませんよ、サカタさん。スティーブもどうぞ入って」

パパは先生を見てから廊下《ろうか》のいすに目をやり、ぼくを見た。そしてやっと頭をさげ、先生はぼくたちを中へ入れた。ぼくは、パパが先生の髪《かみ》を見ているのに気づいた。そういえば、保護者《ほごしゃ》説明会のときも見てたな。パパは上着の内ポケットから成績表《せいせきひょう》を出してつくえに置き、用意した演説《えんぜつ》をすぐにはじめた。テーマは『スティーブの成績評価《せいせきひょうか》における直近《ちょっきん》の低下について』。Bは一度もなく、わずかに痛恨《つうこん》のAマイナスがあるだけだったというこれまでの成績《せいせき》を、正確《せいかく》に細かくもりこみながら話していた。「心外です」「まちがいです」「もってのほかです」という言葉も出てきた。先生はパパの目をまっすぐ見ながら、演説《えんぜつ》がとぎれるまで辛抱強《しんぼうづよ》く聞いていた。

「一体どう評価《ひょうか》すれば、うちの息子にこんな成績《せいせき》をつけることになったのでしょうか」

パパはそうしめくくった。

「Bというのは、息子さんが実力で得た成績《せいせき》です。わたしが評価《ひょうか》した結果ではありません。書きとりのテストは高得点でしたし、六年生のはじめのころより、読解力《どっかいりょく》はとてもあがっています。すばらしい生徒さんです」

「その通り。すばらしい子どもです」パパは先生のセリフの中の納得《なっとく》のいく言葉をくりかえした。「すばらしいのでしたら、Aのはずです」

「フォックスリッジ小学校では、Bは平均《へいきん》以上の成績《せいせき》です」先生はきっぱりと言った。

「息子にとっては、平均《へいきん》より下なんですよ。放課後は毎日二時間勉強しています。日本語を勉強し、寝《ね》る前には読書。読んだ本の内容《ないよう》にからむ問題を、夫婦《ふうふ》で出しています。Aより低い成《せい》績《せき》をとることなど、ありえないと思いますよ」

「ずいぶん、つめこんでらっしゃるんですね」ほめてる感じじゃないよね。先生はノートパソコンの画面を見て言った。「スティーブは今年、文学の単元で少し苦戦しています。読解力《どっかいりょく》の問題で、いくつかまちがった答えを書いていますね。でもそれだけです。六年生はまだあと八週間ありますから、これから成績《せいせき》をのばすチャンスはじゅうぶんあります。といってもスティーブには、まちがった部分より達成した部分の方に目を向けて自信を持ってほしいと、わたしは思いますけれどね」

先生は、ぼくを見てにっこりした。思わずぼくもほほえんだけど、パパに気づかれる前に、あわててもとの反省顔にもどした。

「うちの息子は、最高の結果を出さなければ満足することはありません」

「そうですね。でも、たったひとつBがあるだけですから、十分な成績《せいせき》ですよ」

さっきは「平均以上《へいきん》」と言っていたのが、いつの間にか「十分な成績《せいせき》」になっている。パパと話す人は、だいたいこんな感じになるんだ。先生はすぐに説得されるだろうな。Bはぼくの経歴《けいれき》の汚点《おてん》で、いい大学に入るチャンスのさまたげになる前に取り消さないといけない、というふうに。パパは冷たく言い放った。

「ほかの生徒さんでしたら、そうでしょうね。でもスティーブはちがいます」

それを聞いたとたん、先生のほおは髪《かみ》の色と同じピンクに染《そ》まり、言いあいがはじまった。

「サカタさん、ご進言《しんげん》はありがたくちょうだいしますが、スティーブは今ががんばりどきだと自覚していて、社会性《しゃかいせい》の面でも学習面でも、対人関係の面でも着実に成長している、そのことの方が重要だとわたしは考えています。それに――」

「しかし息子の場合、この成績《せいせき》は学習方法に問題があるということを示《しめ》していることになりますよ。息子側に問題があるのか、それとも先生側に問題があるのか、つまり――」

「――成績《せいせき》は、成長度合いをはかり反映《はんえい》するひとつの手段《しゅだん》にすぎません。今回の場合は――」

「――上の子は、今まで一度もBなどとったことはありません。わたしも妻《つま》も、とても学力は高いですし――」

「――結果にばかり目を向けて、息子さんが今どういう段階《だんかい》にいるのか、プロセスに十分に目を向けないのでは――」

「――根本的な問題は、先生が十分に息子に課題をあたえていないことなのではないでしょうか。もしくは、先生の評価《ひょうか》の仕方が悪くて改善《かいぜん》が――」

「――とにかく申しあげたいのは、たったひとつBがあるからといって、心配なさる必要はないということです」

パパはせきばらいをし、胸《むね》をはってもっと大きな声で言った。

「息子はオールAの生徒です、ビクスビー先生」

目をあげると、先生はほほえんでいた。

「車のステッカーにも、そう書いてあるんですか？」

ぼく、思わず笑っちゃった。『オールAの自慢《じまん》の子どもたちのいる親です！』ってステッカーがうちの車の後ろにはってあるのが事実じゃなかったら、笑わずほほえむくらいですんでただろうけど。先生はどうして、あのステッカーのこと知っているんだろう。知っているわけじゃなくて、てきとうに言っただけかな。

パパは大声を出し、先生はまた赤くなった。

「今、なんて？」

「すみません、余計《よけい》なことを。スティーブをほこりに思われるのは当然です。自慢《じまん》のお子さんですよね。スティーブは、わたしがこれまで教えてきた生徒の中でも特に優秀《ゆうしゅう》です。知識《ちしき》の豊《ほう》富《ふ》さに毎日おどろかされますし、好奇心《こうきしん》もとどまることを知りません。これから数週間、二人で努力して、スティーブの優秀《ゆうしゅう》さが成績《せいせき》に反映《はんえい》されるようにいたします」

先生は上品にほほえみ、パパはまたその髪《かみ》に目をやった。

「お願いしたかったのは、そういうことです」ぶっきらぼうにそう言うと、手をのばして成績《せいせき》表《ひょう》をとりかえし、よごれたティッシュを持つみたいにつまみあげてしめくくった。「お時間をいただきまして、ありがとうございました」

立ちあがると先生も腰《こし》をあげ、二人は礼儀《れいぎ》正しく握手《あくしゅ》をした。勝ったのはどっちなんだろう？　あのステッカーのじょうだんで、まだぼくの心の中では笑いがとまらなかった。先生はぼくに「また明日ね」、パパに「わざわざありがとうございました」と言い、いつもよりちょっと強くドアをしめたような気がする。

車にもどるとパパは首をふった。

「クリスティーナのときは、こんなことはなかったんだがな。先生方は、みなさん理解《りかい》があった」

「ビクスビー先生は理解《りかい》してると思うよ」

ぼくはつぶやいた。

「まあいい。あとたった八週間だ」

パパはぼやいた。学年の終わりまであと八週間。成績《せいせき》をあげるリミットまであと八週間。ビクスビー先生が担任《たんにん》なのも、あと八週間。教え方もいまいちでサカタ家の偉大《いだい》さもわかっていないおかしな髪《かみ》の色の女性《じょせい》を相手にするのもあと八週間。八週間。

でもパパのその計算は、まちがっていた。先生の体の中で何が進行しているのか、知らなかったんだ。そこにいた三人の、だれ一人として。

本当は、四週間だったなんて。

ドアベルがリンと鳴り、ぼくたちは店を出た。ブランドはエデュアルドさんとカウンターごしに向かいあっている。トファーとぼくは、ひざがくっつくほど身を寄《よ》せあって縁石《えんせき》にすわった。トファーはかがんで小石を拾い、指先でころころいじっている。ぼくは携帯《けいたい》を出して『チーズケーキ　なぜ高い』と入力し検索《けんさく》した。最初にヒットしたサイトを見ると、『おいしいから』と書いてあった。答えになってないよね。たぶん本当の答えは、「人はチーズケーキにはお金を惜《お》しまないから」なんじゃないかな。

そのとき、トファーが看板《かんばん》を見あげて言った。

「この店が『トファーズ・ベーカリー』って名前だったら、あのチーズケーキにいくらの値段《ねだん》をつければいいと思う？」

ちょっとした遊びだね。どのくらいの価値《かち》のある名前か考えるっていう。

「トファーズ？　それともクリストファーズ？」

ぼくにはどっちでもいいことだけど、そう聞き返した。どちらの名前だったとしても、ぼくは買いに行くよ。トファーはケーキの焼き方なんて知らないけどね。一度トファーの家でクッキーを焼こうとしたときは、火災報知機《かさいほうちき》をとめるはめになっちゃった。

「どうかな。クリストファーズの方がいい気がする。トファーズだとアイスクリーム屋っぽくない？」

ぼくはそんなふうに物事を考えることはない。トファーといっしょにいて楽しいのは、こういうとこ。

「そうだね。スティーブズ・ベーカリーだったらどうかな？」

トファーは鼻にしわをよせた。

「ごめん、二十ドル以上の値段《ねだん》はつけられないと思う。スティーブズって店からチーズケーキを買いたい人なんていないよ。あ、へこまないでね」そのくらいでへこまないよ。特に相手がトファーじゃ、へこむとしたらもっとひどいことを言われないと。「でもマンガ屋だったら絶《ぜっ》対《たい》に買いに行く」

そう言って満面の笑みをうかべたトファーのほおに、えくぼができた。

ぼくが大学に進学しないでマンガ屋を開くって言ったらパパたちがなんて言うか、想像《そうぞう》してみた。爆発《ばくはつ》する様子が目にうかんで、にんまりしちゃった。

「で、ブランド何してるのかな」

トファーはそう言って首をのばした。ブランドの背中《せなか》ごしに、エデュアルドさんがしきりにうなずいている。

ぼくは肩《かた》をすくめた。店からしめだされてこんなところですわっている間、ブランドだけが中でミッションを実行してる、この状況《じょうきょう》はトファーにはおもしろくないはずだ。ぼくは別に気にしないけど。こんなふうにいつも二人ですわっているシーンを思い出す。バスの中で。トファーの家の地下室の床《ゆか》で。裏庭《うらにわ》につくったダンボールの要塞《ようさい》の中で。ぼくたちは向かいあうことはなく、いつも横にならんですわる。トファーが親指で小石をはじきとばすと、石は駐車《ちゅうしゃ》場《じょう》をころがって排水溝《はいすいこう》に落ちた。ぼくは、排水溝《はいすいこう》をねらって一度で成功したことなんてない。二回でも無理。トファーはまた口を開いた。

「どう思う?」

「ケーキって高いんだね」

「ケーキのことじゃなくて。ていうか、ケーキのことだけじゃなくて全部さ。こういうやり方、変だと思わない? 先生なら、変だって言うと思わない?」

『変だ』という言葉が二人の間をただよい、ぼくはビクスビー先生のことを考えた。ぼくたちに、歴史上の有名な演説《えんぜつ》のかわりに好きな映画《えいが》の長ゼリフを暗記させた先生(それでも、ぼくはゲティスバーグの演説《えんぜつ》を暗記したけど。パパが、映画《えいが》にも出てくるし教育的価値《かち》が高いからそれを覚えなさいってしつこかったから)。外はマイナス七度なのにコートが見つからなかったみたいで、服の上にバスローブを着て学校へ来たことのある先生。教室のあちこち変な場所に本を置いていた先生。手の消毒剤《しょうどくざい》といっしょにしまったり、窓《まど》わくの上に置いたり、ニシキヘビの飼育器《しいくき》の上に載《の》せたり……。「物語はあらゆる場所で、あなたとの出会いを待っているのよ」だって。

「先生はちょっと変だよね」

ぼくが答えるとトファーは言った。

「先生もスティーブのこと、ちょっと変だと思ってるよ、たぶん。ぼくもちょっと変だなって思ってるし。でも大丈夫《だいじょうぶ》、いい意味だから。スティーブはみんなよりすごいってこと」

「トファーだって変だよ」

「考えてみると、『変だ』って言葉も変だよ。何回か大きな声で言ってみて。変だ、変だ、変だ……」

あわせてぼくも言ってみた。二人で縁石《えんせき》にすわって何度も何度も「変だ」とくりかえした。どんな言葉でも、くりかえすと変な言葉に思えてくるんじゃないかな。

十二回くらい言ったとき、またドアベルが鳴り、白くて四角い箱を両手でかかえたブランドが出てきた。中は見えないけど、例の品が丸ごと入ってるってわかった。

「どういうこと？」

トファーが聞いた。不機嫌《ふきげん》なのをかくそうともしない。

「たいしたことないよ。かたがついたから」

「かたがついた？　ボスにでもなったつもりかよ。いくら払《はら》ったの？　ほんとに四十ドルで買ったの？」

ブランドは首を横にふって、ほほえんだ。箱を手わたされたトファーは、重さに思わず声をあげ、あやうく落っことしそうになった。ブランドはしわくちゃの十ドル札をぼくに、五ドル札一枚《まい》をトファーにかえした。どういうわけか、ケーキを半額《はんがく》以下で手に入れられたみたい。

「今日は教師感謝《きょうしかんしゃ》デーだったのさ」

ブランドは肩《かた》をすくめて言った。エデュアルドさんもぼくたちに向かって肩《かた》をすくめているのが窓《まど》ごしに見える。そして、ブランドの声がしめくくった。

「エデュアルドズ・ベーカリーへようこそ」

ブランド

人は、なみだをさそう〝いい話〟が好きだ。それが他人の話であるかぎり。どうしてだろう。純粋《じゅんすい》に思いやりがあるからなのか、それとも「こんなつらい人生もあるんだ。自分が同じ目にあったら……」と思える例を見つけて、自分の人生はマシだと確《たし》かめたいからなのか。

あ、誤解《ごかい》しないでほしい。みんながみんな、そんな考え方をしていると思っているわけじゃない。でもだれの心にも、そういう優越感《ゆうえつかん》が生まれるときがあると思う。逆《ぎゃく》にまわりを見まわして、だれも自分を理解《りかい》してくれていないと思うこともあるだろう。他人はみんな明るい太陽に照らされて生きていて、自分に起きていることには、まったく気づいてくれないだろう、と。けれど、そう思うことも罪《つみ》だ。

いつもそんなことを考える。考えてしまう。だって結局だれも、おれがどんな生活をしているか知らないから。

でもそれは、おれが話していないからかもしれない。

エデュアルドさんは、おれの話を聞いてなみだまでは流さなかったけれど沈黙《ちんもく》し、しばらくして口を開いた。

「ビクスビーさんなら知っています。髪《かみ》はピンクでしたっけ、オレンジ？」

はっきりとは思い出せないみたいだったけれど、先生がこの店へ来たことがあるのは確《たし》かで、癌《がん》の話を聞いてとても心を痛《いた》めていた。おれが自分の身の上話も少しして、どうして今日先生に会うことがそんなに大事なのかということも話すと、もっと同情《どうじょう》された。そして、それがどうチーズケーキと関係あるのか聞かれ、計画を話した。エデュアルドさんは何度かうなずくと、カウンターをぽんと指でたたいて「持っていってください」と言った。ホールごとタダで。お金はいらない、と。それはだめだと何度か食いさがったけど、結局少しゆずってケーキを受け取り、二十五ドルをカウンターに置いてきた。

『タダで手に入るものに価値《かち》はない』

これはビクスビー先生じゃなくて、父さんに教えてもらった教訓だ。父さんはお金を冷蔵庫《れいぞうこ》の横のパンかごに入れ、「必要な分、いくらでもとっていっていいぞ」と言う。二、三週間かけて少しずつ減《へ》って、紙幣《しへい》の残りが数枚《すうまい》になったら、おれがATMに行ってお金を引き出し、パンかごはまた急に魔法《まほう》がかかったようにお金がいっぱいになる。お金がどれだけ減《へ》って増《ふ》えたかチェックはしているはずだけど、父さんは何も言ってこない。だいたいおれはランチ代をとるだけ。あと映画《えいが》のＤＶＤを借りるときに二ドル。宅配《たくはい》ピザの代金とチップにつかうことも。でも金曜はいつも百ドル以上とるから、チャンスは金曜だ。

今日は二十ドル持ってきたけど、もっととってくればよかったな。あとは小銭《こぜに》しかない。先生のためのケーキに二十ドルつかったと知ったら、父さんは怒《おこ》るだろう。

もちろん、じっくり考えれば、父さんもおれと同じくらい先生に借りがあることに気づいてくれるはずだけど。価値《かち》あるものは、タダでは手に入らないんだ。

通りを少し行くと古本屋があって、トファーがそこへ寄《よ》ろうと言いはった。「もっとはやく思いつけばよかったんだけど、さがしたいものがあるんだ」と。バスが来るまで、しばらく時間がある。古本屋に寄《よ》るのは計画になかったけれど、チーズケーキをおれが一人で手に入れたことをトファーが根に持っているのがわかったから、ここはまかせることにした。

でもその前に、このケーキをなんとかしてバックパックに入れないとな。箱は電子レンジくらい大きくて、スイカみたいに重い。スティーブのバックパックが一番大きいから、そこからスピーカーをとりだしてトファーのバックパックにうつしかえ、箱をなんとか入れた。ファスナーは完全にはしまらなかったけど、大丈夫《だいじょうぶ》だろう。スティーブは言った。

「クーラーボックスを持ってくればよかった。チーズケーキは冷蔵《れいぞう》で運ばないと」

「何時間かは大丈夫《だいじょうぶ》だよ」

トファーはそう言ったけれど、その顔を見ればチーズケーキについての知識《ちしき》なんて全然持っていないのはわかった。ケチャップがたっぷりぬってあったり、箱におかしな絵でものっていたりしないかぎり、トファーはチーズケーキにはそもそも興味《きょうみ》がないんだろう。

スティーブは慎重《しんちょう》にバックパックを背負《せお》うと、重さに「うわぁ」と声をあげた。後ろにたおれそうになったのを見て、おれが背負《せお》った方がいいかなと思ったけど、スティーブに言えば悪くとられそうだ。スティーブじゃ力が足りない、無理だ、という意味に。だから何も言わず、三人で古本屋『アレクサンダーズ』へ向かった。

ドアをあけ、ほこりっぽいカーテンをくぐった。中は男性用《だんせいよう》のコロンとマツの木のにおいが混《ま》ざりあっている。父さんがシャワーのあと毎日つけていたのと同じコロンのにおいだ。トイレに行くことさえリハビリになってしまった、こんな日々になる前のことだけれど。店内は「グースバンプス」シリーズに出てくる不気味な古めかしい図書館みたいだ。床《ゆか》から天井《てんじょう》まで、横向き、縦《たて》向き、ななめかまわず本が積みあげられ、棚《たな》の奥《おく》にも二重三重にいろんな方向からおしこまれている。床《ゆか》は立っているだけでもギシギシと音が鳴る。

一番気味が悪いのは、ドアの近くにある高い本棚《ほんだな》に乗っているはく製のフクロウだ。首が後ろを向いたまま、はく製《せい》にされたらしい。フクロウがそうやって後ろを向くことは知っているけれど、それでも薄気味悪《うすきみわる》い。その下の壁《かべ》には、はり紙があり、美しい金の文字で『自己責任《じこせきにん》で』と書かれ、下に小さく『ご購入《こうにゅう》は慎重《しんちょう》に』とある。何かわけありなのか？　羽が何枚《なんまい》かぬけているみたいだから、だいぶ古くなっていることを念押《ねんお》ししているのかもしれない。

後ろでドアがしまった。チャイムもベルも鳴らない。

「すみません」トファーが呼《よ》びかけたけど、返事はない。「変な店だな」

「うん」と、おれ。

「それにゾワゾワする」とトファー。

「そうだな」

「来たことある？　この店」

おれは首をふって答えた。

「こんな店があることも知らなかった」

トファーが少し、おれににじり寄《よ》った。何を考えているんだろう。また想像力《そうぞうりょく》が暴走《ぼうそう》しているにちがいない。トファーは言った。

「『はてしない物語』に出てくる本屋みたいだ」

「読んだことないな」

「はてしなく終わりのない物語だから、読み終わってる人なんていないよ」

ドアの前に立ったまま、だれも中に足をふみ入れようとはしない。切れている電球が多いのか、壁《かべ》ぎわはほとんど光がとどかず真っ暗だ。おれが感じた寒気が伝染《でんせん》したように、トファーとスティーブもふるえている。店を出てバス停に行こう、と二人に声をかけようとしたとき、スティーブが大きなくしゃみをして鼻水が飛んだ。

「テッシュちょうらい」

情《なさ》けない顔でそう言ったスティーブは、鼻水がたれてくちびるについている。「手でふけば」とトファーに言われ、スティーブは「ありえない」と言いたげに顔をしかめた。おれは店内を見まわし、『化粧室《けしょうしつ》』と書かれた古びた案内板を見つけた。暗い廊下《ろうか》の先に矢印が向いている。スティーブは廊下《ろうか》を見てから鼻水に視線《しせん》をもどし、勇気をふりしぼって、おそるおそる足をふみだした。

「めんどくさいことになったな」とトファー。

「だな……」とおれ。

トファーと二人でびくびくしながら数歩進んだ。あの不気味なフクロウ以外に、何かいる気配はない。ゆがんだ本棚《ほんだな》に乱雑《らんざつ》に積みあげられた本の山を見て、さっきより少しマシな気分になった。そこかしこに本が置いてある、六年一組の教室を思い出して。たぶん、ビクスビー先生ならここを気に入るだろうな。先生が足を運びそうな場所だ。ごちゃごちゃしていて、中でまよいそうだ。天井《てんじょう》から糸でつりさげられている木の表示板《ひょうじばん》によると、今いるのは古典のコーナーらしい。

本棚《ほんだな》のひとつに指をすべらせると、ほこりに指のあとがつく。アルフレッド・ロード・テニスンという作家の本を引っぱりだした。仰々《ぎょうぎょう》しい名前だな。聞いたことがない。カバーには金箔《きんぱく》の字で『国王牧歌』と書かれている。おれは真ん中あたりを開き、とても長い詩の本だということがわかって棚《たな》にもどした。

そのときとつぜん、まわりの本がしゃべりだした。

「『彼《かれ》ら答うることなく　彼《かれ》ら問うことなく　彼《かれ》ら従《したが》い死の道をゆく』」

とっさに、トファーとおれは身を寄《よ》せあった。と同時に、暗い廊下《ろうか》の先からかん高い声がひびいてきた。スティーブだ。様子を見に向かおうとするよりはやく、背《せ》の低い年老いた男の人が本棚《ほんだな》の横から顔を出した。分厚《ぶあつ》い銀ぶちメガネの奥《おく》から、おれたちを見つめている。二人ともたじろいだ。

「ハハ！」

そう声を出した老人は、『スター・ウォーズ』のヨーダみたいだ。近眼《きんがん》で身長百五十センチの白人で、褐色《かっしょく》のズボンに古びた灰色《はいいろ》のセーターを着たヨーダ。わずかな白髪《しらが》が木綿《もめん》の糸のように寄《よ》り集まった大きな頭から、とがった耳がつきでている。まゆ毛の上で波打つしわもヨーダそっくり。灰色《はいいろ》の毛糸のカーディガンはひざまでとどきそうで、目を見開いた表情《ひょうじょう》は、何かがとりついたようにあやしい。老人は大声で暗唱した。

「『雄々《おお》しき彼《かれ》らは馬にて進む　死の入り口へ　地獄《じごく》の門へ』」

言い終わると同時に本棚《ほんだな》をバンッとたたいたから、おれは思わずとびあがった。老人は、ぱっと表情《ひょうじょう》をやわらげ明るい声で言った。

「テニスンじゃ」

トファーが「んん？　へっ？」とかなんとか、もごもご言った。おれは、殺されるんじゃないかと思いはじめた。

「『軽騎兵旅団《けいきへいりょだん》の突撃《とつげき》』の一節じゃよ。耳にしたことはあるじゃろ？『右に大砲《たいほう》　左に大砲《たいほう》　前に大砲《たいほう》　放たれ轟《とどろ》き　弾丸砲弾《だんがんほうだん》ふりそそぐ　雄々《おお》しき彼《かれ》らは馬にて進む』」

そらんじる声は、雷《かみなり》のように迫力《はくりょく》をおびたかと思うと小さなしゃがれ声となり、そしてまた大きくなった。こぶしをもう片方《かたほう》の手に打ちつけニッと笑ったけれど、おれが首をふると不満そうに言った。

「近ごろは学校で何を教えとるのかね」

おれは出口にすぐ向かえるように、体勢《たいせい》を整えた。トファーはそれに気づいたのか、おれのTシャツのすそをつかんでいる。

「すまんな。君たちが入ってきたことには、気づかなかったんじゃよ。地下室でむさぼり食っていたんでな」

老人はそう言い、舌《した》なめずりをした。

「え……何を？」と、おびえるトファー。

「ビスコッティじゃ。紅茶《こうちゃ》にひたして食べると、それはそれはうまい」

かじりかけのビスコッティを見せ、〝殺人者風ヨーダ〟は、おれたちのまわりをまわって外への逃《に》げ道《みち》をふさいだ。監禁《かんきん》するつもりか？

「外に出よう」

トファーにささやいたけれど、スティーブがまだトイレにいることを思い出した。老人は今は玄関《げんかん》に立ち、はく製《せい》のフクロウを見あげていた。そしてふりむき、肩《かた》ごしに言った。

「いつもなら、お客が来るとスカウトが知らせてくれるんじゃがな。なあ、スカウト？」

名前を聞いて、体に電気が走った。しばらく前にビクスビー先生がみんなに紹介《しょうかい》した『アラバマ物語』という本に出てくる女の子の名前も、スカウトだった。

「このフクロウ、スカウトという名前なんですか？」

老人はうなずいた。

「ぴったりの名前じゃろ?」そして、はく製《せい》のフクロウの声に耳をかたむけるかのように首をかしげた。「君たちがどんな用でここへ来たのか、スカウトが知りたがっとる」

おれの視線《しせん》はフクロウから老人にうつり、またフクロウへもどった。トファーをひじでつつく。ここに来ようと言いだしたのは、トファーじゃないか。トファーはせきばらいした。

「ぼくら……」そう切りだしたから、おれはトファーの足をふんづけてやった。「というか、ぼくは、その、ええと……本をさがしてて」

「はっ! それならここへ来たのは正解《せいかい》じゃな、スカウト?」老人はフンッと鼻息をふき、指をパチンと鳴らした。人食い人間じゃないかもしれないけれど、相当おかしな人なのはまちがいない。「ここには、なんでもそろっとる。ただ言っておくが、マンガは置いとらんぞ。『グレッグのダメ日記』なぞも置いとらん。吸血鬼《きゅうけつき》の出てくる小説は一冊《さつ》だけ、百年以上前の本じゃや。もしそういう本をさがしとるんじゃったら、帰った方がいい」

「ほらほら、言った通りだろ?」

おれは歯をガタガタさせながらトファーに言い、スティーブがトイレから出てきたか確《たし》かめようと、廊下《ろうか》をふりかえった。トファーは無視《むし》して言った。

「ファンタジーのコーナーがどこか知りたくて」

老人は人差し指を鼻に当ててから、トファーを指さした。

「ファンタジー。やはりな。顔を見て、そうじゃろうと思っておった」

そしてカーディガンをはためかせると、こちらへ来てトファーの肩《かた》をつかんだ。本棚《ほんだな》の立ちならぶ迷路《めいろ》の中を案内していく。トファーはおれをふりかえり、「いっしょに来て」と目で合図したけれど、そのときドアが開く音がして、スティーブがようやく廊下《ろうか》をやって来るのが見えた。青ざめた顔で一歩一歩後ろをふりかえりながら、ゆっくりこっちへ来る。そして、おれのところまでたどりつくと大きく息をついた。

「トイレにサメがいたんだ」

もしこのセリフを言ったのがトファーだったら、おれは笑うか、うたがいの目を向けていただろう。でもスティーブだ。作り話をするはずない。いつも物事を慎重《しんちょう》に調べて記憶《きおく》し、あとからうんざりするほど話して聞かせるスティーブなんだから。スティーブは、ふたつのチーズケーキみたいに丸く目を見開いている。

「おれも見たい」

トファーを見殺しにして、トイレへ向かった。暗い廊下《ろうか》をぬけトイレに着くと、電気をつけた。スティーブは入り口に立ち、両手で便器を指さした。

「ああ」

おれは一言そう言った。ホホジロザメが口をあけているみたいに見えるよう、だれかが苦労して便器に絵をかいたんだ。映画《えいが》『ジョーズ』のポスターさながら、大きな口がアップでえがかれている。ギザギザの歯に赤い口の中、その先へつづく真っ暗な穴《あな》。

「便器にサメをかく人なんているか？」

スティーブは不思議がっている。無理ないよな。だってスティーブはまだあの、はく製《せい》に話しかけ地獄《じごく》の入り口についてて大声でとなえる、おかしな老人を見ていないんだから。おれはサメを見つめた。

「どうして消えてないんだろう。ふつう消えるよな。水の侵食《しんしょく》作用とかいうんだっけ？」

「だれもつかってないからじゃない？」

スティーブはつぶやいた。ふつうじゃ考えられないよな、便座《べんざ》にすわって真下にこの絵をかくなんて。大きな口がとがった歯を見せながら、自分のあそこにガブッとかみつこうとしている絵なんだから。

「つかわなかったのか？」

「じょうだんでしょ？　こんなトイレじゃできないよ」

おれはまたサメに目をもどし、父さんのことを思い出した。そしてドアを指さし、スティーブに言った。

「ちょっと外で待っててくれるか」
便器にサメをかく人なんていいる？

うちの父さんならかくだろうな。やりかねないし、やったことがあるかもしれない。もっと前だったら。

父さんはいたずら好きな人だった。職場《しょくば》でも、いつもいたずらしていた。もちろん、建築現場《けんちくげんば》ではあぶないからやらないけれど。事務所《じむしょ》にもどったときや仕事が終わったあと、だれかのつくえの引き出しにクリームをぬったり、ビールの缶《かん》をふっておいたり、弁当《べんとう》の中身を入れかえたり。家でも同じ。いつも不意打ちだったけど、年に一度だけ予想できる日があった。その日は「来るぞ」とわかる。四月一日だから。

うちでは、クリスマスの次にやってくる一番楽しい休みは、エイプリルフールだった。父さんとおれは、キャラクターまで考えていた。エイプリルフールのロバだ。三月三十一日に部屋の窓《まど》の下にしのび寄《よ》り、おもしろいものをベッドに山ほど投げこむ魔法《まほう》のロバ。投げこまれるのは、どれも昔からあるようないたずらグッズだ。おならクッションや、にせものの駐車違反《ちゅうしゃいはん》切符《きっぷ》、中にハエが入っているように見えるにせものの氷、とろうとするとバネで引っこむ紙《し》幣《へい》。それからゴムでできた犬のフン。目が覚めると必ず、まくらの上にも鼻先にも山ほど犬のフンが置いてあった。

悪知恵《わるぢえ》の働くロバは、もちろんそれ以外のときも、しょっちゅういたずらをしかけてきた。歯みがき粉がのりにかわっていたことがある。味はそんなに悪くないけれど、みがきづらかった。寝《ね》ている間に、口ひげをつけられていたこともある。

「楽しいじゃないか」

父さんはいつもそう言って、ワハハと笑った。もちろん仕返ししたいと思うけど、父さんは急にとぼけた顔をして「ロバのしわざだ」と言う。でも、何度か仕返ししたことがある。もちろん、エイプリルフール以外の日に。父さんが仕返しを警戒《けいかい》しているときじゃなく、時間がたってから。作業ブーツのつま先にくさったバナナを入れたり、チーズサンドイッチの中におもちゃのゴキブリを入れたり、フライドポテトに激辛《げきから》ソースをかけておいたり。でも一度も怒《おこ》られたことはない。

「なかなかやるな」

そう言って、おれをプロレスの技《わざ》とハグの中間くらいの感じでだきしめてきた。そして、仕返しをもくろみ、笑みをうかべる。そうしたらおれは、それから三日間は、どのドアもおそるおそる数センチずつあけながら中を確認《かくにん》したり、食べる前にはなんでもにおいをかいだりすることになるんだ。

でも全部昔の話。それからあの事故《じこ》が起きて手術《しゅじゅつ》を受けて、障害者《しょうがいしゃ》手当をもらうようになって、投薬治療《ちりょう》をはじめて……。父さんは家で、何時間もいすやソファーにすわってすごすようになった。生活の中に何も楽しいことがなくなった。ひとつも。いたずらもしてくれなくなったし、じょうだんも言わない。ときどきおれを笑わせようとして、深夜のテレビで見た話を教えてくれることはあった。そんなときおれは、がっかりさせないように笑ってみせるけど、前みたいな笑い方じゃない。

少し前に、おれは祈《いの》った。エイプリルフールの前の夜に。ふだんはあまりお祈《いの》りをしないんだ。しょっちゅう祈《いの》っていると、神様があきて聞き流すようになって、効果《こうか》がなくなる気がして。でも三月三十一日、おれは祈《いの》った。エイプリルフールのロバがあらわれてベッドに山ほどいたずらグッズを投げ入れ、まくらに犬のフンをまき散らしてくれますように、と。別にだれかにいたずらしたいわけじゃない。激辛《げきから》ガムをかんだときのスティーブの顔はおもしろかったけど。ただ、父さんに自分をとりもどしてほしいという望みを、まだすてられなかったんだ。

でも次の日の朝、グッズもフンもいたずらも、何もなかった。

もう、あの父さんはもどってこない。それからおれは、何かを楽しみに待つことはなくなってしまった。

父さんならこのトイレ、すごく気に入るだろうな。

用を足して水を流し、手をあらってトイレから出ると、スティーブとトファーがレジカウンターに身を乗りだしていた。カウンターといっても、ガタガタの本棚《ほんだな》の上に不安定にレジが載《の》っているだけだ。あの老人が、もじゃもじゃのまゆ毛を片方《かたほう》あげて立っている。トファーとスティーブもこまった顔をしているから、何かマズいことがあったのかな。万引きが見つかったとか？　でも二人とも、そんなことをするとは思えないしな。近づいていくと、二人はこまっているんじゃなくて、考えこんでいるところだった。

「七秒」

老人がカウントすると、トファーは大声を出した。

「待ってください！　もう少しでわかりそう。『わしがバケツの中に存在《そんざい》すると、バケツは軽くなる』」

「四」

「だめ、待って」

「二」

トファーは指をパチンと鳴らした。

「穴《あな》だ、穴《あな》。あなたの正体は、穴《あな》」

「その通り」

老人はきらりと目を光らせ言った。トファーは勝ちほこってガッツポーズをした。

「イエーイ、勝ったのだれ？　ぼくだよね～」

スティーブはやれやれと首をふった。

「よし、それでは次の問題じゃ。『君たちは、わしの頭を切るときには包丁《ほうちょう》をつかい、わしが切りきざまれるとなみだを流す』」

スティーブはしずんだ声で言った。

「わかりませんよ。さっきも言いましたけど、ちょっとあきてきました。何かほかのことしませんか？　数独《すうどく》とか」

「七秒」

「そんなにむずかしい問題じゃないと思うけど……」とトファー。

「五」

「姉の首を切っちゃいたいって思うことなら、ときどきありますよ」とスティーブ。

「三」

「だめだ、わからない！」

トファーがそうさけんだとき、おれはさっと後ろに近づき、残り一秒のところで答えた。

「あなたは玉ねぎです」

老人はおれを指さし、ニッと笑った。

「すばらしい」

「ぼくも答えようとしてたのに」トファーが鼻息あらく言った。「アレクサンダーさん、もう一問出してくださいよ」

老人の本当の名前はアレクサンダーらしい。「死の入り口」だの「地下室でむさぼり食う」だの言っていたときは、それはそれはこわい人に見えたけれど、今はそうでもない。ビスコッティのくずをセーターにつけて紅茶《こうちゃ》を手にした姿《すがた》はむしろ、まるっきり無害な人に見える。おれがトイレにいる間に、スティーブとトファーは新しい友だちをつくっていたのか。

「バスの時間は大丈夫《だいじょうぶ》かね？」アレクサンダーさんが聞いた。

「たぶん、もうそろそろ……」とスティーブ。

「もう一問、むずかしいやつを」とトファー。

おれも前に出て、トファーとスティーブの間に入った。トファーはもう、さがしていた本を見つけたらしく、手に持っている。そのタイトルを見ておれは「なんで思いつかなかったんだろう！」と思った。計画にこの本をつけくわえるなんて、すごくいいアイデアだ。ほんと最高。先生がほしがっていたものじゃないけれど、これで計画がもっとかんぺきになる。トファーが手にしている本はたくさんの人に読みつがれてきたものらしく、カバーは破《やぶ》れ、紙も黄ばんでよれている。でも先生は気にしないだろう。先生ならむしろ、そんな本の方が喜ぶはず。

「よし。じゃがもう一問出したら、本をもっと買うか出ていくか、どちらかにするんじゃぞ。スカウトは油を売るのが気に食わん性分《しょうぶん》でな」

アレクサンダーさんは、あごに人差し指を当てると意味ありげにほほえんだ。

「『君たちは、わしを遠ざけることはできるが、決してにげきることはできない。君たちはわしに早く来てほしいと願うこともあるが、それがかなうとはかぎらない。わしはできるかぎり、おそく訪れた方がよいものじゃ』」

「遠ざけることはできる……」スティーブがくりかえす。

「八秒」

「太陽?」トファーが答えた。

「太陽って、訪れるもの?」とスティーブ。

「五秒」

「時間かも。〝時《とき》〟じゃないですか?」とトファー。

「三」

「ぼくを見ないでよ！」とスティーブ。

トファーはあせってとびはねながら、必死におれを見る。

おれには答えがわかるけれど、言わない。でもアレクサンダーさんににごった青い目で見つめられ、急に何もかも見すかされているような気がした。答えを知っていることを見ぬかれている。トファーはバンッとカウンターをたたいた。

「なんだろなんだろなんだろ！」

「時間切れじゃ」

アレクサンダーさんが勝ちほこった顔で告げ、トファーは「あ～」とがっくりうなだれた。

「答えを教えてください」とスティーブ。

「お願いします。もやもやしたまんまなんて、嫌《いや》ですよ。答えは？」とトファー。

アレクサンダーさんは、おれにほほえみかけた。孤独《こどく》なほほえみだ。毎日見ているあの笑顔と同じ……。おれが口を開きかけたとき、ブルンブルンとエンジン音が鳴り、本がいくつかたおれ、窓《まど》とともに本棚《ほんだな》の上のスカウトもガタガタとゆれた。

アレクサンダーさんがまゆをひそめるのを尻目《しりめ》にドアからかけだすと、ちょうどバスが着いたところだった。

エイプリルフールのロバは、二年半前の十月半ばのある日、姿《すがた》を消した。父さんは、三階まで足場を組んだ建築現場《けんちくげんば》で働いていた。そのとき、パーツのどこかが折れたのかはずれたのか、足場が倒壊《とうかい》し、父さんもまきこまれて落下した。落ちたのは九メートルだから、とんでもない高さというほどじゃない。ヨーロッパでジェット機が爆発《ばくはつ》したとき、客室乗務員《じょうむいん》が上空一万メートルの高さから飛びおりて、奇跡的《きせきてき》に助かったことがあるとスティーブが言っていた。でも落ちるときっていうのは、高さだけが問題なんじゃない。落ち方も関係するんだ。

父さんの落ち方は悪かった。うでを二か所骨折《こっせつ》し、肩甲骨《けんこうこつ》の片側《かたがわ》がくだけ、耳は片方切断《かたほうせつだん》。でもそれはまだいい方で、深刻《しんこく》だったのは第二・第三腰椎《ようつい》。そのふたつの腰椎《ようつい》が折れて位置がずれた。そして内部にある脊髄《せきずい》は致命的《ちめいてき》な損傷《そんしょう》を受け、下半身の歩行機能《きのう》をつかさどる神経組織《しんけいそしき》に大きなダメージをあたえた。なんとか足切断《せつだん》にまではいたらなかったけれど。

もちろん手術《しゅじゅつ》をした。それから待っていたのは、たくさんの治療《ちりょう》と投薬、説明、祈《いの》り、長期間の入院……。そのころは前の学校だったけれど、おれは何日も欠席した。そして、母さんが亡《な》くなってからもときどき気にかけてくれていた母方のただ一人の親戚《しんせき》、トレイシー大叔母《おおおば》さんがオレゴン州から飛行機でやってきて、そばにいてくれた。退院《たいいん》するまでおれのめんどうを見てくれると大叔母《おおおば》さんは約束してくれたけれど、それ以上はいられない。一か月もしないうちに退院《たいいん》の日が来て、大叔母《おおおば》さんはいなくなった。

病院の先生たちは、できるかぎりのことをしてくれたし、そこからは父さんが自分の力でがんばらなければいけなかった。「がんばってリハビリをつづければ、きっとまた歩けるようになりますよ」と先生たちは言った。「乗りこえてみせるさ」と父さんも言った。おれがまだ二歳《さい》のときに母さんが死んで、父さんは一人でおれを育ててきた。小さなおれにどうすれば自転車に乗れるかを教えてくれた父さんなら、自分がどうすればまた歩けるかも、きっとわかるはずだと思った。

でもリハビリは、これまで父さんが経験《けいけん》したどんなことよりも、大変なことだったらしい。

リハビリを九回受けたけれど、あまり効果《こうか》はなかった。

十回目のとき、「気分がよくないから別の日に変更《へんこう》しよう」と言った。

十一回目のときは、「うっかりわすれていた」と言った。

そして、もう予約の電話を入れなくなった。

幸い、お金にはこまらなかった。父さんの会社がお金をたくさん払《はら》ってくれたから。そうするしかなかったんだろう。医療費《いりょうひ》も全額《ぜんがく》払《はら》ってくれて、節約すればたぶん一生生活していけるくらいのお金がふりこまれた。父さんはそのおかげで、一日中すわってドキュメンタリー番組を見ていられる生活になった。足場のねじがゆるんでいたことについて、父さんはじょうだんも言ったりしたけれど、もう何もおもしろくなかった。つまりどういうことかというと、落下した父さんは立ちあがる意志《いし》を持っていなかったんだ。

こんなことを言う日もあった。「九メートルじゃ足りなかったな、もっと高いところから落ちればよかった。その方がブランドにとってもよかったんだ」――そう言われると、なんてかえしていいのかわからない。だからおれは、だまったまま部屋にこもったり、ベランダにすわり、ホタルがまたたくのをながめたりする。父さんは必ずあとで「悪かった」と言うけれど、本当に悪いと思っているわけじゃない。自分が落ちこむからそう口にするだけだ。

それにも、どう反応《はんのう》したらいいのかわからない。だから返事をするかわりに言う。

「夕飯つくるね」


全速力で走ったけれど、だめだった。バスはもう八百メートルほど先へ行ってしまっていて、おれたちはのろのろとバス停にもどった。スティーブは重いバックパックを背負《せお》い、トファーは手に入れたばかりの古本をわきにはさんだまま。バスはまた来るだろうし、この世の終わりというわけじゃないけど予定がずれた。おれは歩道の縁石《えんせき》をけり、地面を見ながら嫌《いや》みを言った。

「『もう一問、むずかしいやつを』？」

「トイレにこもって時間つぶしたのは、ぼくじゃないぞ」

トファーが言いかえす。

「だって、サメを見られるチャンスなんてめったにないからさ」

バス停には古びたベンチがあって、おばあさんと小犬がすわっていた。小犬はキャンキャンわめき、すぐ横に腰《こし》をおろしたトファーにうなり声をあげた。スティーブは急いで携帯《けいたい》をとりだすと時刻表《じこくひょう》を開き、次のバスがいつ来るか確認《かくにん》した。時刻表《じこくひょう》を記憶《きおく》していなかったなんて、意外だな。おれはバックパックのファスナーをいじりながら、レジャーシートに包まれたワイングラスのことや、骨《ほね》にかこまれた神経《しんけい》のこと、水彩画《すいさいが》や理科のレポートでおおわれた六年一組の教室の壁《かべ》のことを考えた。ときが来るまで安全に保護《ほご》され、包まれたものたち。いつか身ぐるみはがされ日のもとにさらされ、こわれてしまうときまで。

トファーはバックパックをあけて古本を入れると、スケッチブックをとりだした。絵を真剣《しんけん》に学んでいる人だけが持っているような、ざらざらしたクリーム色の紙のスケッチブックだ。トファーはまっさらなページに何かかきはじめた。おれは首をのばし、スティーブごしにのぞいてみた。クラスのほかのだれかがそんなことをしたら、トファーは歯をむきだしにして追い払《はら》うだろう。トファーにとって、スケッチブックは何よりも大切なものだ。バットマンにとっての万能《ばんのう》ベルトや、みんなにとってのスマートフォンと同じように。見るのを許《ゆる》されているのはスティーブとおれだけで、そのおれだって、やっと最近許可《きょか》をもらったばかりだ。トファーはまず、ならんだ本棚《ほんだな》の輪郭《りんかく》をあらくスケッチし、その間にすわる人物をかいた。頭と耳、メガネ、波打つしわ……そっくりだ。風刺画《ふうしが》みたいに頭をやたら大きくかいているけれど、アレクサンダーさんの意味ありげな表情《ひょうじょう》も雰囲気《ふんいき》たっぷりに表現《ひょうげん》している。

「うまいな」

おれは言った。いつものことだけど、本当にびっくりするほどうまい。だからといって、友だちでしかも男のトファーのことを、あこがれの目で見つめたりはしないけれど。おれはだれのことも、あこがれの目で見つめたりはしない。

「うん」

トファーは「ありがとう」と「言われるまでもないよ」の意味が混《ま》ざった感じでそう言い、つづけた。

「あの人の顔を、わすれないうちにかいておきたかったんだ」

「目的地から一ブロックもはなれてないところにとまるバスがいるよ、あと七分半で来るはず」

スティーブがそう声をかけてきたけれど、おれはトファーの手元から目がはなせなかった。何もないところから絵を生みだしていくその様子に、心をうばわれてしまう。脳《のう》から手、えんぴつ、スケッチブックまで一本のワイヤーが通ってあやつられているかのようだ。おれもこんなふうにかけたらいいのに。うまくなりたいことはいろいろあるけれど、絵もそのひとつだ。おれは言った。

「スカウトもわすれるな」

「そうだね」

トファーは、ヘッドライトのような目や曲がったくちばしをかき、羽やかぎづめを細かくかきこんでいった。そしていったん手をとめ、全体をながめた。

「いいね」

おれが言うと、

「うん」

そう言って、目を皿のようにしてこまかく確認《かくにん》し、何か所かに影《かげ》をくわえた。画家と一般人《いっぱんじん》のちがいはそこだと思う。画家は、どこに陰影《いんえい》を入れればいいかわかっている。

「最初に顔を見たときはさ、子どもたちをおびきよせるために本屋を開いたアブナイじいさんかと思ったんだ。でも本の話をしてるうちに、なぞなぞは好きかって聞かれて。ブランドがトイレにいたときね」

トファーはえんぴつを耳にはさむと、スケッチブックの前の方をぱらぱらとめくった。ほとんどスーパーヒーローと敵《てき》の絵で、前に見せてもらったことがある。風景画も何枚《なんまい》か。あと、恐竜《きょうりゅう》に食べられている石器人のかきかけの絵が一枚《まい》。恐竜《きょうりゅう》に食べられているカイルの絵が一枚《まい》。それから、おれに似《に》た少年がトレバーに似《に》たやつを地面におしつけている絵が見えた。おれは忍者《にんじゃ》みたいなかっこうをしていて、トレバーはスパイダーマンの宿敵《しゅくてき》ドクター・オクトパスそっくりにかかれているけど。忍者姿《にんじゃすがた》のおれはかっこよかった。

「それ、おれだよな？」

「まさか。ブランドよりずっとかっこいいよ。忍者《にんじゃ》だから自分じゃないってわかったでしょ？」

「まあ。でも、おれをモデルにしたんだろ？」

「実在《じつざい》するだれかをヒントにはしたかもね。でも絵にするために、そのだれかに魅力《みりょく》をプラスして、オッタマGなキャラクターにしあげたんだよ」

そのときスティーブが、トファーに携帯《けいたい》の画面を見せてきた。

「ねえ、トイレから口を出してるワニだって。本物じゃないよね？」

そのすきに、おれは手をのばしてスケッチブックをつかんだ。確《たし》かに、この忍者《にんじゃ》はおれじゃないかもしれない。顔をかくしているから、わかりづらいな。トファーがスティーブの手から携帯《けいたい》をとり画面に顔を近づけている間、おれはページをめくって、まだ見たことのない絵をながめた。頭が六つあるドラゴンとたたかう剣闘士《けんとうし》。羽のある妖精《ようせい》がマシンガンと手榴弾《しゅりゅうだん》を手にしている、映画《えいが》『ダイ・ハード』と『ピーター・パン』がごちゃまぜになったような絵。

トファーはスティーブと、トイレに出現《しゅつげん》するいろんなものの画像《がぞう》を見ながら「うわーっ」と声をあげている。スケッチブックの一ページ目にもどったので、今度は後ろの方を見ることにした。古本屋の店主の次のページは、真っ白だった。ここに、これからクリストファー・レン画伯《がはく》の作品が生みだされていくことになるんだ。

まっさらなページをぱらぱらとめくっていると、ふいに、心にぽっかりと穴《あな》があいたような気分になった。ページはまだたくさん残っていて、トファーはこれからさまざまな作品を生みだす力を秘《ひ》めている。おれにはそんな力はない。人に自慢《じまん》できるような才能《さいのう》は、何もない。しずんだ気分でスケッチブックをとじようとしたとき、何かが目に入った。残り数ページのところに、こっそりかくすようにえがかれている一枚《まい》の絵。

それは、一人の女性《じょせい》の肖像画《しょうぞうが》だった。架空《かくう》の女性《じょせい》じゃない。黒一色でかかれていても、だれだかはっきりわかった。淡《あわ》い線で陰影《いんえい》をつけた前髪《まえがみ》、ちょっとぽってりした鼻とやせたほお、好奇心《こうきしん》いっぱいでキラキラした目。でも絵の中のその人は、悲しそうだ。トファーはとても美しくその人をとらえ、紙の上でよみがえらせている。細部も陰影《いんえい》も、長い時間をかけてかいたにちがいない。それはそれは長い時間をかけて……。

「あれ？　スケッチブックは――」

トファーはそう言っておれの方を見ると、息をのんだ。視線《しせん》の先はスケッチブック、開かれたページ、そして肖像画《しょうぞうが》へ……。たちまちトファーの顔は真っ赤に燃《も》え、勢《いきお》いよく手をのばしてきたから、おれはとりかえされないよう、急いでベンチのはしにうつった。

「それって――」

スティーブが口を開いたけれど、トファーの大声にかき消された。

「かえせ！」

「ちょっと見てるだけだろ」

おれはそう言ってスケッチブックを頭の上にかかげ、肖像画《しょうぞうが》をながめた。どうしてこんなところにかいてあるんだろう。おれの方に身を乗りだしたトファーのひじが口に入りそうになり、スティーブがさけんだ。

「おさないでよ！」

トファーが手をのばし、おれのシャツを引っぱる。小犬がキャンキャンさわぎ、おばあさんが「まったくこまった子たちだね」とぶつぶつ言いながら立ちあがった。

「ブランド、かえせ！」

「かえすからちょっと待てよ！　まだ見てるから」

「ふざけんな！　すぐかえせって！」

トファーもおれも立ちあがった。スティーブはあわてて携帯《けいたい》をポケットにつっこむと、大切なチーズケーキの入ったバックパックを避難《ひなん》させた。

「かえすから落ち着けって」

でもトファーの鼻息はあらいままで、おれもかえそうとはしなかった。この絵には、何か意味があるはずだ。スケッチブックの後ろの方に、ひっそりとかくすようにえがかれていたんだから。どんな意味があるのかはわからないし、トファーがどうしてそんなにムキになるのかわからない。でも、おれは急にイライラして頭に血がのぼり、汗《あせ》が出てきた。これはトファーの絵だ。それなのに、おれの許可《きょか》なく何かがうばわれたような、そんな気持ちになった。トファーがだれの肖像画《しょうぞうが》をかこうと、自由だ。それにこの女性《じょせい》は、トファーの先生でもある。でもおれにとっての先生が、トファーにとっての先生と同じだなんて許《ゆる》せない。トファーがさらに身を乗りだしてきたから、おれはスケッチブックをもっと高くかかげた。するとトファーはもう手をのばそうとはせず、ぎゅっとこぶしをにぎりしめた。食いしばった歯の間から言葉をしぼりだす。

「かえせ」

「わかった、かえすよ」

おれはスケッチブックを、トファーの手がとどくところまでおろした。でもまだ手ばなさず、肖像画《しょうぞうが》を見つめている。トファーが開いたままのスケッチブックの片側《かたがわ》をつかむと、真っ二つになった。スケッチブックの半分はトファーの手に、残り半分と肖像画《しょうぞうが》はおれの手からはなれ宙《ちゅう》を舞《ま》い、道路に散った。

トファーが「うわーっ」とさけんで、おれにのしかかってきた。

かたく冷たい歩道にたおれこんだ。息が苦しい。頭はぶつけないようにあげていたけれど、肩《かた》は地面に打ちつけ、ひじをコンクリートですりむいた。トファーが馬乗りになる。やせてるのになんて重いんだ！　トファーはぼろぼろになった半分のスケッチブックを、おれの目の前にかかげた。巨大《きょだい》な石板でなぐろうとするかのように。おれは手をのばしてなんとか残り半分をつかむと、盾《たて》のようにかかげて言った。

「いいさ、先生はかえしてやる！」絵はかえしてやる——そう言うつもりだったのに、口から出てきたのはそんな言葉だった。だからもう一度言い直した。「絵はかえしてやるよ、もうどけって！」

トファーはひざでおなかをぐっとおさえつけてきた。息ができない。トファーはそのまま動かず、スケッチブックをとりかえそうともしない。なぐったりけったりもしないし、どなりもしない。ただじっとおれをおさえつけ、くちびるをふるわせている。スティーブが向こうを指さして、バスのことを何か言っているのが視界《しかい》のすみに入った。

バスが来たとき、おれたちはそんな姿《すがた》だった。おれは地面に、トファーはその上に。そして、ビクスビー先生は二人の間に。

スティーブ

ウッドフィールド・ショッピングセンターからステート通りと三番通りの交差点までは、バスで二十七分だよ。いつもと交通事情《じじょう》がちがったり、タイヤがパンクしたりバスが乗っとられたりしなければ、だけどね。でもケンカをしている友だち二人にはさまれてると、この二十七分が何時間にも感じられるよ……。

トファーはぼくのとなりで汗《あせ》ばんだ頭をシートにおしつけ、ぐったりしている。通路をはさんだ席にすわったブランドは、すりむいたひじを見ている。地面でこすって皮がむけたピンクの肌《はだ》に、ぽつぽつと血がにじんで……一秒見るのが限界《げんかい》。血を見るとぼく、吐《は》きそうになるんだ。ムカデを見たり芽キャベツやマヨネーズを食べたりしても吐《は》き気《け》がするけど、特に血がダメで。

それにこのバス、アンモニア臭《しゅう》みたいなにおいがして……。今度の運転手は男の人で、ボブっていう名前で髪《かみ》はぼさぼさ、長いひげは胸《むね》までのびている。バイクが似合《にあ》いそうだな。ぼくはバイクに乗る人には今まで会ったことがないんだ。うちのパパたちは、バイクはあぶないから違法《いほう》にしてほしいと思っている。それにタバコやホラー映画《えいが》とか、クリスティーナをデートに誘《さそ》う男の子なんかも、みんな違法《いほう》でとりしまればいいのにって。

トファーはボロボロになったスケッチブックをひざに乗せているけど、表紙は曲がって、角がやぶけている。中身もバラバラになってしまっていて、トファーがかわいそうになった。トファーにとってこのスケッチブックがどれだけ大切なものか、知っているから。ビクスビー先生の肖像画《しょうぞうが》も、その中にはさみこまれている。

ぼくはトファーからブランドに視線《しせん》をうつし、またトファーを見た。ケンカしてる二人にはさまれてるこの状況《じょうきょう》、うん、最悪。

ううん、最悪ってわけじゃないか。飢《う》え死《じ》にする方がもっとつらいだろうから。酸素《さんそ》ボンベがもうすぐ空っぽになるのに、宇宙《うちゅう》空間に置き去りにされる方が、もっとつらいよね。それに地震《じしん》、アルツハイマー病、すい管腺癌《かんせんがん》、そういうことの方がもっとつらいはず。でもやっぱり、この二人にはさまれてるのがつらいことには変わりないよ。パパとママは、間にぼくやクリスティーナをはさんで夫婦《ふうふ》げんかをすることがあるけど、そんなときどっちの言い分が正しいかぼくたちに聞いて、自分の方が正しいと証明《しょうめい》しようとするんだ。だいたいクリスティーナは仲直りさせようとするんだけど、ぼくは何か理由をつけて部屋ににげたり、トファーに電話したりする。

二人にはさまれてバスでゆられている今は、逃《に》げ場《ば》がない。繁華街《はんかがい》にはあんまり行きたくないっていうのが、正直な気持ち。ちょうど昨日、郵便配達《ゆうびんはいたつ》の人が繁華街《はんかがい》の郵便受《ゆうびんう》けにネコの死《し》骸《がい》があるのを見つけたらしいし（ミシェルズ・ベーカリーのはり紙にあったプリンセス・ポポーじゃないと思うけど）、特別な日をすごすのにぴったりな場所とは思えないよ。でも、手に入れないといけないものは全部繁華街《はんかがい》にあるし、ビクスビー先生の病院もそこにあるから仕方ないな。

前の方では子どもが二人、お母さんのひざの上にクラッカーのくずをまきちらしている。ブラウスについた濃《こ》いむらさきのしみから見て、今日はあのお母さんにとってゴキゲンな一日にはなっていないみたい。子どもたちは「のどかわいた」とか「トイレ行きたい」とさわいでいて、そのうち、どっちのクラッカーが多いかでもめはじめた。お母さんが申しわけなさそうに苦笑いをしながらぼくをちらっと見たから「お気持ちわかりますよ」って言ってあげたかったけど、知らない人には話しかけたくないし。

両わきでブランドとトファーは仏頂面《ぶっちょうづら》をしている。こういうときどうすればいいか、わかればいいんだけど、わからないからまた携帯《けいたい》をとりだしてゲームアプリを起動し、バッテリーが残り少なくなってるという警告《けいこく》を無視《むし》して敵《てき》を攻撃《こうげき》しはじめた。それが携帯《けいたい》のいいところだと思う。ダメになる前にちゃんと警告《けいこく》してくれるから、備《そな》える時間ができる。ところがトファーとブランドときたら、急にこんなふうになっちゃうんだから。ただの絵だよね？　ケンカするようなものじゃないのに。別にトファーの最高傑作《けっさく》だというわけでもないし。恐竜《きょうりゅう》の絵の方がぼくは好きだな。

このバス、やっぱりくさくて……。それにあの子たち、うるさいんだよな。ブランドは歩道にぶつけてついた傷《きず》をつっついては、顔をしかめてる。予定の時間よりあとのバスに乗ったことが、タイムスケジュールに大きく影響《えいきょう》するかも。下校時間までに学校にもどれるか心配になってきた。クリスティーナに「車で家まで送って」って電話するのは嫌《いや》だし。古本屋に行かなきゃよかったな。それに、ブランドにサメの絵のこと教えたりしたから余計《よけい》に時間がとられたんだ。Tシャツについた鼻水、ほんとは全部ふきとりたかった。たぶんもうかわいて、カパカパになってるはず。あと、チーズケーキはやっぱりクーラーボックスに入れるべき……。いろんな予定外のことが起きたせいで、頭がちょっとクラクラしてきた。

ゲームで敵《てき》を爆破《ばくは》させていると、くちびるをかんでいたトファーがやっと口を開いた。

「思ってるようなことじゃないから」

まっすぐ前を向いたままだったから、ブランドに言ったのかぼくに言ったのかわからない。

でも、トファーが怒《おこ》ってる相手はブランドだから、ぼくはそのまま聞き流した。ブランドは聞いてるのかな？　よごれた車窓《しゃそう》ごしに立ちならぶビルを見ながら、うでを組んで両ひじをかかえている。トファーが話しかけた相手がぼくだとしたら、なんて答えたらいいのかわからないよ。ぼくが何を「思ってる」ってトファーが考えているかわからないから。

「ただの絵だよ」トファーはそうつづけた。ぼくもまさにそう思ってたよ。ただの絵だよね。

「別に何も意味はないよ。先生のことが好きだとか、そういうんじゃないから」

……好き？　ビクスビー先生のことが？　ぼくが思ってたこと、全然そんなことじゃないんだけど。

でもそんなことを言われたらもう、頭の中はいっぱいになっちゃって。

ゲームをやめてぼくは言った。

「ああ……そうだよね」

目はじっと携帯《けいたい》を見つめたまま。なんだか、トファーの顔を見る勇気がなくて。

「ほんとに、そういうんじゃないから」トファーもぼくの顔を見ず、まっすぐ前の席を見つめている。「ただ……なんていうか……先生の絵をかけば、その……ずっと絵の中にいてくれるから」

「ああ、そう」

ああ、そう——これはパパたちの口ぐせ。夕飯のときに相手の話を聞いてるふりをするときにこう言うんだ。でもぼくは聞いてるふりじゃなくて、トファーの言うことちゃんと聞いてるよ。ただ、言っていることがよくわからないだけで。ビクスビー先生は三十五歳《さい》で、ぼくたちの担任《たんにん》。トファーは十二歳《さい》でぼくの親友。そんな二人じゃミスマッチだよね。

「先生を保存《ほぞん》しとく……っていうか」

トファーはそう言って、やっとぼくの顔を見た。言ってる意味がわかったかどうか、返事を待っている顔だ。

わかるよ。だからこう返事した。

「ホルマリン漬《づ》けみたいに、ってことでしょ？」

去年、クリスティーナは生物の課題でカエルの解剖《かいぼう》をしたと言っていた。クリスティーナが言うには、ホルマリンには生物の細胞《さいぼう》の腐敗《ふはい》をおくらせる作用があって、カエルはホルマリン漬《づ》けにされているんだって。でもこまったことに、ホルマリンには発ガン性《せい》があるんだよね。死んだカエルにはどうでもいいことだけど。

トファーの表情《ひょうじょう》から見るに、ぼくの返事は思いきりまちがっていたみたい。あきれた声を出すと、窓《まど》にもたれかかった。トファーの言葉の意味をとりちがえたぼくにまで、今は怒《おこ》ってるのかも。そもそも、そんなあいまいな言い方をしたトファーのせいだと思うんだけど。

「わかるよ」ささやくようにそう言って、ブランドはぼくたちの方を向いた。というより、その視線《しせん》はぼくを素通《すどお》りし、まっすぐトファーに。「すごくいい方法だと思う」

そう言われたトファーがぼくの頭ごしにブランドを見たから、なんだか急にじゃま者になった気がした。ブランドはつづけた。

「シェイクスピアみたいだな。シェイクスピアは詩をたくさん書き残して、自分が死んでもその詩を通して永遠《えいえん》に生きつづけられるって考えてた」

そういえば、ビクスビー先生はぼくたちにシェイクスピアのことを少し教えてくれて、授業《じゅぎょう》で習った詩にそういうくだりがあったな。「でもそれ、成功してないよね。シェイクスピアは死んじゃって、生きつづけてなんかいないし」って言おうとしたけど、ブランドが話しつづけた。

「先生の絵をかけば、永遠《えいえん》に先生といっしょにいられる。それって、いいな」

「ほんとに？」

トファーはそう言って、ぼくに確認《かくにん》するように視線《しせん》を投げてきた。

「うーん」

うーん――これは相手が望むセリフを言えないときに出す声。これもパパたちから学んだ。

「ほんというと、ただうらやましかったんだ。だってさ……」ブランドはそこで少し口をつぐんだ。「正直いうと、トファーの半分も絵がうまければって思って。それだけ」

「半分でも、ね」ぼくが言い直してあげたのに、ブランドは無視《むし》した。ぼくはトファーの方を向いて言った。「ぼくだって、トファーの言ってる意味わかってたよ。かんぺきにね」

ほんとは全然。担任《たんにん》の先生の絵をかくというのが、やっぱりちょっとおかしなことって感じがする。とにかく、トファーがビクスビー先生に恋《こい》してるわけじゃなかったのには安心した。そうだったら、だいぶおかしいから。

長い沈黙《ちんもく》の時間が流れ、ブランドが通路をはさんでこっちにこぶしをつきだしてきた。

「スケッチブック、ごめんな」

ぼくは、目の前にういたこぶしを見つめた。トファーはきっと無視《むし》するだろうと思ったし、そうしてほしいとちょっと思ったんだけど、目をぐるりとまわしてブランドとこぶしをあわせたから、ぼくはぶつからないようのけぞった。

「ブランドって、ほんとカバだよな」トファーは言った。『カバ』はブランドが考えた言葉で、『バカ』を反対にしただけ。いい意味じゃないけど『ナシメン』よりはいい。「新しいの買ってよ」

「十四ドル九十五セント」

すかさずぼくは教えてあげた。どうして値段《ねだん》を知っているかというと、このスケッチブックは、ぼくがトファーの十歳の誕生日《たんじょうび》にチャコールペンシルといっしょにプレゼントしたものだから。トファーは「今までもらった中で最高のプレゼントだよ！　一枚目《まい》はスティーブの絵をかくね」と言ってたけど、別の絵をかいていた。

「悪いけど、おれのお金はほとんどチーズケーキに消えちゃったよ」

ブランドが言うと、トファーは答えた。

「いいよ。いつか、うめあわせして」

運転手がようやく、目的地のバス停をアナウンスした。ブラウスにジュースのしみのついたお母さんが、子どもたちを出口に向かわせ、クラッカーのくずが通路に点々と落ちていく。ぼくたちも立ちあがり、トファーはバラバラのスケッチブックをバックパックにつめこんだ。ぼくはまたチーズケーキを背負《せお》い、おりる人の列の後ろにならんで、クラッカーのくずを目で追いながらバスをおりた。頭の中にうずまくもやもやを払《はら》いのけようとしながら。トファーの言っていた「思ってるようなこと」の意味、ビクスビー先生にトファーがそういう気持ちを持っているわけじゃないってこと、それから恋《こい》や、永遠《えいえん》に生きつづけるということについて。

ぼくはニュートンの運動の法則《ほうそく》も、ＨＴＭＬも三角法の基礎《きそ》も理解《りかい》しているけれど、女の子のことはよくわからない。決まった法則《ほうそく》がないから。定まらない方程式《ほうていしき》みたいに。x＋y＝z

だけど、x=?で、yは変幻自在《へんげんじざい》、zはこっそりぼくの悪口を言っている。どうしてそう思うかというと、ときどきかげでぼくの悪口を言ってるのが聞こえてくることがあるし、クリスティーナが電話で、仲がいいはずの友だちの悪口を言っていることがあるから。

ぼくの経験《けいけん》からいって、男子の方がつきあいやすいよ。好きなものも同じで、ポテトチップスやゲーム、国の重要建造物《けんぞうぶつ》が破壊《はかい》されるシーンのある映画《えいが》。だから相性《あいしょう》がいいし、うまくやっていける。あと、相性《あいしょう》がいいものといえば、イチゴとホイップクリーム、日光とスイミングプール、水素《すいそ》と酸素《さんそ》、『スター・ウォーズ』のハン・ソロとチューバッカ、シリアルと牛乳《ぎゅうにゅう》。

お姉ちゃんとぼくは相性《あいしょう》が悪い。クリスティーナはたった五歳《さい》はなれているだけだけど、二十歳《はたち》みたいなそぶりをすることがあって、生まれたときからずっと見張《みは》られている気分なんだ。はじまりは、よちよち歩きのころ。クリスティーナはぴったり後ろからついてきて、すぐに支《ささ》えられるように両手をぼくのわきにスタンバイしていた。ママは、クリスティーナがぼくについてまわってくつひもを結んでやり、宿題のまちがいをなおし、ママそっくりに「ダメ、スティーブ」って言うのをほほえましく見ていた。それが弟への愛情《あいじょう》の印だと思っていたみたいだけど、本当は、どっちの立場が上かを弟に知らしめる方法なんだとぼくにはわかっていた。お姉ちゃんのうでに守られながらキッチンをよちよち歩きで進みはじめたあの瞬間《しゅんかん》から、ぼくにはわかっていたんだ。

パパが言っていた。世界には、トラみたいな人間とヒツジみたいな人間がいるって。お姉ちゃんはトラで、ぼくはたぶんヒツジ。相性《あいしょう》はよくないよね。

パパとママもそう。だからママは週末をたいてい庭ですごす。花だんの雑草《ざっそう》をぬいたりイチゴを育てたり、ただテラスにすわって空をながめていたりする。そんなとき、パパは部屋の中。二人はまるで酢《す》と漂白剤《ひょうはくざい》なんだ——混《ま》ぜると危険《きけん》。すぐに化学反応《はんのう》が起きて、そのうちどなりあいになる。

そのことはトファーも知ってるよ。うちに来たときに、二人がケンカしてることがあるから。そんなとき、ぼくたちはこっそり玄関《げんかん》から出て自転車で近所を走り、トファーの家に行くこともあれば、あみとからっぽのマーガリン容器《ようき》を手に池まで歩いて、おたまじゃくしをつかまえてみることもある。結婚《けっこん》なんか一生しないとトファーが誓《ちか》ったのも、そんな日のことだった。

その日、パパたちはクレジットカードの請求書《せいきゅうしょ》のことでもめていて、ぼくの部屋にまで声が聞こえてきていた。そのとき、クリスティーナが心配そうにぼくの様子を見に来た。

「ナットの家に勉強しに行くんだけど、あんたたちもどこかに送ってってあげようか？」

ぼくはそっとしておいてほしくて首をふったんだけど、トファーが言った。

「そうして、クリス。でも、いじわる魔女《まじょ》クリスのほうきって三人も乗れたっけ？」

クリスティーナが乗っているのは、十六歳《さい》の誕生日《たんじょうび》に買ってもらったスバルだ。それにクリスと呼《よ》ばれるのをきらっている。トファーもクリスと呼《よ》ばれるのをきらっているから、二人はひとつは共通点があるってことになるね。

「あんたってほんっと……」クリスティーナはトファーにそう言うと、今度はぼくを見た。「大丈夫《だいじょうぶ》？」

ぼくがうなずくと、トファーとは目もあわせずに出ていった。

「よくあんな姉ちゃんにがまんしてるよね」

トファーに言われてぼくは答えた。

「まだいい方だと思うよ。シロワニは、母親のおなかの中にいるうちに兄弟を食べちゃうらしいから」

「ふたごじゃなくてよかったね」

それからトファーが、おたまじゃくしをつかまえに行こうと言い、道具を持って何軒《なんけん》かの裏《うら》庭《にわ》をつっきり、イラクサをよけ、枝《えだ》でガマ草をたたきながら池のふちへ向かった。トファーによると、ガマ草はモンスターなんだって。だから、ぼくもまねしてたたいた。

「しょっちゅうやりあってるね」

トファーが言った。モンスターじゃなくて、うちのパパたちのことだ。ただそこに生えて穂《ほ》を打ち落とされるがままのモンスターは、ふつうのガマ草とおんなじだ。

「たまに同じ部屋にいると、ああなっちゃうんだ」

ぼくはおどけて言ったけど、トファーは笑ってくれなかった。ぼくのユーモアは、トファーに通じないことがときどきあって。

「結婚《けっこん》したら、同じ部屋にいるようにしてほしいよ」

トファーがそんなことを言うのは、変だと思った。トファーの家のリビングには写真が何枚《なんまい》もかざってあるんだけど、写真の中の両親はいつも笑顔で寄《よ》り添《そ》っているから。

「トファーのお父さんたちは仲いいよね」

「うん。二人が顔をあわせることなんて、たまーにしかないけどね」

トファーのお父さんは働きづめで、お母さんは夜勤《やきん》が多い。ぼくが遊びに行くとだいたいどちらかが家にいるけれど、二人そろっていることはめったにない。二人ともトファーをほったらかしにしている感じで。そういうの、ぼくはうらやましいんだけど、トファーは嫌《いや》なんだろうな。

トファーのあとをついて、水辺の大きな石の上にいくつか乗ってみると、ちょっとぐらぐらする石を見つけた。そういう石を引っくりかえせば、おたまじゃくしがいることがある。でもそのころは、まだおたまじゃくしをさがすには時期がはやいと、ぼくはわかっていた。水は冷たいし、カエルは卵《たまご》を産んだばかりの季節。でも、そのことをトファーに指摘《してき》したくはなかった。「知ったかぶり」って言われるだろうから、トファーが自分で気づくまで待った方がいいと思った。トファーのそばに立っていたぼくはしゃがみこむと、ゆるやかにさざめく水の状態《じょうたい》を確《たし》かめるふりをした。

「映画《えいが》から学ぶことがあるとすれば、結婚《けっこん》は絶対《ぜったい》にしない方がいいってことだな。『プリンセス・ブライド・ストーリー』なんか、まさにそうだよね」

トファーが言ったのは、二日前の夜に見た映画《えいが》のことだった。トファーのお気に入りで、もう見るのは四回目。いつも絶妙《ぜつみょう》なタイミングでその映画《えいが》のいろんなセリフを出してくる。木の枝《えだ》で剣闘《けんとう》ごっこをするとき、トファーは左手で枝《えだ》を持ち、「お前が知らないことを教えてやろうか」ってセリフを言う。いや、そのあとに何を言うか、もう全部知ってるよってそのたび思うんだけどね。トファーは木の枝《えだ》で水をつついた。

「ウェスリーとキンポウゲは最後結ばれるけど、結婚《けっこん》はしないでただキスするだけ。それにその前、キンポウゲは自分が結婚《けっこん》してるとかんちがいして胸《むね》を刺《さ》し、自殺しようとしたことがあった。つまり、どういうことだと思う?」

「『かんぺきな心を持った人など、この世にほとんどいない』っていうあのシーン?」

思いきって言ってみた。映画《えいが》のセリフを引用すれば、トファーが喜んでくれると思って。

やっぱりトファーは笑顔になって言った。

「つまり、愛はすばらしいけど、結婚《けっこん》はやめといた方がいいってこと」

ビクスビー先生ふうに言うなら、それがあの物語の教訓。ぼくは聞いた。

「じゃあ、あの映画《えいが》に出てきたマックスと魔女《まじょ》の老夫婦《ろうふうふ》は？　あの二人は結婚《けっこん》してるよね」

「あの二人は憎《にく》みあってたでしょ？　どなりあって小屋の中で追いかけたりしてさ。あの二人だけじゃない、『スター・ウォーズ』のアナキンとパドメだってそうさ。結婚《けっこん》したらアナキンはパドメを絞《し》め殺《ころ》そうとしたじゃないか。スーパーマンもインディ・ジョーンズも『ハンガー・ゲーム』のカットニス・エヴァディーンも、みんな独身《どくしん》のままで幸せそうじゃん」

「でもカットニスはそのあと結婚《けっこん》したよ」

ぼくはつっこんだ。クリスマス休暇《きゅうか》に『ハンガー・ゲーム』は三巻《かん》全部読んだから。おもしろかったんだけど、クリスティーナの方が先に読み終えちゃって、パパたちへの点数かせぎに利用されるとは思いもしなかった。

「エピローグは別だよ。作者が無理やりハッピーエンドにするために書きくわえてるだけだから。まあ、カットニスは結婚《けっこん》したなら、そのあと不幸だろうね」

トファーはそう言って枝《えだ》を水に落とし、ぼくはさざ波が池のふちによせるさまを見つめていた。

「いないな」

トファーはため息をつくと、空のマーガリン容器《ようき》を土手に置き、すわりこんだ。ぼくもとなりにすわり、二人でしばらく雲をながめていると、とつぜんトファーがぼくの方を向いて、両手で肩《かた》をつかんできた。

「もしぼくが結婚《けっこん》しようとしたら、阻止《そし》するって約束して」

いつものことだけど、本気なのかふざけているのかわからなかった。

「わかった」

どっちにしても、気軽な約束だと思ってそう答えた。だってまだ十二歳《さい》だし。

「ちょっと、真剣《しんけん》な約束だからね。ぼくがなんて言おうと、阻止《そし》してよ。ていうか、どんなことがあっても、女の子にぼくらの仲をじゃまさせたりしないって約束して」

トファーは、ぼくの肩《かた》をはなして手を差し出した。

「約束する、絶対《ぜったい》」

おたまじゃくしのいない早春の土手で、トファーとぼくは二分の一秒、手をにぎりあった。

バスは、ぐるぐる舞《ま》うほこりと排気《はいき》ガスを残して去っていった。顔をそむけてせきこんだぼくたちのかすむ視界《しかい》に、繁華街《はんかがい》のよごれたレンガ造《づく》りの街並《まちな》みと、湯気をあげる下水溝《げすいこう》があらわれた。通りには、われた瓶《びん》や、すてられてしわくちゃになった新聞が散乱《さんらん》している。近くの郵便《ゆうびん》ポストはこわれ、ペンキがはげている。死んだネコのことを思い出すと、近寄《ちかよ》りたくないな……。あたりの建物は落書きでよごれている。地図を見てトファーが言った。

「病院はあっちで公園はその先だけど、今から行く店は通りをまっすぐ行ったところにあるはず」

さがしているお店は『ワット・アレス・ユー』という名前で、十五か所見つけた酒店の中で一番バス停から近い店だった。ウェブサイトを見るかぎり、ワインの品ぞろえが豊富《ほうふ》みたい。酒店に行くなんてはじめてだ。うちのパパたちは飲まないタイプで、日本酒さえ口にしないから。たぶん、バイクやハロウィンといっしょで、アルコールも違法《いほう》にしてほしいと思っているんだと思う。

チーズケーキの重みで、バックパックが肩《かた》に食いこんで痛《いた》くなってきた。なんでブランドじゃダメなんだろう。ブランドのバックパックはぼくのとそんなに大きさは変わらないし、三人の中で一番体が大きいからトレバーにケンカを売れるくらいなんだよ。ガラスの破片《はへん》をよけて歩きながら、ぼくは聞いた。

「もう一度聞くけど、どうやって六年生三人でワインを買うっていうの？」

計画の中でこの部分だけが決まっていなくて、トファーが「あとで考える」と言っていたから。でもここは、下手したら逮捕《たいほ》されるかもしれない部分だよね。ぼくの知るかぎり、チーズケーキは子どもでも買えるけど、ワインとなると別だから。

トファーは肩《かた》をすくめた。

「そんなのかんたんだよ。かわりに買ってきてくれる人を、そのへんでさがせばいい」

ブランドがトファーの行く手をさえぎった。

「は？　おい、それのどこが念入りに考えた方法なんだよ」

「なんだよ！　映画《えいが》ではいつもそうしてるじゃん」

「そんなシーン見たことないぞ」

ないよね。ブランドの肩《かた》は持ちたくないけど、ハリー・ポッターがハグリッドに「酒屋でビールを買ってきて」ってお金をわたしているシーンなんかないでしょ。

「じゃあどんな方法ならいいわけ？　シャツの下にボトルをかくして店を出るとか？　犯罪《はんざい》じゃん！」

「未成年のためにお酒を買うのも違法《いほう》だよ」

ぼくが指摘《してき》するとトファーは言いかえした。

「ぬすむ方がもっと違法《いほう》じゃないか」

ぼくは首をふった。こういうことに「もっと」なんてないんだよ。違法《いほう》か、そうじゃないかのどちらかしかなくて、これは明らかに違法《いほう》。でもトファーは引かない。

「大丈夫《だいじょうぶ》だって。買ってきてもらえるような〝いい話〟を考えればさ」

ブランドがぶつぶつ言った。

「〝よくない話〟をしてやろうか？『フォックスリッジ小学校の六年生三人が今朝、ワインを違法《いほう》に購入《こうにゅう》しようとして逮捕《たいほ》されました。〜くわしくは6チャンネルで』」

トファーはイライラしてどなった。

「ちょっと待ってよ、かんたんな方法だなんて言ってないよ。はじめっからわかってたでしょ？　自分たちだって言ってたじゃん。成功するか、一か八かだなって。それで二人とも、ここはぼくにまかせるって言ったよね？」

視線《しせん》を向けられたブランドがうなずいた。トファーは笑顔になり、ここは安心するべきところなんだろうけど、トファーもぼくと同じで自信がないっていうのが、雰囲気《ふんいき》で伝わってきた……。


入り口の上に『ワット・アレス・ユー』と看板《かんばん》がある店を見つけた。建物の壁《かべ》はところどころくずれていて、窓《まど》に格子《こうし》があるのがなんだか不安……。刑務所《けいむしょ》や銃《じゅう》の販売店《はんばいてん》みたい。携帯《けいたい》で時刻《じこく》を確認《かくにん》すると、十一時十八分。学校に行っていれば、ちょうど作文で物語を書く時間で、一人の宇宙《うちゅう》物理学者がノーベル賞を受賞し、未熟《みじゅく》で出来の悪い姉に自分の方が立場が上だと思い知らせる物語を完結させているころだよ。

「で、どうする？」

ぼくが聞くとトファーは答えた。

「よさそうな人をさがそう」

よさそうな人ってつまり、未成年のためにお酒を買ってくれるバカな人ってことだよね？

通りを歩く人たちを観察した。何人か指さしてみたのに、トファーが毎回首をふるんだ――

「その人はダメ」「その人もダメ」「スーツを着てる人はナシ」「それもダメ」「子づれはナシ」「ないない」「年とりすぎてるでしょ」「若《わか》すぎるって」。バッグをいくつも持ってゆっくり歩いていく女の人を指さすと、トファーはあきれた顔を向けてきた。

「妊娠《にんしん》してる人にたのめるわけないじゃん。常識《じょうしき》ないなあ」

思わずにらんでやった。常識《じょうしき》なんてことを言うなら、常識《じょうしき》ではぼくは今、教室でブラウンリー先生のペットの犬の話を聞いているはずで、こんな道ばたにすわって、未成年がお酒を手に入れる手助けをして逮捕《たいほ》されるリスクをおかそうとする人をさがすなんてことしてないよ。

「あ、あの人どう？」

トファーが指さしたのは、三十代半ばの（ぼくが予想する年齢《ねんれい》はあてにならないけど）、やぶけたジーンズと青いTシャツを着ている男の人だった。ほかの人たちがつれだって歩いたり携帯《けいたい》で話しながら歩いたりしている中、その人だけは目的なくぶらぶらしているみたいだった。いい人には思えないんだけど。

「炭酸《たんさん》のぶどうジュースだったらスーパーに売ってるから、それにしない？」

そう言ってみたけど、トファーは手をさっとふって却下《きゃっか》。

「いいや、あの人ならぴったりだ。声かけるから待ってて。すみません、そこの青いTシャツの人！　ここここ！」

そのまま通りすぎるように見えてほっとしたのもつかの間、トファーはまた呼《よ》びかけた。

「すみません！　ちょっといいですか？」

男の人はふりむいた。

「おれ？」

ぼくはぶんぶん首を横にふったんだけど、トファーはうなずいて近づいた。ブランドとぼくがさっと両サイドを護衛《ごえい》し近づいてみると、あごから口もとまで大きな傷《きず》あとがあるのに気づいた。刑務所《けいむしょ》で乱闘《らんとう》したか酒場でケンカしたか、そんな雰囲気《ふんいき》だ。

「そうです、すみません、変な話だと思われるかもしれませんけど、お願いしたいことがありまして。明日、母の四十歳《さい》の誕生日《たんじょうび》なのでワインを買いたいんです。でも年齢《ねんれい》がまだ……」

左うでいっぱいにタトゥーが入っている。緑と黄色のドラゴンで、しっぽはTシャツのそでにかくれて見えない。ぼくにはタトゥーを入れている知り合いもいないよ。男の人は、琥珀色《こはくいろ》のあやうげな目つきでトファーをじっと見た。

「だな。十歳《さい》？」

「十三歳《さい》です。母は明日が誕生日《たんじょうび》で。お金はあるんですが、ちょっと協力してくれる人が必要で……その、購入《こうにゅう》するところだけ」

男の人は、ぼくたちの顔をじっくり見た。視線《しせん》を感じたけど、目をあわせる勇気はない。

「オヤジさんじゃダメだったわけ？」

「父は死んで……」トファーはひるまず答えた。「飛行機事故《じこ》で六年前に、アルバカーキから歯科学会の帰りに……」

どうして真顔で言えるの？　お父さんは会計士なのに。

「アルバカーキ？」

もー、うたがわれてるじゃん……。

助《たす》け舟《ぶね》を出そうとぼくが「ニューメキシコ州です」とわって入ると、トファーにひじでつつかれた。男の人は首をふった。

「花でも買えば」

そして向きを変え立ち去ろうとしたから、ぼくはほっとして大きくため息をついた。でもトファーは手をのばし、また声をかけたんだ。

「待ってください」

やめてよ……。男の人が足をとめると、トファーは一気にまくしたてた。とちゅうで息つぎをしたら、永久《えいきゅう》にチャンスをのがすとでもいうかのように。

「すみません母の話はうそです母じゃなくて担任《たんにん》の先生のためにワインが必要なんですすい管《かん》腺癌《せんがん》で入院してて明日ボストンにうつるから今日は先生に会うために学校をぬけだしてだってパーティーが開かれるはずだったのが中止になってお別れが言えなかったから」

男の人は、しばらく考えてから首をふった。

「最初の作り話の方がよかったな」

でも立ち去ろうとはせず、ぼくたちの顔を順番に見てきたから、今度はうっかり目をあわせちゃった。真ん中に真っ暗な穴《あな》のあいた金貨みたいな目……。

「金はあるんだよな？」

じっと目を見てきかれたぼくは、うなずいた。ごくりとつばを飲み、またくりかえしうなずく。せかすようにパチンと指を鳴らされ、ぼくはポケットをさぐって十五ドルとりだした。トファーも十ドル差し出すと、男の人はせきこんで言った。

「二十五ドル？　それだけかよ」

「えっ、足りませんか？　一本買えればいいんです」

トファーが言うと、ドラゴンタトゥーの男の人はあごの傷《きず》あとをかいた。指の関節には、かさぶたがある。ナイフと素手《すで》でケンカしたんだろうな。

「しょうがねえな、じゃあこうしようぜ。死にそうなママさんの誕生日《たんじょうび》のワインに十ドルつかう。残りはおれがいただく。それでいいな」

三人で顔を見あわせた。自分たちのために大人に法をおかしてもらうとき、どのくらいのお礼が必要なのかわからなかったから。五十五ドルのチーズケーキにあうワインを買うのに、十ドルで足りるのかどうかもわからない。あやしい感じがするけど、交渉《こうしょう》できる立場じゃないし……。トファーにあわせて、ぼくもうなずいた。でもブランドはうなずいていない。

「決まりだな。金をよこして、そこで待ってろ」

お金をわたそうとしたぼくの手を、ブランドがつかんだ。

「だめだ」

「なんだって？」

男の人がにらんできたから、ぼくはブランドの足をふみ、このあやしいタトゥーの男の人に口答えしない方がいいと伝えようとしたんだけど、ブランドは無視《むし》して言った。

「おれたちも店に入って、自分たちで選びます。大事なワインなので」

それを聞くと、どうしてか男の人は鼻で笑い、みにくい顔でにやりとした。

「大事なワインが十ドルってわけか。いいさ、じゃあついてこい。もし何か聞かれたら、おれはお前とお前のオヤジだって答えるんだぞ」男の人はトファーとブランドを指さしてそう言い、最後にぼくを指さした。「お前は中国からの養子だ」

「ぼく日本人で……」

そう言いかけたけど、男の人はトファーとぼくからお金を受け取り、店の入り口に向かって行った。

トファーはぼくを見てにっこりした。「トファーさすが！　計画通りだね！」って言わせたいのが見え見え。でもぼくはブランドに気をとられていた。ブランドはためらいながらも手をのばし、男の人のTシャツをつかんでまた引き止めた。

「名前は？　なんて呼《よ》べばいいですか？」

男の人は、しばらく考えてから答えた。

「ジョージ・ネルソン。ジョージって呼《よ》びな」

『ワット・アレス・ユー』のレジにいる男の人は、野球雑誌《ざっし》を読んでいるところだった。顔をあげるとジョージ・ネルソンさんに会釈《えしゃく》し、その後ろのぼくたちを見て怪訝《けげん》な顔をした。ジョージさんは、となりのビルにまで聞こえるんじゃないかと思うほど大きな声で言った。

「さあさあお前たち、お母さんのために手ごろでよさそうなワインを選ぶんだぞ」そしてレジの男の人の方を向いて説明した。「明日、誕生日《たんじょうび》なんですよ。息子たちが夕飯をつくってやるそうで」

「それはいいですね」

レジの人は興味《きょうみ》なさそうに言うと、また雑誌《ざっし》に目をもどした。ぼくは窓《まど》の格子《こうし》にもう一度目をやると、中央の通路を行くブランドのあとについていった。保護者《ほごしゃ》役のジョージさんは、通路の入り口に立ったまま。ぼくはブランドにささやいた。

「急ごうよ、こんな店に長くいたくない」

「で、どんなワインさがせばいいの？」

ずらりとならぶワインを見ながらブランドに聞かれ、トファーが答えた。

「全然わかんない」

どんなワインが好きかということまでは、ビクスビー先生は言っていなかった。六年生にそこまで話しても仕方がないだろうし。ぼくは携帯《けいたい》をとりだした。パパがデータ使い放題プランにしておいてくれてよかった。バッテリーが残り八パーセントという警告《けいこく》が出ているけど、これは大事なことだから調べないと。後ろでジョージさんが、通路をぶらぶらしながら茶色いお酒のボトルをしげしげと見ている。この店にいると、一秒一秒不安が増《ま》してくる。レジの人は時々雑誌《ざっし》から目をあげて、ぼくたちの様子をうかがっている。『地区優勝《ゆうしょう》なるか!? シカゴ・カブス、大きくリード』――表紙にはそう見出しがおどっている。

「これにしよう」ブランドが『Zinfandel《ジンファンデル》』と書かれたボトルを手にとった。「白ワインだって。チーズケーキも白いから、あうんじゃないか?」

「そういうことじゃないと思うんだけど」

反論《はんろん》したトファーに目でうながされ、ぼくは携帯《けいたい》でチーズケーキとワインのことを検索《けんさく》した。これまでにも調べた人たちがいたみたいで、同じ質問《しつもん》がヒットして、答えにいろんな種類が出てきた。

「『Moscato《モスカート》』か『Brachetto《ブラケット》』っていうのある?」

発音があってるといいなと思いながら聞き、三人で棚《たな》を見まわすとトファーが見つけた。

「あった。『Robert Mondavi Napa Moscato d'Oro《ロバートモンダヴィナパモスカートドーロ》』。ラベルに葉っぱのもようがついてるのが目印だから、調べて」

「葉っぱのもようなら、どれもついてるよ」

ぼくが言うと、ブランドがほかのボトルを手にとった。

「これは……ボ、デ、ガス、バル、デ、ビド、バー、デ、ジョ、コン、デ、サ、イー、ロ……だって、たぶん」

ドレミファソラシドの音符《おんぷ》を歌うみたいな言い方。

「長すぎるよ。『Asti Spumante《アスティスプマンテ》』は？　聞いたことあるし、六ドルで買えるよ」とトファー。

「六ドルのなんてダメだ」

ブランドが言う後ろで、ジョージさんがドアの方へ歩いていくのが見えた。

「いつからワイン通になったわけ？」トファーはそう言いかえすとぼくを見た。「このワインはどう？」

またイタリア語っぽい長い名前のワイン。検索《けんさく》すると、そのワインの説明がびっしり載《の》ったサイトを見つけ、小声のまま読みあげた。

「『やわらかなシトラスと梨《なし》の香《かお》りをベースに、ローズとはちみつ、スミレの砂糖漬《さとうづ》けではなやかなアクセントをプラスし、奥深《おくぶか》く繊細《せんさい》な味わいに仕上げました。ほのかなジンジャーがアクセントとなり、後味をさわやかにしています』」

「まずそう」とブランド。

「だね」とトファーも言って、棚《たな》にもどした。「じゃあこれは？」

ぼくが入力するのを二人とも見ている。

「『クロフサスグリ、ココア、スミレとスモーキーな香《かお》りをベースに、ラズベリーとロームの風味も加わり、なめらかであとを引く味わいです』」

「うわ〜、ないない。こんなのだれが飲むんだよ」とトファー。

「それにロームって何だよ」

ブランドに聞かれて調べようとすると、トファーにさえぎられた。

「ねえねえ、これならちょうど十ドルだし、発音できるよ」

手にしたボトルの『Woop《ウープ》Woop《ウープ》』というラベルを見て、ブランドが首をふった。

「『ビクスビー先生、ほら、ウープウープってワインを買ってきましたよ』って言って出すわけ？　せめてもうちょっと高級な感じの名前のにしようぜ。最初のやつがいいよ、ロームなんてのも入ってなかったし」

トファーとブランドが言いあっている間、なんとなく『ジョージ・ネルソン』と検索《けんさく》してみた。ＳＮＳやオンライン電話帳を検索《けんさく》したかぎりでは、このあたりにそんな名前の人は住んでいないみたいだ。同じ名前で検索《けんさく》に引っかかったのは、有名な家具デザイナー。大きなテレビを設置《せっち》するファミリールームの生みの親だそうだ。

銀行強盗《ごうとう》と殺人を何件《なんけん》もくりかえした、アメリカ史に残る凶悪犯罪者《きょうあくはんざいしゃ》のニックネームもジョージ・ネルソンだった。

携帯《けいたい》をおろすと、ブランドとトファーはそれぞれボトルを手にして「スミレの砂糖漬《さとうづ》けってどんな味だろう」と話しあっているところだった。

「ちょっと」ぼくは携帯《けいたい》を見せようと、二人にささやいた。「ねえ、これ見て」

そのとき、ふいにレジの男の人がぼくたちに呼《よ》びかけた。

「おい、ちょっと」ふりむくと、男の人はドアを指さした。「君らの父さんじゃなかったのか？　出てったぞ」

トファー

ジョージ・ネルソンは消えた。ぼくらのお金を持ったまま。

歴史上、この独白《どくはく》をつぶやいたのは、ぼくがはじめてじゃないだろう。

あわててワインボトルを棚《たな》にもどし、ドアから走り出た。店の男の人が何かさけんでるのが、後ろから聞こえる。もう二度と店に来るなとか、何かすごいののしり方をしてるけど、おしまいまで聞いてる場合じゃない。

外に出て、あたりを見まわす。左——右——青いTシャツ——やぶけたジーンズ——黒い髪《かみ》

――あそこだ、角にいる！　どろぼうはぼくらの方をふりかえり、かけ足で遠ざかっていく。

「あそこだ！　追え！」

このセリフ、言ってみたかったんだよなあ！

先頭はブランド、そしてぼく、スティーブ。スティーブはバックパックがゆれるとか重いとか何か言ってるけど、ぼくは「ちゃんとついてこい！」ってさけんだ。ジョージ・ネルソンの姿《すがた》が遠くなっていく。ぼくはブランドに追いついて、息を切らしながら実況《じっきょう》した。

「容疑者《ようぎしゃ》は白人、男、百八十センチ、八十キロ。走って逃走中《とうそうちゅう》。最後の目撃《もくげき》地点は、現在追跡《げんざいついせき》中のなんとか通りと、これから入るなんとか通りの交差点」

ぼくはブランドが乗ってきて「容疑者《ようぎしゃ》は武器《ぶき》を持ってるか？　危害《きがい》を加える可能性《かのうせい》はあるか？　慎重《しんちょう》に動いた方がいいなら言ってくれ」とかいうセリフをかえしてくれるのを待ったけど、ブランドはただ、

「容疑者《ようぎしゃ》はクソ野郎《やろう》だ」

そう言っただけだった。あんまり頭に来て、造語《ぞうご》も思いつかないみたい。

ぼくらは、ゾンビにでも追いかけられてるのかってくらい、すごい勢《いきお》いで角を曲がった。後ろにいるのは、今にもたおれそうなスティーブだけだけど。向こうではジョージ・ネルソンが、こっちにちらっと視線《しせん》を投げて交差点へかけこんでく。車が急ブレーキでとまり、タイヤ

が悲鳴をあげた。バンパーにひざをぶつけたジョージは、一瞬《いっしゅん》よろめいたけど走りつづけ、急ブレーキとクラクションの音がいくつも鳴りひびいた。あやうくひきそうになった車の運転手が窓《まど》をあけどなり声をあげる中、ブランドとぼくも交差点に飛びだした。悪党《あくとう》を追いかけてるときに「右見て左見て」なんてやってらんない。

どろぼうをひきそうになった車を、ブランドはよけて走る。ぼくは勢《いきお》いあまって、ボンネットに両手をつき、飛びこえるみたいなかっこうになった。ほんとは、ボンネットに飛び乗って次々に車の上をわたってく、みたいなのが理想だったんだけど、ちょっとそれっぽくなってイエイ！って感じ！　車の中の男の人たちは、口ぎたなくののしってクラクションを鳴らした。

歩道にたどりつきふりかえると、スティーブが交差点わきの歩道でポストにもたれ、ぼくらに手をふってる。

「先に……行って……ぼくは……いいから」

そう言って、ガクリとくずれ落ちた。

「たおれたぞ！」

ぼくがそうさけんでも、ブランドは足をとめない。とまるわけにいかないんだ。ジョージ・ネルソンまでの距離《きょり》は、まだ三十メートルはある。ぼくらは、めいわくそうな顔を向ける歩行者たちの間をかけぬけていった。ブランドって、こんなに足がはやかったっけ？　ついてくのに必死だよ。バーやレストランの前を走りすぎ、さびれたホテルの深緑のひさしの下を飛び去るようにぬけていく。犯人《はんにん》まで十五メートルを切った。追いついてきたぞ。足もとで砂利《じゃり》がはねあがり、一足ごとにバックパックがとびはねる。あやうく人にぶつかりそうになり、「どこ見てんだよ！」ってどなられあやまった。ヒーローっていうのは、ほんとはたたかうのに一生《いっしょう》懸命《けんめい》だから、あやまらないものなんだけどね。

「あと少しだ！」

ブランドにそうさけんだとき、とつぜんわき腹《ばら》にするどい痛《いた》みを感じた。撃《う》たれた！　きっとジョージ・ネルソンの仲間のスナイパーが銃撃《じゅうげき》してきたんだ。ぼくは胸《むね》の下に手を当て、なんとか息をつないだ。

あれ？　血も出てない、銃弾《じゅうだん》もなし。痛《いた》みだけだ。なーんだ、こんなに走ったことがなかったから痛《いた》むだけか。わき腹《ばら》に手を当て走りつづける。どこか遠くからヘリコプターの音が聞こえてきた。いや、ただの車のエンジン音か？

通りの先で、犯人《はんにん》はまたちらりと後ろをふりかえり、ぼくらに追いつかれそうだとわかると、こぶしでアルミのごみ箱をなぐり歩道の真ん中に引っくりかえした。ゴーンと大きな音が鳴りひびく。ベタなことするな～、ぼくみたい。

ブランドはさっき車をよけたみたいに、ただごみ箱をよけた。ケッ、つまんないやつ。

おれはブランドとはちがうぞ。

おれはジェームズ・ボンドだ、よみがえったクールなスーパーマリオだ！　マントをぬいだバットマンなんだ！　ちまちまよけたりなんかしない。上を飛びこえてやるぜ！

ほんとにとんでみた。……で、ごみ箱に後ろの足をぶつけた。そして変なかっこうで落ち、一瞬《いっしゅん》体勢《たいせい》を立て直そうと前足を地面にのばしたけど、そのまま大の字で歩道に思いきり体を打ちつけた。あごをすりむきバックパックがはねあがり、頭にぶつかった。「イデーッ！」ってさけんだ声は、まさに『007《ダブルオーセブン》』のジェームズ・ボンド……なわけなくて。

数メートル先を走っていたブランドが、その声を聞きつけて足をとめた。ぼくをふりかえりジョージ・ネルソンに目をもどすと、次の角を曲がるところだった。ぼくは片手《かたて》であごをおさえ、片手《かたて》を足にのばして苦しい表情《ひょうじょう》で言った。

「行け、おれは大丈夫《だいじょうぶ》だ」

でも、大丈夫《だいじょうぶ》じゃないのがわかったんだろうな。左の足首が悲鳴をあげ、ドクドク脈打ってる。足を動かすことも、立ちあがることもできない。骨折《こっせつ》したのか、ねんざしただけなのか、針《はり》で刺《さ》すような痛《いた》みが足をかけめぐる。はって進もうとした。目をとじ、ひざに言いきかせた――立ちあがれ！　それでもバットマンか！　なんとかはいあがろうとした瞬間《しゅんかん》、左足に体重がかかり、後ろにたおれた。足がズキズキし、耳の中で血が波打つ音がする。視界《しかい》がぐるぐるまわり、目をとじた。

なんてバカだったんだ。得体の知れない男にお金をあずけるなんて。下くちびるをかみ、歩道にたたきつけたこぶしまでが痛《いた》くなった。そのとき、汗《あせ》ばんだ両わきをかかえられた。

「行くぞ、ヒーロー」

ブランドはぼくの体を持ちあげ、左うでを自分の肩《かた》に乗せて支《ささ》えてくれた。散乱《さんらん》するごみ袋《ぶくろ》の中を半分引きずるようにして、ベンチまで移動《いどう》した。ブランドがしゃがんでぼくの足首を見ている間、ぼくは通りの先を見わたした。ジョージ・ネルソンの姿《すがた》は、もうどこにもない。見失ってしまった。二十五ドルも消えた。ぼくらのミッションは完全にゲフラクトしたんだ……。

ブランドが足首をさわり、慎重《しんちょう》にくつ下をずりさげる。ぼくは顔をしかめながら言った。

「にげられた」

「ああ」

ブランドは、ぼくのくつひもをゆるめて、スニーカーをぬがせた。

「お金もとられた」

「ああ」

ブランドはまたそう返事して、ぼくの足首を慎重《しんちょう》に少しずつ動かすと、顔を見てどのくらい痛《いた》むか確認《かくにん》した。ぼくは、痛《いた》みに気づかれないようがまんした。ブランドは足首をゆっくりまわし、ぼくは息をすって目をぎゅっとつぶり、なみだをこらえた。ヒーローは泣いたりしない！　包丁で刺《さ》されたみたいな痛《いた》みは、次第にハンマーでなぐられたかのような痛《いた》みに変わっていった。

「折れてはいないな。たぶん、ねじっただけ」

ブランドは、ほっとため息をついた。ぼくは、歩道の真ん中にでんと転がっているアルミのごみ箱をふりかえった。

「飛びこえようなんてしなきゃよかった」

「スーパーマンじゃないんだからさ」

そう言われ、目をそらした。わかってるよ、そんなことわかってる、言われなくたって。

もっとちがう人生だったらって、ときどき想像《そうぞう》してみることがある。別の人間に生まれてたらって。ときどきどころじゃないか。しょっちゅうかも。でもそうやって現実《げんじつ》とちがう話を考えるのは、ぼくだけじゃないんだよな。

たとえばさ、大人はいつも言う。「将来《しょうらい》何にでもなれるよ」って。本当はそうじゃないって知ってるのに。子どもには喜びそうな話をしておけばいい、成長すれば自然と本当のことがわかるようになるだろうからって考えてる。宇宙飛行士《うちゅうひこうし》にも大統領《だいとうりょう》にもプロ野球選手にもなれるって言われても、実際《じっさい》には算数ぎらいでお金持ちじゃなくてバットをボールに当てることもできないんじゃ、なれっこないからね。

でもね、それを信じてる方がいいときもあるんだ。自分はＦＢＩ捜査官《そうさかん》や私立探偵《しりつたんてい》やスーパーヒーローなんだって。そばかす顔でうではひょろ長く、引っくりかえったごみ箱をひとっとびできるような運動神経《しんけい》なんかない、ただの子どもじゃないぞって。

でも歩道の真ん中にあおむけになって、足首はズキズキ、あごからは流血、「ひとっとびなんてチャレンジしなきゃよかった」って思ったあのときに、そう信じる気持ちももう消えてしまった。

ブランドはスティーブをむかえに行ったけど、なかなかもどってこない。ぼくはベンチにすわって、はれてきた足首をおそるおそるつつきながら待ってる。最初は大変なけがだと思ったけど、そうでもないみたい。切断《せつだん》はしなくてすみそうだな。見た感じは傷《きず》ひとつなくてがっかり。でも動かそうとすると、痛《いた》いのなんのって！

通りをやってくる二人を見たとき、様子がおかしいのに気づいた。何か問題が起きたんだ。レンガの壁《かべ》にこぶしをぶつけそうなくらいブランドが怒《おこ》ってるのがわかる。スティーブはばつが悪そうにうつむいて、赤ちゃんをだくみたいにバックパックを大事にかかえてる。そして、ぼくのところまで来るとブランドが言った。

「トファーに見せろよ」

ぼくはバックパックに痛《いた》む足を乗せながら聞いた。

「何を?」

スティーブはしゃがみこむと、バックパックから箱を出した。思った通り、へこんで角がつぶれてる。

ふたをあけると、天国を味わえる二十五ドルのケーキは、地獄《じごく》から運ばれてきたような姿《すがた》になっていた。白と赤のカラフルねんどをぐちゃぐちゃに混《ま》ぜた、巨大《きょだい》なかたまりみたい。走ったのと気温のせいでやわらかくなり、一足走るごとに箱にぶつかってくずれたんだろう。チーズケーキの妖怪《ようかい》みたいだ。おいしいことはおいしいだろうけど、真っ先に味見したいとは思わないな。思わずぼくは言った。

「ボッコボコだね」

ぼくの足首みたいに。するとブランドが言った。

「台無しだ、全部」

こっちを見て言ったわけじゃないけど、ぼくのせいだって言いたいんだろう。もともとこの計画はブランドが言いだしたことだし、ケーキを運んでたのはスティーブだ。でもぼくのせい。ジョージ・ネルソンに声をかけたのは、ぼくなんだから。それがなければ、こんなふうに猛《もう》スピードで追いかけることもなくて、お金もとられなくて、チーズケーキはちゃんと形をとどめてたはずなんだ。つぶれかけた箱に入ったかたまりに目を落とす。お店のショーケースに入っていたあのケーキだとは、とても思えない。

「たかがケーキだし……ね」

スティーブはそう言ってふたをとじ、となりにすわった。

「でも高級ケーキだ」とぼく。

ブランドは通りを見てる。まだジョージ・ネルソンをさがしてるのかな。でも視線《しせん》はぼんやり遠くに投げられてて、今どこにいるかもわかってないような、そんな感じだ。スティーブは、なんとか箱をまたバックパックに入れた。もう丸ごと、ごみ箱にすてた方がよさそうだけど。

「で……どうする？」

スティーブはおそるおそる聞いた。こんなことになっても、まだぼくにリードしてほしいと思ってるんだ。なんて答えていいか、わからなかった。三人の手もとに残ってるのは、小銭《こぜに》が少しとダメになったケーキ。それに、ぼくは足をねんざ。警察《けいさつ》に助けを求めることもできない。「すみませんおまわりさん、信じてもらえないかもしれませんけど、ワインを買ってって男の人にお金をわたしたら、そのまま持《も》ち逃《に》げされたんです」——鼻で笑われるのが目に見えてる。じゃあこのあと、どうしよう？　スティーブが知りたいのはそこだよな。ぼくは逆《ぎゃく》に聞いてみた。

「どうすればいい？」

「うーん、やっぱり計画は続行した方がいいんじゃないかな。ビクスビー先生の病院には行った方がいいよ。そしたらついでに、トファーは足首を診察《しんさつ》してもらえるでしょ？」

思わずにらんだ。

「あーそうだよね、それすごくいい！　救急診療室《しんりょうしつ》に行って看護師《かんごし》さんにうちの親に電話してもらえば、説明できるもんね。『学校サボって繁華街《はんかがい》行ってお金をぬすまれて、追いかけてたら足首をけがしたんだよねー』って。それからスティーブの親にも電話して、同じこと伝えればいいよね！」

言ってすぐ後悔《こうかい》した。スティーブは肩《かた》を落としてうなだれてる。親に電話されると想像《そうぞう》しただけで恐怖《きょうふ》なんだ。つま先で地面に落書きしながら、ぼそぼそ言ってきた。

「ぼくが言いたかったのは、見た目をそんなに気にしなくていいんじゃないかなってことだけだよ。大事なのは、ぼくたちが何をやろうとしたかってことなんじゃないかな。ちがう？」

そばに立ってるブランドが、スティーブのバックパックにまた視線《しせん》を投げ、ジョージ・ネルソンが消えた方向に目を向けた。その顔は息をとめてるみたいに、みるみる赤くなった。

「ちがうよ」

ブランドは、ぼくらに背《せ》を向けて歩きはじめた。でもその方向は、酒店でも病院の方でもない。

バス停にもどる道だ。

「ねえ、どこ行くの？」

スティーブが声をかけても答えず、足もとめない。ぼくは片方のスニーカーを持ったまま立ちあがろうとした。よたよたと三歩進んだところで、スティーブが来て支《ささ》えてくれた。

「ブランド、待ってよ、ほんと待ってって。どこ行くの？」

「帰るんだよ」

腹立《はらだ》たしげにブランドは答えた。スティーブを支《ささ》えに、よろめきながらあとを追いかけると、スティーブが小声で言った。

「クリスト」

そんな呼《よ》び方《かた》されるの、たぶんはじめてだ。スティーブはケーキがどうとか言ってぼくを放したから、片足《かたあし》でとんで進もうとしたらたおれそうになった。おそるおそる、はれた足首にも体重をかけながら進み、スキップみたいになった。すねに痛《いた》みが走る。後ろではスティーブがぐちゃぐちゃのケーキ入りのバックパックを持ちあげてる。ぼくはまたブランドに「待って」って声をかけたけど、ずいぶん遠くに行ってたから大声を出さなくちゃならなかった。

「ちょっと、ほんとに待ってってって！」

ブランドは背《せ》を向けたまま立ち止まった。慎重《しんちょう》に足を進めるぼくの横にスティーブが来て、ぼくのうでを肩《かた》にまわした。あと一メートルのところまで来たとき、ブランドはふりむいた。ほおがなみだでぐっしょりぬれてる。ブランドが泣いてるのなんて、はじめて見た。

「わかってないな」ブランドはさけぶように言った。「終わりだ。失敗したんだよ」

「たかがケーキじゃん」

ぼくは息を切らせながら言った。ほかになんて言ったらいいのかわからなくて。ブランドは首をふった。

「ちがう、ケーキのことだけじゃない。バカだった、全部。バカで無意味で時間のムダだった。だって何したってちっとも変わらないんだ、こんなことしたって何も！」そしてスティーブのバックパックを引ったくった。「ワインもくだらない音楽も本も、なんの意味もない。こんなごみみたいなチーズケーキわたしたって、癌《がん》が治るわけないいんだ！」

そして、ぼくらをまっすぐ見てつっ立ってる。反論《はんろん》してくれるのを待ってるかのように。ぼくは口を開いたけど、のどがカラカラで一言も出てこない。ブランドはきびすをかえし、また歩いていく。ぼくもおぼつかない足どりでついていき、やっと声をかけた。

「ブランド、待って」

ブランドはくるりとふりかえった。

「何を？　そのうちよくなるからって？　それは絶対《ぜったい》ない。どんどん悪くなるだけだ。あいつはお金をぬすんでにげた。トファーはケガしてケーキは台無し。挽回《ばんかい》するお金なんてない、計画は失敗したんだ。二人が行きたいなら行けよ、おれは行かない。終わりだ、帰る」

スティーブと顔を見あわせると、ぼくは言った。

「言いたいのはそれだけ？　もっとうまくやりたかった、先生にはもっといいものわたしたかったって？」

「こんなんじゃ先生にとどけられないだろ！」

「だからって、やめるの？」

キッとにらまれ、言いすぎたってさとった。ブランドはぼくに人差し指をつきだした。

「そんなこと言える立場かよ。全然わかってない。今日が一度きりのチャンスだったんだ、おれの一度きりの……」その先は言わず、ブランドはくりかえした。「全然わかってない」

そしてまた背《せ》を向け、歩いていった。

「ビクスビー先生はどうなるんだよ！」

ぼくはその背中《せなか》に向かって言った。

「ビクスビー先生はどうなるんだよ！」

もっと大きな声で言った。

返事はなかった。


ビクスビー先生のことを話そう。

先生は小さいころ、マジシャンになりたかったんだ。前、みんなに話してくれた。ちょうどクラスで『ホビットの冒険《ぼうけん》』を読みはじめたときで、みんなは先生にどの登場人物が好きか聞いた。そしたら、こう答えたんだ。

「もちろん、魔法使《まほうつか》いガンダルフよ」

そして話しはじめた。少女マーガレット・ビクスビーがなりたかったのは、マジシャンだったんだって。人間や建物まで目の前で消しちゃうような。読み古されてぼろぼろのマジックの本を図書館から借りてきて、夢中《むちゅう》で読んでたって言ってた。バックパックにはトランプを一組入れてて、両親や友だちにコインをつかった手品をしてみせたりしてた。そしてある日、意を決して大技《おおわざ》に挑戦《ちょうせん》することにした。ぼうしからウサギをとりだすマジックだ。

マーガレットはうすいプラスチック製《せい》の大きなシルクハットを持っていた。クリスマスプレゼントにもらったものだ。カラフルなスカーフやウサギをかくせるよう、底は二重になっていた。あと足りないのはウサギだ。だからマーガレットは、両親にウサギを買ってほしいとねだった。

で、買ってもらったのはスナネズミ二匹《ひき》だった。マーガレットは有名な二人組のマジシャンにちなみ、ジークフリートとロイと名づけて毎日練習した。ぼうしに二匹《ひき》をかくしてプラスチックのつえをふり、手を入れて二匹《ひき》をとりだす。拍手喝采《はくしゅかっさい》を思いうかべながら。このマジックもすっかりマスターしたと思ったマーガレットは、友だちや家族をリビングにまねき、二十五セントずつ入場料をとった。

全て順調だった。トランプやコインをつかったマジックの数々もなんなくこなし、母親の鼻からリボンを引きだすむずかしい技《わざ》も、なんとか成功した。ついにショーはフィナーレへ。二十分前にマーガレットは、二匹《ひき》のスナネズミのうち神経質《しんけいしつ》じゃない方のロイを選び、しっかり仕込《しこ》みをすませていた。父親がビデオカメラで撮影《さつえい》する中、観客の注目を一身に浴び、マーガレットはぼうしを観客にかたむけて、中がからっぽなことを確認《かくにん》させた。そして中に手を入れると……。

本当にからっぽだった。

ほかのマジックをしてる間に、ロイはぼうしの底をかじって、穴《あな》をあけてたんだ。マーガレットがぼうしに手を入れると同時に、ロイはテーブルから落ちてカーペットにおなかを打ちつけた。そのまま観客の足もとを走りぬけ、みんな大さわぎ。おばあちゃんが「ネズミ！」とさけんでふみ殺そうとした。マーガレットは、ロイをなんとか助けようと無我夢中《むがむちゅう》で走《はし》り寄《よ》り、しっぽをつかまえた。そして父親のカメラにちらっと目をやると、自分の部屋に走っていって引きこもった。ほおをなみだが熱く伝った。

「ロイは、ケガはしなかったんですよね？」

先生が話し終わると、アリソンが聞いた。先生が言うには、ロイにはケガはなかったそうだ。でもそれっきり二度とマジックをすることはなくなり、プロのマジシャンになる夢《ゆめ》もあきらめてしまった。

先生はいつも通り、この話の教訓は何だと思うかぼくらに聞いてきた。

「スナネズミはウサギではない」とレベッカ。

「正しいわね」と先生。

「イチオシのマジックは、最後までとっておかない方がいい」とメイスン。

「他人の鼻からは何もとりだしてはいけない」スティーブがブランドを見ながら言った。

「魔法《まほう》みたいなことなんて、できるわけない」とブランド。

先生は苦い顔をした。

「そうかもしれないわね。それか、もっとたくさん練習するべきだった、ということかも。『飛べないかも、と思いはじめた瞬間《しゅんかん》に、永遠《えいえん》に飛べなくなっているんだよ』」

そう言ってみんなにほほえんだけど、その笑顔はブランドに向けられてるような気がした。ビクスビー先生に笑顔を向けられた人は、この笑顔は自分だけのためにとっといてくれたんだって気分になる。自分の気持ちをお見通しで、クラスのほかのだれよりもその笑顔が必要なんだってわかってくれてる、そんな気になるんだ。先生は『ホビットの冒険《ぼうけん》』をとじると「つづきはまた今度」と言い、立ちあがったそのいすに本を置いた。

ブランド

父さんは落下した。それで何もかも悪い方向に変わってしまった。

二度目の落下は、一度目よりもっと悪かった。最初の落下は、父さんのせいじゃない。事故《じこ》だ、足場のせい。足場をつなぐ部品が欠陥品《けっかんひん》だったせい。神様を信じている人なら、神のせいだと言うだろう。でも父さんのことは責《せ》められない、それについては。

二度目の落下はゆるやかで、でも少なくともおれにとっては、一度目よりもっとダメージが大きかった。脊椎《せきつい》を損傷《そんしょう》させた最初の落下とちがい、そのあとにはじまった落下は徐々《じょじょ》に徐々《じょじょ》に落ちていくタイプで、どこまで落ちつづけるのか見当もつかなかった。でも毎日、落下していくのをおれは感じていた。

退院《たいいん》して最初の二、三か月は、ドキュメンタリー番組さながらの状況《じょうきょう》だった。地元の新聞に父さんとおれのインタビューが載《の》り、去年ジケーター郡で選ばれたミス・ジケーターまでやってきて、カメラの前で父さんのほおにキスをした。今までは知りもしなかった近所の人たちもやってきて、まるで仲直りしたい人がやるみたいに、玄関《げんかん》前にキャセロールを置いていったりした。はげましの電話をよこす人たちのおかげで、電話は鳴りっぱなし。地元の教会の牧師《ぼくし》も立《た》ち寄《よ》った。父さんは赤んぼうのとき洗礼《せんれい》を受けたっきり教会には足をふみ入れたこともなかったから、なんだかおかしかった。父さんが勤《つと》めていた建築《けんちく》会社は一週間毎日花をおくってきたし、地元の車体工場は足をつかわなくても運転できるように、手で操作《そうさ》できるアクセルとブレーキの装置《そうち》を無料でとりつけてくれた。保険《ほけん》会社の人たちはやさしい笑顔をうかべながらやってきて、毎月保険金《ほけんきん》を支払《しはら》うことを約束していった。家の薬箱には、薬がぎっしり補充《ほじゅう》された。

親切心をあられのようにふりそそがれた父さんは、全てをありがたく受け取った。下半身不《ふ》随《ずい》になる原因《げんいん》をつくった建築《けんちく》会社のことも許《ゆる》した（もちろん法的には許《ゆる》していない。責任《せきにん》をとってもらわないといけないことが、たくさんあるから)。キャセロールを食べ、決められた量の薬をきっちり飲み、リハビリに通った。そのかいあって、足の機能《きのう》が少しもどってきた。病院の先生たちは喜んで、かたく握手《あくしゅ》した。リハビリをもっともっとつづければ、父さん、つまりエイブ・ウォーカーは、足がまたつかえるようになる可能性《かのうせい》が十分にあるということだった。

そしたら新聞の地元ニュースのコーナーに、堂々《どうどう》と見出しがおどっただろう。『ウォーカー氏、再《ふたた》び歩けるように！』

でもそれから、しだいに下り坂に入った。キャセロールもあまり置かれなくなり、記者たちは、おぼれそうな子犬を助けた女の人とか、六つ子が生まれた夫婦《ふうふ》とか、ほかの話題を見つけて去っていった。父さんは病院の予約をすっぽかし、薬を飲まなかったり、逆《ぎゃく》に少し多く飲みすぎたりするようになった。留守番《るすばん》電話は、病院からの通院の催促《さいそく》のメッセージでいっぱいになった。

父さんは、新しい生活に慣《な》れていってしまった。車いすの横にリクライニングチェアをよせ、そのとなりにミニ冷蔵庫《れいぞうこ》を置き、ケーブルテレビをもっとチャンネル数の多い契約《けいやく》プランに変更《へんこう》した。薬箱は、冷蔵庫《れいぞうこ》の横の白いプラスチックかごの中に入れられた。

数日、数週間、数か月——時間はすぎていった。テレビは二十四時間つけっぱなしになり、家事は全部おれがやるようになっていった。ストーブのつかい方も覚えたけどやけどして、手にあとが残ってしまった。洗《せん》たくや、シーツのきれいなたたみ方も学んだ。父さんは夜もほとんどリクライニングチェアで寝《ね》るから、あらうのは自分のシーツだけだけど。トイレそうじをしなかったり、ごみを出しわすれたり、宿題ができなかったり、やるべきことをこなしきれない週もあった。三つの部屋の電球を自分でかえた。保険会社《ほけんがいしゃ》はお金をふりこみ、おれは皿あらいをして、父さんはすわってテレビを見て……そのくりかえしだった。

ときどき、おれは試してみた。父さんに「外へ行かない？」と聞いてみたんだ。歩行器をつかって歩く手伝いをしてもいいし、車いすをおしてあげてもいい。車で映画《えいが》を見に行ってもいいし、ただ池まで行って釣《つ》りえさのミミズが魚に食べられるのをのんびりながめるだけでもいい。遠くへ行く必要はないし、人に会いたくないならそれも大丈夫《だいじょうぶ》だよ、と。父さんに会う人たちは、こわいものでも見るかのように、その足に目をやる。それが父さんには、居心地《いごこち》が悪いんだ。それなら、だれにも会わない場所に出かければいい。

「そのうちな」

父さんは言った。

いつ聞いても、同じ答えだった。

今年の保護者《ほごしゃ》説明会には、おれは一人で歩いていった。トファーのとなりにすわり、車のバンパーにはる学校のステッカーはトファーのお父さんに買ってもらった。うちの車はもう走ることはないのに。それから食事は、食堂でホットドッグとクッキーを食べてかんたんにすませた。ビクスビー先生に自己紹介《じこしょうかい》されたのは、その日だった。先生は、歩くとサンドペーパーを引っかいたような音のする黄色いくしゃくしゃのワンピースを着ていて、ピンクの髪《かみ》はクリップでまとめていた。おれとあく手すると「一人で来たの？」と聞いてきたから、「はい」と答えた。

そしたら、「そう。わたしで役に立つことがあったらなんでも言って。助けになりたいから」と。

でも、おれは決して何もたのまなかった。先生は自分でやりはじめたんだ。全部、先生が考えてやったことだった。

一人で来ればよかった。

バスに乗りこみながら、そう思った。一人で来ていれば、この計画をやりとげようと投げだそうと、問題じゃなかった。だれにも知られようがないんだから。ビクスビー先生にさえも。でも本当のことを言うと、おれはこわかったんだ。一人で計画を実行したと知ったら先生がどう思うか、こわかった。誤解《ごかい》されるかもしれないから。それに先生がどんな姿《すがた》になっているか、一人で目の当たりにするのがこわかった。いくつもの機械をつけられて、うでや鼻にチューブがつながれ、脈拍音《みゃくはくおん》、警告音《けいこくおん》、苦しそうな息の音がして……。事故《じこ》直後の父さんはベッドに固定され、これ以上脊椎《せきつい》にダメージをあたえないように身動きひとつできずにいて、ひびわれた口から冷たい水をすすり、おびえたむくんだ目で「何が起きたんだ？」と問いかけてきた。先生もあんな姿《すがた》になっているんじゃないかと、こわかった。

それから、先生が前に言っていたことを思い出した。最後の一日をどうすごしたいかという話。それで思ったんだ。「これだ」、と。その一日をパーフェクトに実現《じつげん》させてあげられる。でも一人ではできない。

トファーは、すぐに乗ってくるとわかっていた。ちょっとした冒険《ぼうけん》だし、そうじゃなかったとしても、トファーなら見事に冒険《ぼうけん》に変えてみせるはずだ。そしてトファーがやるとなれば、スティーブも乗ってくる。トファーがいろんなマンガのヒーローをあがめているのと同じように、スティーブはトファーをあがめているから。それに、ビクスビー先生が二人にとって特別な存在《そんざい》だということもわかっていた。どう特別なのか、その意味はおれとはちがうけれど。

どうしておれが先生のところに行かなくちゃならないのか、二人は知らない。でもそれは二人のせいじゃなくて、説明したことがないからだ。先生のことだけじゃなく、何もかも。どうして週末になると、いつも二人の家に遊びに行くばかりで、自分の家には呼《よ》ばないのか。遠くへ遊びに行くとき、どうしていつも車でむかえに来てほしいと言うのか。どうして学校で、すり傷《きず》ができるほど壁《かべ》にこぶしを打ちつけていることがあるのか。そして、どうしてこんなに先生に会いに行きたいのか……それも話していない。

今となっては、どうでもいいことだけど。

学校へもどるバスに乗りこんだ。スティーブはトファーがステップをのぼる手伝いをしている。足の痛《いた》みがどのくらいなのかはわからないけれど（トファーは大げさに演技《えんぎ》しているかもしれないから）、はれている。アイスパックを当てて痛《いた》み止めをつかえばいいかもしれないな。家に帰れば用意できるんだけど。父さんが三か月分ストックしている痛《いた》み止めを一錠《じょう》飲めば効《き》くはず。トファーは空いた席にすわり、スティーブにとなりにすわるよう合図した。トファーはおれに怒《おこ》っている。大声で言いかえしたことや、計画を投げだしたことに。それにスケッチブックのことも、まだ怒《おこ》っているのかもしれない。スティーブは怒《おこ》っている様子はなくて心配そうだ、いつものように。二人は通路をはさんでおれと同じ列にすわった。おれはさっと奥《おく》に入って、見えない四人目がいるかのようにひとつ席をあけた。二人との距離《きょり》がほしかったんだ。

携帯《けいたい》をとりだしたスティーブは、バッテリーがなくなりそうだとつぶやいてとじ、ポケットにもどした。携帯《けいたい》がないとその手は所在《しょざい》なさげで、バックパックのファスナーをいじりはじめた。おれは目をそらし、窓《まど》に顔をおしつけて外の景色をながめた。ほおは熱くぬれ、ガラスはひんやりと冷たく、エンジンの振動《しんどう》で歯がガタガタ鳴る。バスの音以外、何も聞こえない。乗客はみんな無言だ。ちょうどいい、沈黙《ちんもく》には慣《な》れているから。会話のない空間ですごすことには、慣《な》れてしまった。ビクスビー先生といっしょにすごす金曜の夕方も、沈黙《ちんもく》の時間が流れることがあった。そんなとき、先生の車の窓《まど》から空の色が変わっていくのを見つめながら、帰らなくちゃいけない、でもまだ帰りたくないと思っていた。

先生とすごす時間は、いつもとちがって明るい気持ちになれた。悪い出来事なんか何も起きない、ときがとまった魔法《まほう》の空間にいるようで。これ以上の日々はない、そう思えるくらいだった。

今日も、そんな一日になるはずだったんだ。そんな大事な日が、台無しになった。

そのとき、トファーがちらりとこちらに視線《しせん》を投げ、また前を見て言った。

「どっちが勝つと思う？　ウルヴァリンとキャプテン・アメリカ」

二人のどちらに話しかけるふうでもなく、ただ言葉を投げた。沈黙《ちんもく》をやぶり間をうめるためなのか。トファーはつづけた。

「ウルヴァリンの長いつめならキャプテンの盾《たて》も真っ二つにできるんじゃないかと思ってさ。どう思う？」

おれは返事をするつもりはない。でもやっぱりスティーブは乗ってきた。

「決まってるよ。キャプテン・アメリカ。ウルヴァリンのつめはアダマンチウムでできてるけど、キャプテン・アメリカの盾《たて》はプロトアダマンチウムで、ふつうのアダマンチウムより強度があるんだから」

そんなんだからガールフレンドができないんだ。そう思ったけれど口には出さない。どちらにしろ、女の子には興味《きょうみ》ないだろうから。

トファーは前の席に目をやったまま言った。

「正解《せいかい》。でも大事なポイントをわすれてるな。キャプテン・アメリカはダサいくつをはいて、まぬけな羽を頭につけてる。でもウルヴァリンはもみあげがクールだから、かっこよさだけ見てもウルヴァリンの勝ちだよ」

「スーパーヒーローっていうのは、本来かっこよさでレベルを決められるものじゃないけど」

スティーブが口をはさんだ。

「だれだって、かっこいいかどうかでレベル分けされてるのさ。じゃあ、『マイティ・ソー』のソーとキャプテン・アメリカならどっちが勝つ?」

「ソーは神だから、だれにも負けないよ」

「じゃあソーはイエス・キリストをたおせるのかよ」

トファーがたたみかけてくるから思わず笑ってしまい、それでおれが聞いていたことがバレた。あいかわらずこっちには視線《しせん》を向けないけれど、トファーはにやっとしている。

「イエス・キリストとソーはたたかったりしないと思うよ。イエスはそういうタイプじゃないから」

スティーブがそう言うと、トファーはうなずいた。二人を無視《むし》して、一人きりの世界にこもっていようとしたけれど、できなかった。うまくとりこまれてしまった。

「イエスがソーのハンマーを手に入れたとしたら？　イエスって大工だったんだよね？」

トファーがそう言い、二人そろっておれの顔をのぞきこんできた。二人に向かってどなって立ち去ったおれを会話に引きこもうとするなんて、まったく。スティーブは首をふった。

「神学的な観点から言えば、今も何十億人もの人がイエスを信じてるけど、ソーを崇拝《すうはい》してる人はたぶんひとにぎりしかいない。だからイエスの方が強いね。じゃあ、次。『指輪物語』のレゴラスと『アベンジャーズ』のホークアイは？」

「それじゃ比較《ひかく》にならないよ。レゴラスは不死身なんだから」とトファー。

「矢で射《い》りまくったら死ぬよ」スティーブが反論《はんろん》する。「ホークアイの弓矢ならイチコロだよ」

「レゴラスは永遠《えいえん》さ。殺したって魂《たましい》はよみがえる」とトファー。

長い沈黙《ちんもく》が訪れ、おれはまた窓《まど》から空を見あげた。もう雲は消え、果てしない青空が広がっている。人はどうして、雲を見ると天国を思いうかべるんだろう。雲があるとその先が見えないから、はるか上に別の世界があるように感じるのか。

そのときとつぜん、スティーブの方からグーッと大きな音が聞こえてきた。

「今の、スティーブのおなか？」トファーが聞いた。

「朝ご飯食べたっきりだからさ。もうお昼すぎちゃったし」スティーブはおなかをおさえた。

「お昼をどうするか、考えてなかったな」

トファーはそう言って下を見た。何を見ているかはわかる。スティーブのバックパックに入った箱を見ているんだ。

「二十五ドルをむだにするのは、もったいないよね。つまり——だれも食べないならさ」

二人はおれを見た。おれが一番お金を多く払《はら》ったからか、今日の計画はおれが言いだしたことだからかもしれない。ケーキを買う計画も、何もかも。

「むだにしてほしくないって、先生は思うはずだよね」

トファーの言っていることは正しい。ビクスビー先生は、物をできるだけすてない主義《しゅぎ》の人だ。おれはトファーにイエスともノーとも答えず、ただ肩《かた》をすくめた。バス停でバスがとまっている間に、スティーブが箱を徐々《じょじょ》にずらしながら引きだした。でも、そこで手をとめてバスの前の方を見ている。そしてなぜかあわてて座席《ざせき》の下に身をしずめ、トファーも引きずりこむと、おれを見た。

「かくれて！」

「え、何？」

かくれたけど、何が見えたんだ？　学校のだれか？　まさかマッケルロイ先生？　それともスティーブの親？　それか、さっきの酒店の人が警察《けいさつ》を呼《よ》んで、おれたちをさがしに来たのかもしれない。それともトファーの芝居《しばい》ぐせがスティーブにうつっただけか。前の座席《ざせき》の上からのぞくと……。

脱力《だつりょく》した。信じられないくらいラッキーなことが起こったんだ。


ビクスビー先生はおれを救いに来た、と言えるかもしれないけれど、ちょっとその表現《ひょうげん》は大げさだな。先生は、ただおれを車に乗せただけ。きっかけは、ただの偶然《ぐうぜん》だった。ひざがうまるほど雪の積もった吹雪《ふぶき》の日、スーパーの袋《ふくろ》を六つぶらさげたおれの姿《すがた》を先生は見つけた。どうしておれだと気づいたのかわからない。先生は車をとめて窓《まど》をあけ、「ブランド」と声をかけてきた。でも、あれこれ聞かれるのが目に見えていたから、立ち止まりたくなかった。ここは学校じゃないんだから、先生だろうと説明する義務《ぎむ》はない。だから気づかないふりをして、そのままよたよた歩きつづけた。すると先生はクラクションを鳴らし、窓《まど》から身を乗りだして言った。

「送ろうか?」

送ってほしいのかどうか自分でもわからなかったけれど、音楽と暖房《だんぼう》の音が充満《じゅうまん》する車と、それからまだまだ進まなければいけない深い雪の道のりを見比《みくら》べ、乗ってもいいかなと思った。一度くらいならいいか、と。

それがはじまりだった。先生は、たまたま通りかかっただけだったんだ。


カッと体が熱くなった。あいつだ。バスに乗ってくる乗客の最後尾にいる男。やぶけたジーンズと青いTシャツ、手には茶色い紙袋《かみぶくろ》。うでをドラゴンがはっている。

ジョージ・ネルソンだ。

おれたちの金をぬすみ、この日を台無しにしたクズ。

でも今、ジョージ・ネルソンよりあざやかに目の前にうかんでいるのは、ビクスビー先生の姿《すがた》だった。道路わきに車をとめ「送ろうか?」と聞いてきた先生の姿《すがた》。そしてお気に入りの曲にあわせ、ハンドルをトントンと指でたたいている先生の姿《すがた》だ。

先生が目の前に立ち、両手をおれの肩《かた》に置く。そして『アラバマ物語』の格言《かくげん》を、おれのために言いかえた。

『まだはじめてもいないのに負けてしまうことがある。しかし、かまわず挑《いど》みつづけよ。何が起きても』」

今日この一日は、まだ終わっちゃいない。

スティーブ

インランドタイパンは、世界一強い毒を持つヘビだと言われているけれど、世界一危険《きけん》なヘビだというわけじゃないんだ。かまれた人の生存率《せいぞんりつ》は十万分の一なんだって。といっても、その人が爬虫類《はちゅうるい》学者で、ポケットに血清を持っているなら別だけどね。もちろん、オーストラリアの奥地《おくち》に住んでいないかぎり、かまれる可能性《かのうせい》はゼロと言っていいし、住んでいたとしてもそんな危険《きけん》はほとんどない。雷《かみなり》に打たれるとか、ココナッツが頭に落ちてきて気を失うとかの方が、はるかに確率《かくりつ》は高い。

もっとわかりやすく危険性《きけんせい》が比《くら》べられる物事もある。たとえばサメに食べられる確率《かくりつ》は四百万分の一で、トイレでけがをする確率《かくりつ》は一万分の一。つまり、トイレの方がサメより四百倍危険《きけん》なんだ。中にサメのいるトイレでけがをする確率《かくりつ》がどのくらいかは知らないけれど、ぼくが一度だけそんなトイレに遭遇《そうぐう》したときは、なんとか生きて帰ってくることができた。

「数字はうそをつきません。ぜひおまかせください」

前、トファーがぼくにそう言ってきたことがあった。じょうだんで言っているみたいだけど、意味がわからなくて聞き返したら、イライラしていた。「スティーブはなんでも〝数字数字〟だから、数字の営業《えいぎょう》マンみたいだねってこと」だって。確《たし》かにそう言われれば……でも数字にするとなんだか安心するんだもん。目の前の問題もこれからやろうとすることも、数字をつかえばわかりやすくなるじゃない。

そうそう、何か月か前に、ビクスビー先生はぼくたちに詩を読んでくれたんだ。ある男女が、運命のいたずらではなればなれになってしまったことをうたった詩だった。その詩の中で男の人は、女性《じょせい》を失ったことがどれだけ不幸なことかをなげき、何があっても彼女《かのじょ》をさがしだしてみせると誓《ちか》っていた。先生はその詩は「感傷《かんしょう》にひたりすぎている」とはみとめながらも、比喩《ひゆ》をたくさんとり入れているからやっぱり好きだと言っていた。先生は比喩《ひゆ》が大好きなんだ。ちなみにぼくは、比喩《ひゆ》も詩もあまり好きじゃない。そんなのなくなって、みんなが思っていることをわかりやすく伝えるようになった方が、もっと生きやすくなるでしょ？　でも先生はそういうのが好きだから、運命のみちびきだとかいう理由で結ばれることになるその男女の詩を聞かされた。先生が読み終わると、ぼくは手をあげて言ったんだ。

「そんな話、ありえないと思います」

「どうして？」

「だって統計学的《とうけいがくてき》に成立しないですよ」

先生はぼくの意見に興味《きょうみ》があるみたいで、いすにすわったまま身を乗りだした。つづけていいということだろうと思って説明した。

「世界の人口は約七十二億人です。七十二億もの中から自分にぴったりな、結ばれるべきたった一人の相手をさがしだせるなんて、先生は本当に思いますか？」

「わたしにかぎっていえば、どうかしらね。でも、さがしだせる人もいると思うわ。この詩に出てくる男女は、強いきずなで結ばれた運命の相手で、ともに生きる定めなの。それがこの詩のテーマよ。オーケー？　ほかに意見のある人」

ぼくは引き出しから計算機を出して、また手をあげた。

「はい、スティーブ」

「わかりました。でも恋《こい》に落ちるには、最低でも出会って五分はかかりますよね」

ぼくがそう説明しはじめると、教室にはくすくす笑い声があふれた。ブライアンが「レベッカとは無理」とか言って、レベッカににらまれてる。ぼくがその声を無視《むし》して計算機のキーをたたきはじめると、先生が口をはさんだ。

「五分もかからないこともあるわ。一目ぼれって知ってる？」

また忍《しの》び笑《わら》いと「うわ〜」という声が広がった。ぼくはとなりのトファーをちらりと見て、計算機に目をもどした。

「いいでしょう、一分としましょう。生まれた瞬間《しゅんかん》から死ぬときまで、毎分新しい人と出会ったとします。ありえないですけどね。長めに八十五歳《さい》まで生きたとして——男性《だんせい》なら特に平均《へいきん》寿命《じゅみょう》はもっと短いですけど——四千四百六十七万六千人の『運命の人』候補者《こうほしゃ》と会うことができます。残りの……」計算機をたたく。「七十一億五千五百三十二万四千人とは、会うことすらできません」数字の衝撃《しょうげき》がみんなに行きわたるよう、ぼくは少し間を置いた。「運命の人がいたとしても、その人に運よく出会える可能性《かのうせい》は、とても低いと言えます」

証明《しょうめい》するために、計算機をかかげてみせた。みんなの視線《しせん》はぼくから先生にうつり、先生は肩《かた》をすくめて言った。

「『人が恋《こい》に落ちるのは、重力のせいではない』」

「え？」

ぼくは計算機をおろした。

「よく考えてみたまえ、少年よ」

先生はそう言って、感傷《かんしょう》にひたった愛の詩をみんなも書けるように、作文ノートを持って帰らせた。ぼくはトファーを見た。

「先生、おかしいよね」

「スティーブがおかしいんだよ」

「でも七十二億だよ」

そう念押《ねんお》しすると、トファーは肩《かた》をすくめて『スター・ウォーズ』のセリフを引用した。

「確率《かくりつ》なんて関係ないさ」


茶色い紙袋《かみぶくろ》を持ったその人がバスに乗りこんで運賃箱《うんちんばこ》にお金を入れたとき、ぼくが最初に思ったこと。それは、「ありえない」。

次に思ったのは「ううん、ありえなくはないか。ありそうもないってだけ」。

三番目に思ったのは「気づかれれば、きっと殺される！」。

トファーと身をかがめ、ブランドにもかくれるようにうながした。乗客が次々に乗りこんできて、運賃箱《うんちんばこ》からチャリンチャリンとコインの音が鳴りひびいているけど、音を楽しんでいる場合じゃない。通路を歩く音が聞こえてくる。バスにはまだ定員の半分くらいしか乗っていなくて席は十分にあるけど、ジョージ・ネルソンがブランドのとなりの空席にすわる可能性《かのうせい》はある。可能性《かのうせい》が一パーセントでもあるなら、その数字はあまく見ちゃいけない。ぼくは足音に耳をすませ、身がまえた。

一体何をこわがっているのか、自分でもよくわからない。お金をぬすんだのは、あっちなんだから。どちらかといえば、ぼくたちは犯人《はんにん》をさがしてる方だよね？　トファーとぼくは、今までいろんな冒険《ぼうけん》をしてきたけど——忍者《にんじゃ》や海賊《かいぞく》とたたかったり、核爆弾《かくばくだん》を除去《じょきょ》したり、裏切《うらぎ》り者《もの》を乗せた宇宙船《うちゅうせん》を操縦《そうじゅう》したり——でも本物の犯罪者《はんざいしゃ》と対面したことはない。というか、現《げん》実《じっ》世界では大したことは何も経験《けいけん》したことがないんだ。

ブランドは前の様子をうかがい、ぼくたちに頭を出すなと手で制した。自分は頭を出してるのに。そしてこっちを向くと、ひそひそ声で言った。

「あいつだ！」

「わかってるよ」とぼく。

「だれ？」トファーはそう言って前をのぞいた。

ぼくもちらっと見て確認《かくにん》せずにはいられなかった。ジョージ・ネルソンは運転手の後ろの三列目、ぼくたちの前方にすわり、外を見ている。ぼくたちに気づいていないのか、気づかないふりをしているのか、イヤホンをつけ、音楽にあわせて頭を上下にふっている。バスの騒音《そうおん》もあるから、もう声を落とさなくても聞かれる心配はないな。

次のバス停でおりるかもしれないし、おりるまではぼくたちは乗ったままでいればいい。そうすれば気づかれる心配もない。でもブランドの鬼《おに》の形相を見て、何を考えているかわかった。

「運命だな」

ブランドはそうつぶやいたけど、これは運命じゃなく不運だよ。でもそう思ったのはぼくだけらしく、となりでトファーはうなずき、ブランドはこぶしをにぎっている。前にトレバーがぼくたちのことを「あほグループ」って呼《よ》んでたことがあったんだけど、七回目にそう呼《よ》ばれたときブランドがなぐりかかろうとしたことを思い出した。二人はブランコのそばでもみあいになり、トレバーがねじふせられた。トファーのスケッチブックには、そのシーンがかいてある。

それはそうと、ブランドは今、そのときと同じ血相だ。

「金をとりかえすぞ」

そう息巻《いきま》くブランドに、トファーはまたうなずいている。ぼくはもう一度、冷静に指摘《してき》した。

「相手は大人だよ。タトゥーもあるし、しかもドラゴンの」

もしユニコーンの赤ちゃんのタトゥーだったとしても、それならいっか、とはならないけど。

「向こうは一人、こっちは三人だ。おれたちの金をとりやがって。復讐《ふくしゅう》してやる！」

ブランドの言い分はおかしいよね。だって、三匹《びき》のアリは一足のテニスシューズにふみつぶされたら勝ち目がないし。あんな人に歯向かうなんて、考えただけで吐《は》きそうなくらいこわいよ。おなかがすいていたことなんて吹《ふ》き飛《と》んじゃった。

「復讐《ふくしゅう》するって言ったたって、警察《けいさつ》に電話もできないし」

ぼくが言うと、ブランドはみるみる悪魔《あくま》のような顔になった。

「スティーブって天才だよな」

「今の状況《じょうきょう》でそれ関係ある？」

「今のセリフ、天才だよ。携帯《けいたい》のバッテリー残ってる？」見てみると、二パーセント。一分くらいならつかえるかも。「別に残ってなくてもいいさ。携帯《けいたい》をトファーにわたして。あいつがおりるバス停でおれたちもおりるから、準備《じゅんび》しといて」

トファーにわたすのは気が進まないな……。トファーの携帯《けいたい》はこの前あんなことになったし。それに、ジョージといっしょにおりるのも嫌《いや》だ。ブランドが言うには、一人は参加せずに携帯《けいたい》を持って後ろで待っている役が必要で、トファーは足がはれてるからその役がいいんだって。

「参加しないって、何に？」

そう聞いたけど、ブランドは「心配ないから」と答えただけだった。何か考えがあるんだ。

ブランドがぼくたちのとなりにすわった日、ほかにも空いている席は六つあったんだ。数えたから覚えてる。空いていた計七つの席のうち、三つは女子にかこまれた席だったから、そこをさけたことはわかる。それにしたって、ぼくたちのとなりの席を選ぶ確率《かくりつ》は、二十五パーセントしかなかったはずなのに。七十二億分の一よりは四分の一の方が可能性《かのうせい》が高いけど、確《かく》率《りつ》が低いことには変わりないでしょ？　ブランドがすわると、ぼくはトファーの顔を見た。「あっち行けって言ってよ」という顔で。口に出して言わなかったのは、だれかににらまれそうなことは絶対《ぜったい》に言わないって、かたく決めてるから。でもトファーはこう言ったんだ。

「いいよ、すわったら」

だからブランドはすわり、ぼくは空いている席を数えはじめたってわけ。

最初の一週間は、ブランドに仲間になったと思われないように、思いつくかぎりいろんな方法を試してみた。そして、ブランドなんか存在《そんざい》していないかのようにふるまった。放課後トファーを家に呼《よ》ぶときも、ブランドはさそわなかったり。それからクラスの女子、ミンディのふりをして『ランチいっしょに食べない？』とメモを書いてブランドのところに置いてみたけれど、失敗に終わった。ミンディは次の日、もとから用事があったらしく、欠席したから。一体だれがあのメモを書いたんだろうとブランドは不思議がっていたけれど、ぼくは「知らない」と答えた。

別にブランドのことがきらいだったわけじゃないよ。でも食堂でぼくたちのところにすわったその瞬間《しゅんかん》は、ブランドのことを嫌《いや》だと思ったんだ。それがきっかけでその先どういうことになるか、わからなかったから。それまではいつも、トファーとぼくだけだったからさ。しかもブランドはいい人そうで、いろんな映画《えいが》を一通り見ていて、おもしろいじょうだんもよく言って。トファーがブランドのことを「おもしろいやつ」だと思っているのは見ていて明らかで、それはつまり、この先、ときがたてばトファーはぼくのかわりにブランドを選ぶ可能性《かのうせい》があるということだと思ったんだ。

でも、そんなことにはならなかった。

「われわれは忍者《にんじゃ》。隠密《おんみつ》行動と忍法《にんぽう》で攻《せ》めるなり」

トファーはそう言ってバスをおりた。ぼくたちが持っているのは刀じゃなくて、泥《どろ》だんごくらいしか切れなそうなナイフがついている万能《ばんのう》ツールだけだ。でもトファーは気にしていない。だれかに刀で切りつけるわけじゃないし、ただ忍者《にんじゃ》みたいな歩き方をすればそれでいいんだって。

忍者《にんじゃ》がどんな歩き方をするのか、ぼくはよく知らない。つま先立ちで歩くのかなと思ってそうしたけど、しばらくすると痛《いた》くなってきてふつうの歩き方にもどし、レンガの壁《かべ》に体を寄《よ》せてゆっくりと歩を進めることにした。トファーは足を引きずり、ときどきぼくの肩《かた》に手をかけながら進んでいる。ぼくは、通りの反対側にいるブランドを見失わないように気をつけている。ブランドはジョージから二十メートル距離《きょり》をとってあとをつけ、「そのとき」を見計らっていた。でも「そのとき」って、どういうときなんだろう？　わかっているのは、ブランドがぼくに合図を出すということだけ。

あ……急にトイレに行きたくなってきた。古本屋で用を足すチャンスはあったのに、しなかったから。トファーにささやいた。

「トイレ行きたい」

「忍者《にんじゃ》は便所などいかぬ」

「そんなの生物学的にありえないし、歴史学的にもまちがった情報《じょうほう》だよ」

「ではおぬし、映画《えいが》で忍者《にんじゃ》が便所へ行っているのを、見たことがあると申すのか？」

「忍者《にんじゃ》じゃなくたって、映画《えいが》の中じゃだれもトイレに行ってるのを見たことないよ」

「忍者《にんじゃ》は便所のことなぞ口にもせぬ。だまって任務《にんむ》を遂行《すいこう》すべし」

あきらめたぼくは片目《かため》で犯人《はんにん》を、片目《かため》でブランドを追い、「そのとき」を待ちながら歩道を進んだ。

ジョージはイヤホンをしたままで、ぼくたちがどんな歩き方をしようと、気づいていないみたい。一度こっちを見たから、ぼくは思わず硬直《こうちょく》しトファーとぶつかるところだったけど、気づかれなくてほっとした。通りをわたるために、車が来ないか確認《かくにん》しただけだった。そして交差点をわたると、角を曲がり、小さな路地に入っていった。

まさに今が「そのとき」！

ブランドは大胆《だいたん》にも、両手で頭をたたくという雑《ざつ》な方法で合図をした。隠密《おんみつ》に動く忍者《にんじゃ》というより、おどろいたマントヒヒという感じだ。見のがしようのない確実《かくじつ》な合図といえばそうなんだけど……。トファーは、ぼくをうながしてささやいた。

「拙者《せっしゃ》もついていく」

ブランドは角をダッシュで曲がった。トファーが後ろで大声を出した。

「ゆけ！　打ち首にすべし！」

急いで走った。チーズケーキがバックパックの中でゆれて、ますますぐちゃぐちゃになっちゃうだろうな……。それに、警官殺《けいかん》しまでした犯罪者《はんざいしゃ》と同じ名前の男の人と対決するために、繁華街《はんかがい》の人気《ひとけ》のない路地に走っていくなんて、頭がおかしいよね？　路地の入り口まで来ると、ぼくはすばやく祈《いの》りの言葉をとなえ、壁《かべ》に背中《せなか》をぴったりつけてのぞいた。

ジョージ・ネルソンがいる。六メートルくらい先に立っていて、建物にはられたポスターを見ているところだ。ぼくはブランドの姿《すがた》をさがしたけど見当たらない。後ろをふりかえり、トファーがちゃんとついてきているか確認《かくにん》すると、まだ一ブロックも後ろにいる。また視線《しせん》を前にもどすと――。

ジョージ・ネルソンが、まっすぐぼくを見つめていた。

とまどった様子で首をかしげていたけれど、ぼくがだれだか思い出したみたいで、ギラリと目が光った。酒店の外で養子にむかえた、あの小さなうるさい中国人のガキだ――そう気づいたんだろう。

アメリカでは毎年一万五千人が殺害されているんだって。どうしてそんな数字を知ってるのか自分でも思い出せないけど、知らなきゃよかった……。

ジョージは茶色い紙袋《かみぶくろ》を胸《むね》にかかえ、もう片方《かたほう》の手をジーンズのポケットに入れ、その瞬《しゅん》間《かん》、ぼくは思った――ついに来た。銃《じゅう》をとりだすにちがいない。ぼくは小学校さえ卒業できないまま、こんな路地で撃《う》たれて死ぬんだ。

変だけどまず考えたのは、「お葬式《そうしき》にはだれが来てくれるだろう」「お姉ちゃん、ちゃんと黒い服を着てくれるかな」「パパはぼくのどんな思い出話をするだろう」ということだった。たぶんパパは、ぼくの本来の能力《のうりょく》を理解《りかい》してもらうことができなかったとか、そんなことを話すんじゃないかな。

ほかの人たちはどんなおくやみの言葉を言ってくれるかな、と想像《そうぞう》をはじめたそのとき、ジョージはぼくに背《せ》を向けて走りだした。え、にげるの⁉ このぼくから？

にげられないように追わないといけないし、それがぼくの役目だからさけんだ。

「とまれ！」

一瞬《いっしゅん》ためらったジョージの前に、空から何かがふってきた。トファーに影響《えいきょう》されすぎかもしれないけど、最初に思ったのは「バットマン？」だった。でも落ちてきたのはブランドだ。薬局の屋根から飛びおり、ごみ箱に落ちてバウンドし、地面に体を打ちつけながらも、行く手をふさいだ。ジョージがぼくとブランドにはさまれた形になったから、思わぬはさみ技《わざ》に感心しちゃった。

ジョージはぼくとブランドをかわるがわる見た。ぼくはさっと後ろをふりかえったけれど、トファーの姿《すがた》が見えない。ついさっきまでいたのに。さがしに行きたいけど、ブランドだけ残していくわけにはいかないし。

「金はどこだ、ジョージ」

ブランドの声に、思わずふりかえった。声がいつもと全然ちがう。わざと低いしゃがれ声にしてるんだ。

「ふざけてんのか？」

そういうわりに、ジョージはニコリともしない。

「二十五ドル、どこにやった？」

「金なんかとってねえよ」

「取引したよな？」

ジョージは、紙袋《かみぶくろ》を強くにぎりしめたまま三歩あとずさりし、ブランドとぼくの真ん中に来た。うろたえ、あせっているみたいだけれど、するどい目つきでブランドとぼくを交互《こうご》に見ている。

「おいおい、マジで言ってんのかよ。あんなの、おれが真に受けるとでも思ってたのか？どっちにしろ、お前たちに酒はまだはやいだろ」

「でも、あんたに金をぬすまれて泣《な》き寝《ね》入りするほど、ガキじゃないんでね」

ブランドはさらに二歩近づいた。ここからどうするつもりなんだろう。何も聞いていないからわからない。でも、やっつけてにがさない、そういうことだよね。ぼくはもう一度後ろをふりかえったけれど、やっぱりトファーはいない。ジョージはフンと鼻で笑うと、ブランドににじり寄《よ》った。

「どけ」

「金をかえせ」ブランドは落ち着いた声で言い、動こうとはしない。ぼくだったらどくよ……。「何度も言わせるな」

ジョージは、ブランドの足もとにつばを吐《は》いた。二人ともゆずらない。ジョージはブランドの胸《むね》をこづいた。思わずよろめいたブランドはすばやく体勢《たいせい》を立て直し、やりかえしたから、今度はジョージがよろめいた。優位《ゆうい》になったブランドはジョージをぼくの方につきとばし、三人ひとかたまりになってしまった。トファーにさけんで助けを求めようとしたけれど、のどがつかえて声が出ない。よろりと一歩さがったジョージは、ドラゴンのタトゥーの入っている左手でこぶしをにぎりふりかざし、ブランドはすんでのところでかわした。

でもとなりのぼくには、攻撃《こうげき》をかわすという発想がなかった。

あごを直撃《ちょくげき》され、激痛《げきつう》が走った。歯がぐらつきズキズキする。レンガの壁《かべ》が回転し地面と入れかわり、たおれて頭を打った。かすむ視界《しかい》の中で、ブランドがバックパックを勢《いきお》いよくふりジョージの顔面にぶち当て、ひるんだすきにひざにタックルするのが見えた。ジョージはバランスをくずし後ろによろめき、ブランドもろとも壁《かべ》に体を打ちつけた。ぼくはこのまま地面に横になっていることにしよう……。

たおれた二人は取っ組みあいをはじめた。ブランドが優勢《ゆうせい》に見える。ジョージは紙袋《かみぶくろ》を持っているから、片方《かたほう》の手でしかたたかえないんだ。そんなに大切そうにかかえて、中身は聖杯《せいはい》か何かなの？　そのときジョージは、なぐろうとしていた手をふととめ、路地の先に目をとめた。

トファーだ！　ごみ箱のかげで、ぼくの携帯《けいたい》を手にしている。ブランドはジョージから目をはなさずに、一歩さがってトファーに呼《よ》びかけた。

「撮《と》ったか？」

「撮《と》った」とトファー。

「は？　何を？　あいつ何やってるんだ？」ジョージは、あらい声で問いつめる。

「あんたがぼくの友だちをなぐってる暴力《ぼうりょく》動画だよ。『なぐってる』なんてもんじゃすまないぞ。十二歳《さい》の子ども相手にやったんだからな。こういうの、なんて言うんだっけ？」

「児童への暴行罪《ぼうこうざい》」

ブランドはそう答えてぼくのところまで来ると、手を差し出した。その手につかまりなんとか立ちあがったけれど、歯はぐらぐらするし血の味がして、まばたきするだけでも痛《いた》みが走る。

「その通り。児童を暴行《ぼうこう》してる動画だ。今から警察《けいさつ》に通報《つうほう》する」

トファーは得意げに告げた。一瞬《いっしゅん》の間のあと、ジョージはせきを切ったようにしゃべりはじめた。

「待て待て待て！　ちょ、ちょ、待て。携帯《けいたい》は置け、落ち着け、一回落ち着け、いいな？　そっちがおれをかこんだんだろう？　暴行《ぼうこう》してきたのはそっちじゃねえか。だろ？」

「動画ではそんなふうに映《うつ》ってないぞ」トファーは携帯《けいたい》をちょっとこっちにかたむけながら画面を見て、顔をしかめた。「うわー、ひどい……。あ～、まちがいない。警察《けいさつ》がこれを見てどう思うかはわかりきってるな。特にあのシーンなんか」

ぼくはブランドによりかかり、あごをゆっくり前後に動かしてみた。切れたくちびるから血が流れてくるのを感じ、こわくてさわれない。トファーがまた電話をかけるそぶりをすると、ジョージは両手をあげた。

「だから待てって！　わかった、お前らの勝ちだ。それでいいだろ？　電話するなって！」

トファーに目で問われ、ブランドはうなずいた。ジョージは髪《かみ》をかきあげながら、ゆっくりと言った。

「とにかく……おれは……ムショになんか……行かねえ。わかったか？　絶対《ぜったい》に、行かねえからな」

「だったら金かえせ、ゴミメン」

ブランドにそうかえされ、ジョージは低い声で言った。

「今、なんつった？」でもトファーが携帯《けいたい》を耳に近づけたのに気づくと、「ったく、わかったよ。金ならかえす気はあるさ、いやほんとに。かえす気はあるんだけどな、もうねえんだよ」

そう言い、大事にかかえていた紙袋《かみぶくろ》を差し出した。「これ買ったから。見るか？」

とりだしたボトルには『JACK DANIEL'S《ジャックダニエルズ》 TENNESSE《テネシー》 WISKYEY《ウイスキー》 Old《オールド》 No.《ナンバー》7《セブン》』とある。

「ワインじゃないじゃないか」

トファーが言うと、ジョージはボトルをふってみせた。

「いいか、こいつはワインよりずっとうまいんだ。持ってけ。で、そのつまんねえ動画は消して、何もかも水に流そう」

そしてボトルを紙袋《かみぶくろ》にもどすと、地面に置いた。

「それ、いくらだったんだ？」

ブランドが聞くと、

「覚えてねえよ。二十ドルちょっとってとこだろ。いいから携帯《けいたい》をおろしてくれよ」

「財布《さいふ》を見せろ」

ブランドはなおもつめより、トファーは弾《たま》をつめた銃《じゅう》のように携帯《けいたい》をつきだした。ぼくはまだ、牛がえさを食べているみたいにゆっくりとあごを動かしている。いじめられた経験《けいけん》ならたくさんあるけど、顔をなぐられたのは今日がはじめて。勇気を出してくちびるをさわってみた。うわぁ、はれてぬるぬるしていて……さわった指を見ないようにした。

ジョージはため息をつくと、しぶしぶジーンズのポケットに手を入れ、黒い革《かわ》の財布《さいふ》をとりだした。

「二ドル残ってるかもしれねえな」そして財布《さいふ》をあけて見せた。「ほら、こんだけ。クレジットカードは全部無効《むこう》」

「かせ」

「見せただろ、ほかにはなんにもねえよ」

ブランドが目くばせすると、トファーが口を開いた。

「じゃあ仕方ないな。警察《けいさつ》の電話番号は、と。9、1……」

ジョージは「くそっ」と財布《さいふ》を投げてよこした。ブランドは免許証《めんきょしょう》を引きぬき、ながめている。

「ヘーゼル？　本名はヘーゼルなのか？」

「ひいじいさんの名前をもらったんだ」

どうりで古めかしい名前だ。ブランドは免許証《めんきょしょう》をぼくにわたした。

「念のため、暗記しといてくれるか？」

ぼくは免許証《めんきょしょう》をすみずみまで見て、内容《ないよう》を記憶《きおく》した。この顔写真、ひどい写りだな。免許証《めんきょしょう》の写真さえ犯罪者《はんざいしゃ》ふう。本名のヘーゼル・メリウェザー・モーガンより、やっぱりジョージ・ネルソンの方がしっくりくるよ。頭の中で読みあげて覚えていく。身長、体重、目の色、髪《かみ》の色、生年月日。タトゥーがあるせいか老けて見えるけど、本当の年齢《ねんれい》は二十八歳《さい》なんだな。住所、免許証番号《めんきょしょう》、ドナー登録なし。確実《かくじつ》に覚えるため、三回頭の中でくりかえしてから手わたすと、ブランドは財布《さいふ》にもどし、二ドルぬいてからヘーゼルに投げかえした。

「よしヘーゼル、こうしよう。これはいただく」ブランドは身をかがめてウイスキーの入った紙袋《かみぶくろ》をつかみ、「それからこれも」と二ドルをかかげ、「で、おれたちは消えてきれいさっぱりわすれてやる。お望みどおりにな」そして、携帯《けいたい》を持ったトファーを指さした。「でも動画は保存《ほぞん》しておく。お前の名前も住所も記憶《きおく》した。警察署《けいさつしょ》は目と鼻の先だ。二十八歳《さい》の男が十二歳《さい》の子どもから金をぬすんで暴行《ぼうこう》したと知れば、警察《けいさつ》はそれはそれは興味《きょうみ》をしめすだろうな」

ヘーゼルは手の甲《こう》で口をぬぐった。

「いいか、クソガキ。約束してやろう。いつかお前が大人になって今日のことをすっかりわすれたころ、おれは必ず目の前にあらわれる。そのとき、礼はたっぷりさせてもらうからな」

「わすれはしないさ。それとひとつ——今のは脅迫《きょうはく》になるな。そう思わないか？」そう聞かれ、ぼくがうなずくとブランドはつづけた。「そのセリフも撮《と》っておこう。ヘーゼルさん、お手数をおかけしてすみませんが、もう一度言っていただけませんかね？」

ヘーゼルは、ぼくたちをじっと見つめた。

「ったく、なんてやつらだ。いいさ、せいぜいウイスキーを楽しめよ。二度とおれに近づくな、いいか？　お前も、お前も、だれ一人な。特にお前だ」そう言ってブランドを指さすとあとずさりし、捨《す》て台詞《ぜりふ》を吐《は》いた。「とんでもねえガキだぜ」

そのまま四、五歩あとずさるとくるりと後ろを向き、うなだれながら通りの向こうへ去っていった。

「ゴミメン？」

トファーが聞くと、ブランドはにやりと笑った。

「ぱっと思いついたんだ。ナシメンより悪いやつ、って意味。ナシメンの中のナシメンって感じだな」

「いいね、それ」トファーはそう言って、ぼくの顔をしげしげと見た。「うわあ……これは痛《いた》そう」

ぼくはもう一度くちびるをさわり、今度はその手を見てみた。あああ、まちがいなく血、血だ……。目まいがしてたおれそうになったけど、今度はトファーが支《ささ》えてくれた。

ぼくたちは、繁華街《はんかがい》にある数少ない木（このエリアでは、生えているだけで名所あつかいされそう）を見つけた。その木を背《せ》にすわって、せまい芝生《しばふ》に足を投げだした三人は、真上から見たらひとつの車輪みたいに見えるかな。トファーは紙皿とセットで持ってきた紙ナプキンを出すと、ぼくにそれでくちびるをおさえるように言ってくれた。

「そして、脚本《きゃくほん》のない戦闘《せんとう》シーン部門の最優秀男優賞《さいゆうしゅうだんゆうしょう》は……スティーブ・サカタ！」

トファーは架空《かくう》の賞を考えるのが好きで、受賞者はほとんどいつもぼくだ。たぶんそれは、ぼくがサカタ家の子どもで、賞をもらえばもらうほど両親が喜ぶことを知っているからだと思う。

「そうだな。あいつのパンチを受けてくれたんだから」とブランド。

「どういたしまして」

ぼくはそうつぶやくと人差し指を口の中に入れ、歯の数を数えた。うん、ちゃんと二十六本ある。奥歯《おくば》はあと二本生えてないから。そしてブランドを見て言った。

「ぼくがなぐられるって、わかってたんでしょう?」

「三人のうち、だれかをなぐらせようとは思ってたよ。自分がなぐられる覚悟《かくご》だったけど、寸前《すんぜん》になって『顔面パンチ回避本能《かいひほんのう》』が目覚めたんだと思う。スティーブのその本能《ほんのう》が目覚めなかったことには、同情《どうじょう》するよ」

これからはもう、ブランドのとなりには立たないようにしよう。特になぐりあいのときは。もちろん、なぐりあいなんてもうゴメンだけどね。トファーがぼくの背中《せなか》をたたいて言った。

「でもうまくいったじゃん。動画で撮影《さつえい》したって言ったときのあいつの顔見た? 大の大人が十二歳《さい》の、しかもメガネをかけた、か弱い子どもをなぐってさ。で、スティーブはクルクル……ドサッて、スローモーションみたいに回転しながらたおれて。最高だったよ。ほんと、撮《と》っときたかった。そうすればあのシーンをメインに映画《えいが》一本つくれるのにさ」

ブランドとぼくは、さっとトファーに目を向けた。

「え？　は？」ぼくが思わず声を出すと、トファーは携帯《けいたい》を差し出した。画面は真っ暗。電源《でんげん》ボタンをおしても無反応《むはんのう》。バッテリーが切れてる。「うそだったたってこと？」

トファーは肩《かた》をすくめた。

「え、ほんとに何も撮《と》ってないのか？」とブランド。

「うん。動画もないし何の記録もない。証拠《しょうこ》はゼロ。警察《けいさつ》を呼《よ》ぼうったって呼《よ》べなかったよ」

ぼくは信じられなくて首をふった。そして三人そろって、動かない携帯《けいたい》に目を落とした。

「ほんとに殺されるとこだったたな」

ブランドが重い声で言ったそのセリフが、なぜだがツボに入っちゃって、ぼくはくすくす笑いはじめた。トファーもぼくを見てにやっとし、もうそうなるといつもの流れで、ヒヒヒとおかしな声で笑いだした。気づけば三人ともあおむけに寝転《ねころ》がって木の枝《えだ》を見あげ、バカみたいに身をよじって笑っていた。

「笑い事じゃないよ」

ぼくはおなかをかかえて、せきこみながら言った。笑うとあごの痛《いた》みがひどくなる。もう一度くちびるに紙ナプキンを当てて、血がとまっているのを確認《かくにん》すると、笑いすぎて出たなみだをふいた。みんななかなか笑いがとまらず、しばらくそのまま寝転《ねころ》がっていた。

やっとブランドが起きあがり、やぶれた紙袋《かみぶくろ》から琥珀色《こはくいろ》のお酒のボトルをとりだして太陽にかざし、いぶかしげに言った。

「ワインよりおいしいって？」

ぼくは思わずひじをついて体を起こし、だれかに見られていないかあたりを見まわした。

「はやくしまった方がいいよ。ていうか、すてた方がいいんじゃない？　あそこにごみ箱があるし」ぼくは路地からはなれた角のところを指さした。ヘーゼルが消えた方向には行きたくないから。気が変わって、ぼくにとどめを刺《さ》しに来るかもしれないし。「家にも学校にも持って帰れないし、返品してお金をかえしてもらうことだってできないしさ」

するとブランドがきいてきた。

「口、どう？」

ぼくは、よく見えるように口をつきだした。

「痛《いた》い」

「でも、ちょっと切っただけだよね」

口をはさんだトファーを見て、ブランドはにやりとした。明らかに何かたくらんでいる顔で、今度はトファーに聞いた。

「足首は？」

「大丈夫《だいじょうぶ》。またどろぼうを追いかけろって言われたら、それは無理だけど」

ブランドはバックパックにボトルを入れた。

「よかった。これからしばらく歩くことになるから。帰りのバス代もいるし、リストの最後のアイテムを買うのにお金がたりるかな。ゴミメンから二ドルはとりかえしたけどさ」

「え、どういうこと?」

ぼくは聞きかえしたけど、トファーとブラントは目を見あわせてうなずき、そろって立ちあがった。あ、えーと……帰るのはやめたってことだね。


『人が恋《こい》に落ちるのは、重力のせいではない』

ビクスビー先生に意味を考えるように言われた、あの言葉のことはどうなったのって思ってる? あれはアルバート・アインシュタインの言葉なんだって。アインシュタインは、意外な格言《かくげん》もたくさん残しているんだよ。

『知識《ちしき》よりはるかに大切なものは、想像力《そうぞうりょく》である』

『教育とは、学校で学んだことを全てわすれたあとに残るものを言う』

世界的に天才と言われている人の格言《かくげん》だとはいえ、うなずける言葉があるかどうかわからないな。でも言われた通りにあの言葉の意味を考えるのが、アインシュタインやビクスビー先生への礼儀《れいぎ》だと思って。思いついた一番よさそうな答えは、こうだった。

「人間の行動には、科学的に説明できないことが、ひょっとしたらあるかもしれませんね。中には方程式《ほうていしき》を求められなかったり、最小公分母で通分できなかったりするものもあるでしょう。成績表《せいせきひょう》のようにＡＢＣで評価《ひょうか》したり、チェックシートで整理したりすることができない物事もあるかもしれません。全ての行動に公式があるわけではないですし、良いことも悪いことも、論理的《ろんりてき》に説明できることもそうでないことも、何の理由もなく引き起こされることもあります」

ビクスビー先生なら、こう言うだろうな。「理由はあるはず。ただ、そのとき理由がわかるとはかぎらないだけよ」って。

そういう考え方をすると、変だけどちょっとほっとする。数字はまちがっていることがあるとか、宇宙《うちゅう》にはまだ解《と》き明《あ》かされていない謎《なぞ》があるとか、行動の意味をいちいち考える必要はないとか。うまくいきっこない根拠《こんきょ》だけがそろっていても、実際《じっさい》にはうまくいくこともあるんだと思えるから。

ビクスビー先生から癌《がん》だと告げられた日、ぼくは家に帰ってケチャップのしみのついたズボンを着がえると、癌《がん》について調べてみた。調べるのが好きだからというわけじゃなくて、ビクスビー先生のことだから。ぼくのパパに立ち向かい、黒板に特別賞のリボンをかざってくれた人だから。「自分らしくいてね」と言ってくれて、「たまにはロックも聞いたら」なんて言ってくれた人だから。先生が直面している問題が一体どんなことなのか、知りたかったんだ。念のため、いくつものサイトを確認《かくにん》した。でもどのサイトも、書いてあるのは同じことだった——。

『進行期にあるすい管腺癌患者《かんせんがんかんじゃ》の一年後の生存率《せいぞんりつ》は、二十五パーセント』

トファー

ドラゴンをやっつけろ。

君は、はるばる遠くの国まで旅することができるし、仲間とともにとちゅうでなぞなぞに答えたりしながら、地図にしたがって進むことができる。でも、おそかれはやかれ、ドラゴンや悪魔《あくま》、そして最強の敵《てき》ゴミメンに出くわすだろう。そのとき君は、バッテリーの切れた携帯《けいたい》をとりだし、ゴミメンをやっつけてウイスキーをうばうことになる。たとえくちびるが切れて、足首がはれることになったとしても。

ブランドの顔を見て、何を考えてるのかわかった。さっきどうして家に帰ろうとしてたのかわからないけど、やる気をとりもどしたみたいだ。ブランドの表情《ひょうじょう》を見た瞬間《しゅんかん》、ぼくの頭の中でトランペットが高々と鳴り、冒険《ぼうけん》のＢＧＭがはじまった。これからどこへ向かうのかは、はっきりしてる。

「マクドナルドへようこそ。ご注文は？」

レジの女の子がぼくにほほえんだ。くすんだ茶色い髪《かみ》をポニーテールにしてて、あごにえくぼができてる。名札には『クラリッセ』とある。

メニューを見ながら思った。『Robert Mohavi Nappy Musk Oreo《ロバート モハビ ナッピー マスク オレオ》』とかいう名前のワインのボトルと、ぐちゃぐちゃになってないチーズケーキがほしい。でも残念、そんなメニューないし、あったとしても、もう残ってるお金は、ジョージ・ネルソンからとりかえした二ドルと小銭《こぜに》、あわせて四ドルくらいだけだ。

「水三つ。ひとつは氷多め。あとポテトのＬサイズをテイクアウトで」

リストの最後のアイテムが、このフライドポテトだ。結局、理想通りに手に入れられるのはこれだけってことか。とにかくミッションは終盤《しゅうばん》だ。もう今日は、これ以上おかしなことなんて起きないといいけど。

「お友だち、大丈夫《だいじょうぶ》ですか？」

クラリッセはそう聞いた。くちびるがむらさき色にはれたスティーブを、ぼくの肩《かた》ごしに見てる。スティーブは寄《よ》り目になってくちびるをつついてて、ちょっとヤバいやつに見えるぞ。

「あいつは大丈夫《だいじょうぶ》です。今日はちょっと大変なことがあって」

「そんな日、ありますよね」クラリッセはそう言って一ドル六十三セントだと告げ、ぼくはお金を払《はら》った。「できあがるまで数分かかりますので」

そしてぼくの名前を聞き、水をわたしてまたにっこりした。仕事だから愛想よくしてるだけなのはわかってるけど、スティーブにそでをつかまれるまで、ぼくはぼーっとその場につっ立ってた。

「あの子、ぼくのこと気に入ったみたい」

それを聞いて、スティーブは顔をしかめたように見えたけど、くちびるがはれてるから表情《ひょうじょう》がよく読みとれない。ブランドがとっといてくれた席に水を置くと、スティーブはすぐにふたをとって、氷のういた水の中にくちびるをひたし、満足そうに身ぶるいした。ちょうどお昼どきで、会社のロゴ入りのポロシャツを着た人たちや、オイルやすすでよごれたシャツを着てる人たちがいる。遊具コーナーでは小さな子どもたちがひしめきあってて、母親に「チキンナゲットもうひとつ食べなさい」とか声をかけられてる。友だちになったばかりのころ、スティーブのお母さんはよくこういう店につれてきてくれた。今はもう身長制限《せいげん》をこえてるから遊べないけど。大きくなるもんじゃないな。

「まだ痛《いた》い？」

そう聞いたブランドを、スティーブは殺し屋みたいな目でにらんで言った。

「顔をなぐられたことある？」

ブランドは首を横にふった。それにしても、まさかスティーブがこんな目にあうなんて。人生ずっといざこざをさけて生きてるタイプなのに、いきなりこんな大ダメージをくらっちゃうんだから。ぼくは言った。

「これも通過儀礼《つうかぎれい》のひとつだよ。あと残ってるステージは、素手《すで》でクマを殺すっていうのだけ。それをクリアすれば真の男になれるのさ」

「熊手で？」

ブランドはにやっと笑って言った。スティーブはぶすっとしたまま。

「でも、メガネこわされなくてよかったじゃん」

ぼくは前向きに声をかけた。この前スティーブがメガネをこわしたときは、親にその「つぐない」として十時間も奉仕《ほうし》活動をさせられてた。ぼくも近所の公園のごみ拾いを手伝った。ぼくのせいだと言っていいなりゆきだったから、責任《せきにん》を感じて。その日は、頑丈《がんじょう》な釣り糸《いと》と古くなった救命胴衣《どうい》と大きな輪ゴム五百本入りパックで、バンジージャンプの道具をつくってみたんだ。けっこういい感じにつくれてたんだけど。

レジに目をやると、クラリッセはほかのお客の注文を受けてる。ぼくに向けたのと同じ笑顔で。

「はれるとおおう？」

スティーブが聞いてきた。メガネをずりさげて、くちびるを見ようとしてる。「バレると思う？」って聞きたいのに、口がこごえてうまくしゃべれないんだ。だれにって、もちろん、両親にバレるかなって意味だ。そりゃ絶対《ぜったい》にバレるでしょ。あの二人はなんでも気がつくし、この口でバレないはずないじゃん。スティーブのお母さんは、ソファーのクッションを五センチ動かしただけでも、一目見て気づくくらいなんだから。ぼくはアドバイスしてあげた。

「休み時間にブランコでぶつけたって言えばいいよ」

「やすいじかんにがっこうにいなかったことがはれたら？」

またくちびるを水にひたしてる。そのとき、遊具コーナーの先のドアを見ていたブランドが目を見開き、ヒューーッと低く口笛をふいた。

「もっとヤバいことになりそうだぞ」

ブランドの視線《しせん》の先を見ると、ドアがあいて高校生くらいの女の子が入ってきた。肌《はだ》が緑なわけでも鼻にいぼがあるわけでも、黒いとんがり帽《ぼう》をかぶってるわけでもないけど、中身はそんなようなもんだ。だからぼくは、クリスティーナをそんなふうにかく。

キーンと耳をつんざくようなバイオリンのBGMが頭の中ではじまった。

クリスティーナが店に入ってくると、スティーブは火山みたいに爆発《ばくはつ》した。コップの水をブーッとふきだし、ブランドとぼくにかかった。

「何やってんだよ！」

ぼくはそでで顔をふきながら言った。スティーブはせきこむと、あわててテーブルの下にもぐった。

クリスティーナは黒々とした髪《かみ》をひっつめて、血の色みたいな濃《こ》い赤のセーターを着てる。もうすぐ夏だってのに。仏頂面《ぶっちょうづら》なのはいつも通りだ。今までクリスティーナの笑顔なんて見た覚えがない。ピアノを弾《ひ》いてるときでさえ、あんな顔なんだよ。何よりもピアノが好きなはずなのに。集中して弾《ひ》いてるからだとずっと思ってたけど、スティーブが言うには、ミスしないように気が張《は》ってるからだって。ときどき笑うこともあるらしいけど、ぼくが来ると笑顔がゼロになるって言ってた。

気づかれずにすむかもしれない、まわりにとけこめば。でも、クリスティーナは母親の血を存分《ぞんぶん》に受けついでいるらしい。一瞬《いっしゅん》でぼくらに気づき、カミソリみたいに目を細めてこっちを見てる。

頭の中の音楽が『ジョーズ』に切りかわった。

真っ黒なブーツをふみ鳴らして、まっすぐやってくる。ブランドはウイスキーの入ったバックパックを、足でテーブルの下にぐっとおしこんだ。テーブルの下でスティーブが何かぶつぶつ言ってる。神様に解決《かいけつ》してもらおうと、祈《いの》りの言葉をささげてるんだろう。マクドナルドの真ん中に天罰《てんばつ》の稲妻《いなずま》が落ちて、クリスティーナを直撃《ちょくげき》するように。それか、自分を消してくれるよう祈《いの》ってるのかも。もともといるはずだった、安全な六年一組の教室に瞬間《しゅんかん》移動《いどう》させてくださいって。

「スティーブ?」

その声にぼくもふるえあがった。クリスティーナは腰《こし》に手を当てて、ぼくらのテーブルのわきに立ってる。まだ十七歳《さい》なのに、貫禄《かんろく》ありすぎだよ。バレバレなのにスティーブは動かない。ブランドは窓《まど》の外に目をやって、クリスティーナに気づかないふりをしてる。ブランドの横にぴったり立ってるのに。ぼくはクリスティーナにほほえんだけど、笑顔はかえってこない。

「スティーブ・サカタ、テーブルから出てきなさい」

もたもたと時間をかけながらスティーブは出てきて、どすんといすにしずみこんだ。往生際《おうじょうぎわ》悪く、コップの後ろに顔をかくそうとしてる。ぼくはぴったりスティーブにくっつき、いつものように共同戦線を組んだ。クリスティーナは携帯《けいたい》で時刻《じこく》を確認《かくにん》した。

「ここで何してるの? 金曜の午後〇時三十分よ。学校にいるはずでしょ?」

だまりこくってるスティーブのかわりにぼくが答えた。

「その言葉、そっくりそのままおかえしするよ」

クリスティーナはまゆをつりあげた。細長い顔にはアンバランスな大きなまゆだ。まゆ毛さえこんな感じじゃなかったら、クリスティーナはたぶん、ムカつくほどかわいい。そんなこと絶対《ぜったい》言ってやらないけど。

「動物病院のワーク・スタディに行くとちゅうなのよ。『ワーク』も『スタディ』もあんたたちには縁《えん》がない言葉だろうけどね。ここにいること、ママは知ってるの？　それにその口、どうしたのよ。ここ、血がついてるんじゃない？」

そう言ってスティーブのTシャツを指さした。赤黒いしみがついてる。スティーブが何も答えずに肩《かた》をすくめたから、クリスティーナはムッとして言った。

「まったく、もういいわ。別に知りたくもないし。ママに電話して、ここにいること伝えようか？　仕事をぬけてむかえに来てくれると思うわよ。わたしは、あんたを車で送ってく時間ないし」

スティーブは、それでもだまったままだ。はれたくちびるが言葉をさえぎってるみたいに。でも大丈夫《だいじょうぶ》、ぼくがなんとかする。

「いい子ぶりっ子して、親に告げ口してゴマすろうってわけ？　背《せ》のびして大人ぶらないでよ。ほっといて」

そう言ってやった。「背《せ》のびして」ってのはあんまりしっくりこないけどね。クリスティーナはぼくより十五センチは背《せ》が高いし、今は、すわってるぼくらのわきでそびえ立ってるんだから、なおさらね。

「あんたの方こそじゃましないでよ。今日だって、どうせあんたがスティーブをつれまわしてるんでしょう？　一体何するつもりなのか知らないけど、学校サボったなんてパパたちが知ったら絶対《ぜったい》……」

あえておしまいまで言わずに、スティーブにどうなるか想像《そうぞう》させる技《わざ》だ（親からミサイル投下される可能性《かのうせい》もゼロじゃないぞ）。そしてまた携帯《けいたい》を持ちあげた。

ブランドが息をのみ、三人とも戦闘準備態勢《せんとうじゅんびたいせい》をレベル3から1にさっと引きあげた。スティーブの親に知られたら完全にゲフラクト。電話されたらスティーブはそこで脱落《だつらく》、今日のミッションも遂行《すいこう》できなくなる。一人でもぬけたらダメだから。クリスティーナは電話を操作《そうさ》しはじめた。

緊急対応《きんきゅうたいおう》が必要だ！

親がつれもどしに来る——そのことで頭がいっぱいになったスティーブは、硬直《こうちょく》してる。ぼくが策《さく》を練らないと。すぐさま選択肢《せんたくし》を考えた。

A. クリスティーナに体当たりして携帯《けいたい》をうばい、テーブルにたたきつける。

……でもクリスティーナは、何年もジムに通ってるからバカみたいに腕力《わんりょく》があるしな。一年前にうでずもうしたことがあるけど、あんまり強いから、ぼくは床《ゆか》にたおれてスティーブにまで笑われた。

B. 三人で非常口《ひじょうぐち》にダッシュして、クリスティーナが追ってこないよう、ひたすら祈《いの》る。

……この痛《いた》めた足で走れるかな。

C. コップの水を携帯《けいたい》にかけて故障《こしょう》させる。

……そんなことしたら、とんでもない復讐《ふくしゅう》をされるよね。クリスティーナは携帯《けいたい》を大切にまくらの下に入れて寝《ね》るんだってスティーブが言ってた。ってことは、ぼくの命はなくなるな、まちがいない。

ブランドは「どうする?」って顔でぼくを見た。Bしかないよね。足をけがしてるけど、それ以外の選択肢《せんたくし》はちょっと……。スティーブは祈《いの》りの言葉みたいに「だめだめだめだめ」ってずーっとくりかえしてる。ぼくは頭をクイッと動かして、ブランドに「ダッシュしよう」と無言で合図した。でも全然伝わらなかったみたいで、とまどった顔をしてる。前もって緊急時《きんきゅうじ》の合図を決めとくべきだったな。

そのとき、予想外のことが起きた。

「だめ」

今度は大きな声で、スティーブが言った。とつぜん立ちあがったから、テーブルがゆれて水がこぼれそうになった。

「何よ」

「切って。お姉ちゃんには関係ない」

くちびるがふるえてるけど、声はしっかりしてる。クリスティーナは目を丸くして、かまわず携帯《けいたい》を耳におし当てた。

噴火《ふんか》。

「切って、って言ってるんだよ！」

スティーブはテーブルをバン！とたたいてさけんだ。

これは、さすがのクリスティーナも無視《むし》できなかった。マクドナルドじゅうのお客が注目してる。みんなぴたりと会話をやめ、食べ物をほおばったまま、ケチャップの袋《ふくろ》も切りかけのままこっちを見てる。遊具コーナーの子どもたちは走るのをやめ、トンネルの中で硬直《こうちょく》してる。レジを見ると、鼻にふつうの人より多めに穴《あな》があいてる笑顔のかわいいクラリッセまでもがこっちを見てる。

電話を切ったクリスティーナは、はずかしそうにまわりを見ると、ほおが真っ赤になった。そしてテーブルの上にかがみ、歯を食いしばってシーッと音を出した。

「やめてよスティーブ、みっともないじゃない」

「お姉ちゃんには関係ない」スティーブは、さっきより少し落ち着いた声でまた言うと、注目をあびてることに急に気づいたみたい。できるだけ人に注目されたくないタイプなんだ。「お姉ちゃんには関係ないことだってあるんだよ」

クリスティーナは声を低くしてるけど、ケンカ腰《ごし》だ。

「何言ってるのよ、おかしいじゃない。けがしてるし学校サボったりして。もしまだ問題がなかったとしても、どっちにしろ、これから問題が起きるに決まってるじゃない」

『問題がなかったとしても』っていうその言い方は、まるでぼくらがさっきどんな目にあったか、知ってるみたいだ。まあ、あのたらこくちびるを見れば一目瞭然《いちもくりょうぜん》だよね。

「別にいいんだよ。今日は大事な用があるんだ。お姉ちゃんが反対しても、理解《りかい》してくれなくても許可《きょか》してくれなくても、本当に、別にいい。じゃましないで好きにさせて」

ブランドとぼくは、くるっとクリスティーナの方を向いた。テニスの試合を見るみたいに。今度はクリスティーナの番だ。クリスティーナは一瞬《いっしゅん》、心底おどろいた感じでためらうと、すばやく平静をとりもどして言った。

「いい？　この二人に何をそそのかされたのか知らないけど、よくないことだっていうのはわかりきってる。だからママに電話して、むかえに来て学校に送ってもらった方がいいと思うんだけど」

助《たす》け舟《ぶね》を出した方がいいかなと思ってスティーブを見たけど、その必要はなさそうだ。さっとメガネをおしあげた。

「用をすませるまで学校にはもどらない。ママには電話しないで。今日はお姉ちゃんの指図は受けない。自分がしてることはわかってるから」

「絶対《ぜったい》わかってない。自分の顔、見てみなさいよ」

クリスティーナもブランドもぼくも、そろってスティーブを見た。そこにいるのは、いつものスティーブだ。迷彩服姿《めいさいふくすがた》がちょっと変かもしれないけど、スティーブはスティーブ。何年も仲良くやってきた、ぼくの親友。ぼくが算数でAをとれるよう教えてくれるスティーブ。どの映画《えいが》を見るか、いつもぼくに選ばせてくれるスティーブ。この年になっても暗闇《くらやみ》がちょっとこわいから、夜ふかしするときは廊下《ろうか》の電気までつけておくスティーブ。

でも、こんなセリフを言うスティーブははじめてだ。しかも相手はクリスティーナ。

「自分がしてることはわかってるから。お姉ちゃんには関係ない」

「いいえ、関係あるわよ。あんたをちゃんと見守っとくのがわたしの役目なんだから。ママたちも、わたしにそうしてほしいって思ってるのよ」

イライラして声がうわずってる。クリスティーナはうで組みした。スティーブは「お願い」とでも言うようにクリスティーナを見あげ、静かに言った。

「だから、そうすればいいよ。見守ってて」

テーブルをはさんで姉弟は見つめあう。ぼくも何かつけくわえようとしたけど、何を言っても事態《じたい》を悪化させるだけなのはまちがいない。そのとき、クリスティーナは雷《かみなり》にでも打たれたかのようにびくっとして、手もとを見た。着信音が鳴りバイブレーションが作動してる。ブランドとスティーブ、ぼくはまるでカウントダウンをはじめた時限爆弾《じげんばくだん》でも見るかのように携《けい》帯《たい》を見つめた。四回音が鳴ってから、クリスティーナは通話ボタンをおした。ぼくは、体当たりするという選択肢《せんたくし》Aに変更《へんこう》する合図を出そうとスティーブを見たけど、スティーブはクリスティーナから目をはなさない。しばらく無言のまま携帯《けいたい》を耳に当てていたクリスティーナは、ついに口を開いた。

「もしもし、ママ。うん、さっき電話した。ううん、別に大したことじゃないの。ただ……」

ついに。いかに自分がいい子か、長女がまた見せつけるときが来たぞ。はあ……スティーブは権力《けんりょく》に屈《くっ》して、罪《つみ》の告白をするはずだ。そしてクリスティーナはまた金星をゲットするんだ。何の項目《こうもく》の金星なのかは知らないけど。

ぼくはクリスティーナの部屋にかざられた数えきれないくらいのメダルやトロフィーのことを思い出した。それから、スティーブがいつも聞いていなくちゃいけないピアノの演奏会《えんそうかい》の数々も。拍手《はくしゅ》、かんぺきな成績表《せいせきひょう》、プレッシャーを受けつづける日々――。スティーブはこう言ってたことがある。「大きくなってお姉ちゃんみたいになるのなんか、絶対嫌《ぜったいいや》だ」って。どういう意味なのかはっきりわかる。

クリスティーナはスティーブを見つめたままつづけた。

「うん、ただ無事に繁華街《はんかがい》に着いたよって知らせようと思って。うん、気をつける。わかった。じゃあまた夜に。バイバイ」

電話を切り、ジーンズのポケットに携帯《けいたい》を入れた。ブランドとぼくは深呼吸《しんこきゅう》。とりあえず危《き》機《き》は回避《かいひ》した。

「ありがとう」

そう言うのは、スティーブにとって努力のいることだったはずだ。この二人の間で「ありがとう」って言葉はふだんなかなか出てこない。クリスティーナはスティーブに人差し指を向けた。

「ちょっと話せる？」

そして、向こうのすみを指した。声が聞こえないところまでスティーブがクリスティーナのあとをついてくのを、ぼくは見ていた。今度はどんな説教をするつもりだろう。きっと人差し指をふりながら長々と演説《えんぜつ》し、スティーブはうなだれて……って光景を想像《そうぞう》してたけど、ちがった。一分もしないうちに話は終わった。ささやき声だったし、ぼくはスティーブみたいにくちびるの動きを読みとるのは得意じゃないから、何を話してるのかはわからなかった。でもクリスティーナがかがんで弟のくちびるをよく観察してるのは見えた。たった二、三か月動物病院で研修《けんしゅう》を受けただけなのに、急に医者にでもなったみたいだ。何か言われてスティーブはうなずいてる。そしてスティーブのあとからクリスティーナもテーブルにもどってきて、腰《こし》に手を当ててると一人一人の顔を見た。その表情《ひょうじょう》は、まだふてぶてしい。

「じゃあこうして。わたしはあんたとは会わなかったし、ここにも来なかった。この会話も全部なかったことにして。いい？　ママたちにバレたら――どうやったってバレるってわかってるわよね？――まきこまないでよ。知らせなかったわたしの責任《せきにん》になるなんて、まっぴらだから。正直、これ以上やっかいごとはごめんよ」

「わかるよ。クリスの人生、やっかいなことだらけだもんね」

ぼくはそう口をはさんで、すぐに気づいた。何を言っても事態《じたい》を悪化させるだけってさっき予想したのは、やっぱり正解《せいかい》だったな。するどい視線《しせん》を投げられ、口にしっかりチャックしておくことにした。でも腑《ふ》に落ちないのは、その視線《しせん》がクリスティーナじゃなく、スティーブから投げられたってことだ。クリスティーナの方はあいかわらずぼくを無視《むし》したまま、手をふって言った。

「夕飯までには帰ってきなさいよ。それにこんなこと――どんなことか知らないけど――今日だけにするのよ」

「うん、今日だけだよ」

スティーブが答えると、クリスティーナは首をふった。

「ほんと、こまっちゃう」そうひとりごとをつぶやいたけど、丸聞こえだった。ぼくのことを言ったのかスティーブのことなのか、それとも親のことなのかわからない。「わたしはここには来なかったんだからね」またそう言うと、去りぎわにもう一度ふりかえって念押《ねんお》しした。

「バカなことなんて、絶対《ぜったい》にしないでよ」

スティーブがとなりにいたから断言《だんげん》はできないけど、今度はその視線《しせん》はまっすぐぼくに向けられてたと思う。思わず「もう手おくれ」って答えそうになり、かわりに手をふった。ふりかえしてくれるとは期待してなかったけど、やっぱりふりかえさなかった。

スティーブの手がふるえてる。まんぞくげにほほえんでるかと思ったら、おびえた表情《ひょうじょう》だ。

「あぶなかったな」とブランド。

「うん、ヤバかった」とぼく。

友だちになって何年もたつけど、スティーブがこんなふうに他人に歯向かうのははじめて見た。顔をなぐられたのが何か影響《えいきょう》してるのかな。スティーブはコップを持つと、勢《いきお》いよく三口飲んだ。何事もなかったみたいにお客はまた話しはじめ、母親たちはすべり台で遊ぶ子どもの様子を見にもどった。スティーブはクリスティーナの車が駐車場《ちゅうしゃじょう》を出ていくのを見つめてる。

何か買うためにここに来たはずなのに、クリスティーナは結局手ぶらで出ていった。

でも、得たものはあったはずだ。スティーブのおかげで。

レジでクラリッセがぼくの名前を呼《よ》ぶのが聞こえた。注文の品ができあがったらしい。


物事が変わる瞬間《しゅんかん》を、いつだってとらえられるわけじゃない。草がのびるように、霧《きり》が立ちこめるように、たいてい変化は徐々《じょじょ》に起こる。もし一瞬《いっしゅん》で変わることがあったとしても、わかりやすく起きるとはかぎらない。「お前が選ばれし者だ」って天からお告げの声がふってくるわけじゃない。オーケストラのＢＧＭをバックに敵陣《てきじん》に突撃《とつげき》するのとは、わけがちがうんだ。変化はもっとささやかに起きる。マクドナルドでお姉ちゃんに歯向かうときみたいに。薬局の裏《うら》の路地で、ゴミメンと対決するときみたいに。

先生がリサイクルボックスをあさってるところにでくわして、つくえの引き出しに何をしまってるか知ったときみたいに。

ビクスビー先生の姿《すがた》を見つけたのは、ある日の放課後のことだった。リサイクルボックスの中をさぐって何かとりだしてたんだ。ぼくの答案用紙だった。

その日はテストがあったから、いつにも増《ま》して気が重い木曜だった。次のテストで何が出るかを確認《かくにん》し、前のテストで何が出たかを確認《かくにん》するつまらないテストだったけど、これからぼくの毎日が変わろうとしてるって予言はそこにはなかった。カラスがさわぐことも黒ネコがあらわれることもなく、空に黒くかすんだ文字で予言の言葉があらわれることもなかった。その日は土砂降《どしゃぶ》りの雨だったから、それが予兆だったのかな。でもそのときはただ、休み時間に外で遊べないなって思っただけだった。

だから休み時間、ぼくら三人は教室のすみにすわってた。ブランドはクラスのiPad《アイパッド》でひまつぶし、スティーブは家に帰ったらまず親に聞かれるから、はやめに宿題をやってた。ぼくはいつもの通り、つくえの中からいらない紙を出して裏《うら》に落書きをしていた。ずいぶん前にかえされた、分数のテストだ（持って帰って親に見せないといけなかったんだけど、ぼくが分数でBマイナスをもらったことなんて、うちの親が興味《きょうみ》があるかどうか疑問《ぎもん》だったし）。スケッチブックはドアの近くのバッグの中に入れてあって、とりに行くのがめんどくさかった。それにちょうど、近くの暖房機《だんぼうき》のところで、クモが無謀《むぼう》にも巣をつくろうとしてるのを見つけて、それを絵にかくチャンスをのがしたくなかったんだ。トレバーやクラスの野蛮人《やばんじん》が見つけて殺すのも、時間の問題だから。その愚《おろ》かな勇敢《ゆうかん》さをたたえ、スケッチしておきたかった。ずっとかきつづけ、ちょうど完成したときにビクスビー先生が「体育館にレッツゴー！」とみんなに声をかけた。ブランドに絵を見せると「うまいな」ってお決まりのセリフを言われた。そうやっていつも同じ反応《はんのう》をするとこ、うちの親みたいなんだよな。

いい絵だ。でも、とっとくほどじゃない。だから紙用のリサイクルボックスにすてて、それっきりわすれてた。

その日は、お母さんがむかえに来てくれるはずだった。その週は三日連続で十二時間勤務《きんむ》で、ほとんど顔をあわせてなかったから、うめあわせに二人きりでアイスを食べに行くことになってたんだ。でも、まだしばらく仕事が終わらないって連絡《れんらく》があって。よくあるんだ、そういうこと。それで教室にもどって、時間つぶしに本をさがした。ビクスビー先生が置いてる本がいっぱいあるから。

先生の姿《すがた》に気づいたのはそのときだ。

ぼくは教室の入り口に立ったまま、紙用のリサイクルボックスに身をかがめてる先生の様子をうかがった。顔に髪《かみ》がたれて、手には一枚《まい》の紙が。その日はバターみたいな黄色のワンピースを着てて、白いセーターはうすくてどこか暖《あたた》かい場所をもとめて飛んでいきそうに見えた。

「何かなくしたんですか？」

声をかけると先生はビクッとした。手にしている紙を見ると、クモの絵が見えた。先生はバツが悪そうな顔をした。

「あら、ハロー。お母さんがむかえに来てくださるんじゃなかったの？」

ぼくは肩《かた》をすくめた。

「おくれてるんです。だから、何か読む本ないかなと思って。それ、何ですか？」

先生の持ってる紙を指さして聞いてみた。何なのかはわかってるけど、どうして持ってるのか知りたかったんだ。ただ成績《せいせき》をもう一度確認《かくにん》したかっただけかもしれない。やっぱりBプラスくらいあげた方がよかったって思ったのかも。先生は絵を見てにっこりした。

「クモが巣をつくってるところね。すぐにわかったわ」

ふと、数時間前にすわってた教室のすみに目をやった。巣は奇跡的《きせきてき》にまだそこにあったけど、クモの姿《すがた》はない。殺されたんじゃなければいいけど。

「どうして持ってるのかなっていうのが知りたくて」

先生は、どうごまかそうかと考えてるみたいに口をぱくぱくさせて、気まずい時間が流れたあとようやくみとめた。

「じつは、とっておこうと思って。いい絵だと思ったから」

「ああ」

先生は人差し指でクモの糸の線をなぞりながら、絵をじっくりながめた。

「いいかなと思って。すてたものだから、わたしがもらっても気にしないかと」

「あ、はい、いいですよ。すてた紙なので」

いい絵だと思ったって、どういう意味？　「よくできました」ってスマイルマークのシールをはってもいいくらい、よくかけてるってこと？　クラスのみんなに見せたいくらい、いい出来だってこと？　それとも本当に心から、ただこの絵が好きってこと？

「すてたのには何か理由があるの？」

「うーん……ただ、ほかにどうすればいいか思いつかなかっただけっていうか」

「とっておくほどじゃないと思ったわけね」

ぼくはリサイクルボックスをのぞいた。作文や紙くずや小テスト、ビリビリにやぶられた〝謎《なぞ》の菌《きん》〟の検査《けんさ》結果、付せんでつくった紙飛行機。この一週間の、みんなの勉強や遊びの痕《こん》跡《せき》でいっぱいだ。

「そうですね」

ぼくは家の冷蔵庫《れいぞうこ》を思いうかべた。小さかったころは、ぼくの絵や作文がいっぱいマグネットでとめられてた。でも今は、テイクアウトのメニュー表や学校からの連絡《れんらく》プリントでおおわれてる。

先生は意味ありげにほほえむと、自分のつくえのところまでぼくをつれていき、つくえのへりに腰《こし》かけた。

「トファー・レン、これから見せるものは二人だけのひみつよ、いい？」

ぼくはだまってうなずいた。

「スティーブとブランドにも言っちゃダメよ。だれにも嫌《いや》な思いをさせたくないから、約束してね」

そう念押《ねんお》しされ、ちょっと考えた。むずかしい約束だ。スティーブにはなんでも話してきたから。先生はそれを知ってて言ってるんだ。

「約束します」

きっとそれだけの価値《かち》がある。そう思った。『ナルニア国物語』で衣装《いしょう》ダンスの中にまよいこんだルーシー・ペベンシーみたいな、ペンシーブの中をのぞきこんだハリー・ポッターみたいな気分だった。

「何年か前、わたしのクラスにスザンナ・ギブンズという女の子がいたの。今はもう高校生。

思いやりがあって明るくて、でもとてもはずかしがり屋だった。自分の殻《から》にとじこもりがちで」

「スティーブみたいですね」

「そういう子はよくいるわ。スザンナは文章を書くのがうまくてね。たぶんわたしがこれまで教えた生徒の中で、一番うまかったと思うわ」

ちょっとやきもちをやきながら、ぼくはうなずいた。算数の小テストとちがって（宿題みたいにバスの中でスティーブのをうつすことはできないから）、作文はいつもAをもらってたから。自分が得意なことで、ほかの知らないだれかがもっとうまいって話を聞かされて、うれしい人はいないでしょ？

先生はクモの絵を手にしたまま、つづけた。

「特に感心したのは詩だったわ。複雑《ふくざつ》に入り組んでいて、想像力《そうぞうりょく》と感情《かんじょう》にあふれていた。これと同じように、スザンナは紙切れによく詩を書いていたものよ。自由時間には、いつも詩を書いていたわ。とっておくものもあれば、すてしまうものもあって。でも決してだれにも見せないようにしていた。ある日わたしは、スザンナが詩を書いた紙を一枚《まい》見つけたの。あなたの絵を見つけたのと同じ場所でね。わたしはそれを拾ってメッセージを書き、スザンナのつくえの引き出しにもどしておいた」

「なんていうメッセージを？」

先生は人差し指を口に当てた。

「それは、スザンナとわたしだけのひみつ。約束だから教えられないけれど、これだけは話してあげられる。次の日スザンナは引き出しをあけると、ぱっとわたしを見たの。でも何も言わない。そのときだけじゃない、一度だってわたしに直接《ちょくせつ》何か言ってきたことはないわ。そしてその週の終わり、わたしは自分のつくえの上に新しい詩が置いてあるのを見つけたの。パソコンのキーボードの下にかくしてあったわ。それからは週に一度、ときには二度、詩が置かれるようになった。わたしはその詩を全部、赤いファイルにとっておくようになったのよ」

先生はつくえからひょいっとおりると、一番下の引き出しをあけた。中にはファイルが二十以上は入った鉄製《てっせい》のラックが見えた。ファイルには『学習計画』とか『成績表《せいせきひょう》』『算数 練習問題』『遅刻届《ちこくとどけ》』とか、いかにも教師《きょうし》らしいラベルがはられてる。先生がかがんで手前のファイルの列をどかすと、その後ろに二列目のファイルが見えた。ひとつひとつ色がちがう。

「中は見せられないわ、ひみつだから。でも、それからどうなったか知りたいわよね？」

そう言って赤いファイルをとりだし、つくえに置いた。ラベルに『スザンナ・ギブンズ』とある。毎週ふたつ詩を置いてったとしても、ファイルがこんなにいっぱいになるはずない。授《じゅ》業《ぎょう》中も休み時間も食堂の列にならんでるときも、ずっと詩を書いてたとしたって、こんな枚数《まいすう》にはならないだろう。

「こんなにたまるはずないですよね？」

「わたしのクラスにいたときだけのものじゃないの。その学年が終わってからも、メールで送ってくれるようになったのよ。それをプリントアウトして、ここにしまってあるの」

ぼくはつい、親指でページをめくろうとした。

「これはスザンナの。あなたのは……」

先生はまた身をかがめて、緑のファイルをとりだした。黒のマーカーで『トファー』とだけ書いてある。

中には絵がとじられていた。ぼくの絵だ。ほとんどはテストの裏《うら》にささっとかいた落書きで、一枚《まい》は図工の授業《じゅぎょう》でかいたスケッチのコピー。カイルに二十五セントで売ったのに丸めてすてられた絵もある。先生はそれを拾ってまっすぐにのばし、しまっておいたんだ。全部、いらないと思った絵だった。

「とっておいたんですか？」

先生はうなずいた。

「わたしの将来《しょうらい》の夢《ゆめ》が何だったか、覚えてる？　教師《きょうし》になろうと決める前に」

「プロのマジシャン」

ぼくは絵をめくりながらつぶやいた。先生はこの絵を見てどう思ったんだろう――そう考えしれない。

ながらもう一度絵を見直していった。一度見たときには見のがした何かが、そこにあるのかも

「ペットのスナネズミを帽子《ぼうし》からとりだすショーの話もしたわね」

「おばあさんがふみつぶそうとした話も」

ぼくはそうつけくわえながら、一枚《まい》の絵のところで手をとめた。有名な彫刻《ちょうこく》『考える人』のまねをして、あごにこぶしを当ててるスティーブの絵だ。

「でも、どうしてその夢《ゆめ》をあきらめたのかという話はしたことがないわよね。……笑われたからよ。両親も祖父母《そふぼ》も兄も、みんなそのときのことを笑いながら話していた。わたしがマジックに失敗したときのことを、コントの話をするみたいに。わたしはマジシャンじゃなくてコメディアンになってしまった。これからも、事あるごとにその話をするでしょうね。友だちといっしょにいるときや夕飯の席でね。そしていつも大笑い。あの日、わたしが自分の部屋にこもって泣いたことを、家族は知らない。たぶんそれが、夢《ゆめ》をあきらめたきっかけ。家族にとっては、マジジャンのまねごとをして遊んでいるだけに見えていたのね」

ぼくはページをめくる手をとめ、先生の顔を見た。いつも自信たっぷりでぼくらの先を行ってるように見える先生が、そのときは気弱に見えた。

「何が可能《かのう》で何が不可能《ふかのう》かを、子どもがどうやって見分けるようになるのか不思議だわ。こわ

いものなんか何もないと思っていた子が、次の日には押《お》し入《い》れに何がひそんでいるだろうとおびえるようになる。わたしはマジシャンになりたいと思っていたけれど、実際《じっさい》になったのは教《きょう》師《し》だった。誤解《ごかい》しないでね。教えるという仕事はすばらしいものよ。でも、十歳《さい》の子どもがみんな目指すような夢《ゆめ》の職業《しょくぎょう》じゃないわ」

ぼくは首をふった。

「それで？　一度失敗しただけで夢《ゆめ》を投げだしたんですか？　今からだってマジシャンになれるのに」先生が格言《かくげん》を引用するときみたいに、ドラマチックに聞こえるよう言ってみた。「どうして目指さないんですか？」

先生が笑いだしたから、ぼくはなんだか自分がバカみたいな気分になった。きっと、マジックショーのクライマックスで失敗したあとの先生の気持ちといっしょだと思う。

「トファー……そうね、理由はたくさんあるわ。あなたにはわからないでしょうけど」教えられないひみつが百もあるみたいに、先生は言った。「でも今話したいのは、わたしのことじゃないわ。これはわたしのファイルじゃない。あなたのよ」

ぼくはまた絵に目を落とした。バットマンやたくみな剣《けん》さばきの兵士の絵にまじって、六年一組の教室から見えるヤナギの木の絵もある。ぼくはファイルをとじると先生を見た。

「だれも本当の自分の姿《すがた》を見てはくれない――だれでも、そう思う瞬間《しゅんかん》があるものよ。そして、気を引こうとお芝居《しばい》をしたり、別人のふりをしたりする。でもね、トファー。だれかがあなたの本当の姿《すがた》に気づいている。あなたを見ている人がいるものよ。そしてあなたのことを、世界でただ一人のすばらしい存在《そんざい》だときっと思ってくれる。自分はたいしたことないなんて思ってはいけないわ」

先生はつくえに手をのばし、クモの絵をとってぼくに差し出した。

「あなたが嫌《いや》なら、この絵はとっておかない。ほかの絵も。わたしのものじゃないんだから、先に聞くべきだった。この絵には価値《かち》がないと今も思うなら、あなたがすてた場所にもどしてもいいのよ。でもわたしはこの絵、好きなの。あなたの絵の中でも、特によくかけていると思うわ」

六人分の夢《ゆめ》をしまったひみつの引き出しのそばで、クモの絵は先生とぼくの間に宙《ちゅう》ぶらりんになっていた。そこにあるのはどれもビクスビー先生の夢《ゆめ》じゃないのに、大事にしまってあるんだ。

先生が救った絵を、ぼくは受け取った。そしてまたファイルを開き、一番上にその絵をとじた。

マクドナルドから病院が見える。歩けば三分で着くはずだけど、箱いっぱいのレーズンと自信とバッグンの計画をたずさえてた今朝とはちがい、歩みはおそい。ぼくは足を引きずってるし、スティーブもなんだか力ない。ジョージ・ネルソンの左フックのせいなのか、ついに度胸《どきょう》をつけてクリスティーナに立ち向かった影響《えいきょう》なのかはわからないけど、九ラウンドたたかったあとのボクサーみたいにふらついてる。

ぼくはフライドポテトの入った紙袋《かみぶくろ》をかかえてる。バックパックにはぼろぼろの古本と、もう必要なくなったスピーカーがふたつ。スティーブの携帯《けいたい》につないで、ベートーベンとか、スティーブがダウンロードした何かほかの曲を流す予定だった。でももう携帯《けいたい》はつかえない。音楽も流せなければワインもない。あるのは無残なチーズケーキとフライドポテト。

それと、あの絵。

バラバラになったスケッチブックにはさんである。ブランドが見つけて『ホビットの冒険《ぼうけん》』で指輪に執着《しゅうちゃく》するゴクリみたいに手放そうとしなかった、あの絵。今日、だれも見てないすきに置いてこようと思ってたんだ。病室のテーブルに置いとくか、まくらの下に入れるか、どこか先生があとで見つけられるような場所に。それか看護師《かんごし》さんが見つけて先生に見せ、何か言うかもしれない。たとえば「とてもいい絵ですね。これ、ビクスビーさんですか？」そしたら先生は、だれが置いてったのかピンと来て、ほほえみながらこう答える。「ご名答！　どこにありました？」そしてあとで、一番下の引き出しにある緑のファイルにとじるんだ。それか、ほかの場所にとっとくかも。もっと身近な場所に。

ブランドは後ろをはなれて歩いてて、ぼくとスティーブはならんでる。負傷《ふしょう》した二人の兵士はどちらもまっすぐ歩けず、ぶつかりあいながら進む。

「繁華街《はんかがい》でクリスティーナに鉢《はち》あわせする可能性《かのうせい》があるなら、言っといてくれればよかったのに。そしたら前もって計画しておけたのにさ」

そう言ってみたけど、わかってたところでどう計画しようがあったかな。変装《へんそう》とか、目出し帽《ぼう》かぶるとか？　でも三人で目出し帽《ぼう》かぶってマクドナルドに入ってたら、別の問題が起きてたよね。

「確率的《かくりつてき》にありえないと思ったから。一パーセントくらいしか可能性《かのうせい》がないから、大丈夫《だいじょうぶ》だろうと思って」

「でも実際《じっさい》に鉢《はち》あわせしたじゃん。これは運命だな。クリスティーナはスティーブにとって、ヴォルデモートなんだよ」

『ハリー・ポッター』に出てくる宿敵《しゅくてき》ヴォルデモートには、クリスティーナは全然似《に》てないけど。似《に》せるにはスキンヘッドにして顔を青白くし、男にならないと。でもスティーブの方は、真っ黒なローブを着て額《ひたい》に傷《きず》あとをかき、つえを持たせればハリー・ポッターの役がこなせそう。日本人バージョンにはなるけど。

スティーブはまゆをひそめた。

「ヴォルデモートなんかじゃないよ。ただぼくを見守ってるだけ」

ぼくは鼻で笑った。

「ふんっ、スティーブがこまったことになるのを期待して、じっと見てるんだよ。さっきだってたぶん、うそついてるよ。今ごろ親に電話して、何もかも話してるさ」

ぼくは、スティーブのお父さんが車で尾行《びこう》してないか、ちょっと期待しながら後ろをふりかえった。ぼくらをトランクにおしこんでマクネチネチ校長先生のアジトに直行しようと、突撃《とつげき》の瞬間《しゅんかん》を待ちかまえてるかもしれない。

「電話なんかしないよ。言わないいって約束したもん」

「クリスティーナの言うこと、信じてるの？」

スティーブは肩《かた》をすくめた。

「だって姉弟だよ、トファー。確《たし》かにムカつくしえらそうだし、何もかもデキすぎでうんざりすることもあるけどさ、別にだからきらいだとか、そういうわけじゃないよ。あんなふうに当たらないでよ」

「当たるって、ぼくが？」

「うん。トファーが過剰《かじょう》に攻撃《こうげき》しちゃったからさ」

「カジョーになんてしてないよ。ちょっと待って……『カジョー』ってどういう意味？」

「やりすぎって意味。トファーがけしかけるから」

ぼくは歩道の小石をけった。スティーブの言う通りかもしれない。確《たし》かに、ぼくはときどきカジョーにやっちゃうかも。でもそこまでしたって、クリスティーナのムカつく態度《たいど》は変わってないし。ふりかえると、ブランドは計画を考え直そうとでもしてるみたいに足どりが重く、どんどん距離《きょり》がはなれてる。また気が変わったとか？　でも、もうすぐゴールだ。

「で、二人きりのとき、なんて言われたの？」

スティーブはぼくにはなんでも話してくれるから、だれかがこっそり言ったことも結局、ぼくの耳に入ることになる。

「本当に大丈夫《だいじょうぶ》なのかって。本当は家につれて帰ってほしいのに、二人の前じゃ言いづらいんじゃないのって。あ、それと、二人の言うことをなんでも聞いちゃだめだよって。トラブルメーカーだと思ってるみたい」

「二人じゃなくて、ぼくだけ名指しでしょ？」

ぼくはとがった声で言った。

「ぼくが悪い影響《えいきょう》を受けてるって言ってた。ぼくはほんとはもっといい子のはずなのにって」

あいた口がふさがらない。

「悪い影響《えいきょう》？　何言ってるんだよ。スティーブのまわりにいる人間の中で、ぼくはとびきりいいやつだよ。特にクリスティーナよりね」

「何言われたのって聞かれたから、教えただけだよ」

「まったくクリスティーナのやつ」そう言ってから考えた。もしスティーブがクリスティーナのアドバイス通り、ぼくからはなれて別の親友を見つけたら……。そんなの、耐えられるかな。「で、そう言われてなんて答えたの？」

スティーブは足もとを見つめながら小声で言った。

「かんぺきな人なんていないよって」そしてにっこりした。「それから、トファーはぼくが今まで出会った人の中で、とびきりいいやつだって」

「特にクリスティーナより？」

「特にクリスティーナより」そしてスティーブは顔をあげて指さした。「着いた」

聖《せい》マリー病院が目の前にそびえ立っている。二棟《とう》の高層《こうそう》ビルが、渡《わた》り廊下《ろうか》でつながってる。

そういえば、スティーブが前に言ってたことがある。聖人《せいじん》が一万人くらいいるキリスト教のカトリックは、宗教《しゅうきょう》の代表格《だいひょうかく》だって。いろんなタイプがいて、コメディアンのための聖人《せいじん》も、アルコール依《い》存症《ぞんしょう》の人のための聖人《せいじん》もいれば、ハンセン病患者《かんじゃ》のための聖人《せいじん》もいる。アルコール依存症《いぞんしょう》から立ち直った人のための聖人《せいじん》もいる。芸術家《げいじゅつか》のための聖人《せいじん》もいて、聖《せい》キャサリン・オブ・ボローニャっていうらしい。ボローニャはイタリアの都市の名前から来てるんだよ、ボローニャソーセージのことじゃないからね。たぶんぼくを見守ってるのはその聖人《せいじん》だろうってスティーブが言ってた。あともう一人、聖《せい》クリストファー。聖《せい》クリストファーが見守るのは船乗りや運転手、歯の痛《いた》みに悩《なや》む人とからしいんだけど、名前がいっしょだからぼくのことも見守るはずだって。たぶん一万人の聖人《せいじん》の中で、まともっぽい聖《せい》マリーはダントツ人気なんじゃないかな。ビクスビー先生も安心だ。

正面玄関《げんかん》が見える。ぼくはそこで立ち止まり、雲が散って光のすじがおりてくるのを待った。宇宙船《うちゅうせん》のビームが聖《せい》マリー病院を煌々《こうこう》と照らし、包みこむように陽《ひ》が射《さ》す瞬間《しゅんかん》を。頭の中にその光景があざやかにうかび、聖歌隊《せいかたい》の声も聞こえてきた。でもそんなシーンはぼくの頭の中だけで、実際《じっさい》には金属《きんぞく》の建具やくすんだ窓《まど》ガラスの見える、石づくりの病院がそこにあるだけだ。それでもまわりの建物と比《くら》べると真新しいし、不落の要塞《ようさい》みたいで目を引く。

「ぼくらを見たら、先生喜ぶかな」

「どうだろう」とスティーブ。

「やっぱり行かなきゃ、絶対《ぜったい》。そうだよね？」

「フライドポテト、さめてきてると思うよ」

スティーブのそのセリフはイエスってことだよね。ぼくらは自動回転ドアの前でとまり、ブランドが追いつくのを待った。スティーブは、たらこくちびるをつつきながら言った。

「ぼくたち、そのまま診察室《しんさつしつ》に行ったら？って思われそうだね」

ぼくは足を引きずってるし、スティーブは口から血が出てる。それに縁石《えんせき》にすわったり歩道にころがったり、地面にたおされたりごみ箱の後ろにかくれたりしたせいで、二人の服はすっかりよごれてる。ぼくは手をのばし、スティーブの髪《かみ》を整えた。自分の髪《かみ》はいいや。どうにもならないから。

「よし」

試練やゴミメン、はく製《せい》のフクロウ、トイレのサメ……いろんなことがあったけど、やっとここまで来た。それなのに、今さら急に不安になってきたのはどうしてだろう？

ブランドが後ろに来て、ポケットに手をつっこんでる。

「じゃあ、入ろう」

スティーブがそう言って、ぼくと二人でドアに向かった。

ブランドは動かない。ぼくはカチカチと鳴る時限爆弾《じげんばくだん》でもかかげるように、フライドポテトを持ちあげてみせた。

「行こうよ」

何をためらってるの？　もう入り口まで来てるのに。

「待って。入る前に二人に話すことがある」

ブランド

事実と、包みかくさない完全な真実。そこにはちがいがある。裁判《さいばん》のとき聖書《せいしょ》に手を置いて、「真実を述《の》べ、何事もかくさず、いつわりを述《の》べないことを誓《ちか》います」と宣誓《せんせい》するのもそれが理由だ。そうしなければ、うたがわれてかぎまわられることがわかっているから。でも実際《じっさい》には細かいことははぶき、不利な部分は飛ばして話す。都合の悪い真実は、自分の中だけにとどめておくんだ。

「だれにも言わないで」――先生はおれにそう言った。校則違反《こうそくいはん》だし、教育委員会が知ったら問題になる。それにおれの父さんもよく思わないだろう、と。世間も問題視《もんだいし》するだろう。ひょっとしたら教師《きょうし》をクビになるかもしれない。先生はそこまでは心配していなかったけれど。

まず、事実を話そう。

一月の下旬《げじゅん》から三月の終わりまで、金曜の放課後になると、必ずビクスビー先生はあらわれた。

先生はおれの家に来て、車に乗せてくれた。正確《せいかく》に言うと、家の目の前まで来たわけじゃない。父さんに知られたくなくて角のところで待っていると、先生の小さな白い車がやってきてそこにとまる。車には『脳《のう》ミソLOVE《ラブ》』と書かれたバンパーステッカーがはってあって、先生が言うには、その言葉はゾンビのセリフの引用で、男をよせつけない効果《こうか》もあるらしい。おれを乗せるとカバンを後部座席《ざせき》に投げ、ガムをくれる。昼ご飯のにおいが息に残っていないか気になるから、いつも受け取った。それから先生は、お決まりの場所へ運転していく。いつものように二人で一時間すごし、また角のところへもどってきておれをおろして、買い物袋《ぶくろ》を持ったおれが家に入ってさよならと手をふるまで、見守っていた。

　毎週金曜、十週連続で。雪道でよろめいているおれを見つけたあの日から、最後の日、つまり父さんがポーチのところでたおれているのを見つけた日まで。

　そして、包みかくさない真実を明かすと――おれは毎週金曜を、クリスマスイブでも待つかのように指折り数えていた。

　おれは無意識《むいしき》に息をとめ、うで組みをして角のところに立っていた。落ち着いて見えるように気をつけながら、でも、そう気をつけていることはさとられないように。買い物リストは、パンかごからとってきた百ドルといっしょにジーンズの後ろポケットに入れて。やがて先生の車がやってきて、ライトが光るか窓《まど》があいて「乗らない？」と声をかけられる。答えはわかっているはずだし、乗らないはずないのに。おれはほほえんでうなずくと乗りこみ、先生が運転している間ずっと足もとを見ているか、ただ窓《まど》の外をながめている。先生は「好きなのに変えていいのよ」とラジオのチャンネルを選ばせようとするけれど、おれはそのとき流れているのがどんな番組だろうと、決して変えない。日によってチャンネルはバラバラだった。クラシック音楽のときもあれば、トーク番組のときもあった。一度、ヘビメタが流れていたことがあって、先生は「今日はほかの先生とちょっとケンカして、アイアン・メイデンを聞いて気分を変えたかったの」と言った。先生はどんな音楽も好きだったけれど、お気に入りの曲もいくつかあって、ローリング・ストーンズの曲がかかるとボリュームをあげていた。車の中はいつもコーヒーのようなにおいがした。

人が通るじゃまにならないように、いつも駐車場《ちゅうしゃじょう》のはしに車をとめた。おりるとしばらく立ち止まって、果敢《かかん》に霜《しも》をやぶって顔を出した新芽をながめたり。それから二人とも買い物リストをとりだし、それぞれカートをつかむ。先生といっしょにいる時間は、ずっと笑顔がかくせなかった。

「え、待って。買い物につれていってもらってたの？　スーパーに？」ドーナツみたいな口をしたスティーブが、そう言っておれを見つめた。「毎週金曜に？」

「歩くと遠いから。荷物は重いし、父さんは運転できないし」

でもそれは、完全な真実とはいえない。父さんは運転できるんだ。ブレーキもアクセルも、手で操作《そうさ》できるように改良してもらったんだから。ただ、運転するという選択《せんたく》をしないだけ。外出するという選択《せんたく》もしない。でも、食べないという選択《せんたく》はできないか、まだその選択《せんたく》はしていないから、おれはスーパーへ歩いて行っていた。たった三キロだ。でも牛乳《ぎゅうにゅう》四リットルとじゃがいも一袋《ふくろ》にマカロニチーズのファミリーサイズ六箱を運んでいると、三キロは永遠《えいえん》に終わりの来ない道のりに思える。特に、こごえるような冷たい雨の日は、地獄《じごく》の道のりだ。

病院の回転ドアがまわり、老夫婦《ろうふうふ》が手をつないで出てきた。スティーブは首を横にふり、トファーはだまったまま。

「二人には、もっとはやく打ち明けるべきだったと思う。でも先生が、できればひみつにしてほしいと言ってたから。生徒を車に乗せたりとかいろいろ、そういうことは学校でも法的にも問題になるし。それに、わかるだろ？　特別あつかいだと思われるし。水飲み場みたいにさ、一人に飲ませたらみんなに飲ませなきゃいけなくなる」

「先生は、ぼくたちがみんな先生とスーパーに行きたいって言いだすんじゃないかと心配してたの？」スティーブが聞いた。

「そんな感じかな」

「スーパーなんて行きたくないよ」

だろうな。自分で毎日夕飯をつくらなきゃ食べるものはないって状況《じょうきょう》になったら、急に行きたくなるさ——そう思ったけれど言わなかった。トファーがやっと口を開いた。

「それだけ？　かくしつづけてたひみつって。先生といっしょにスーパーに行ってたってだけ？　ぼく、てっきり……」

その先は言わなかった。

「それだけ」

そう答えたけれど、正確《せいかく》にはそれだけじゃない。


包みかくさない真実はこうだ。先生はおれを救ってくれたんだ。あの最初の日は雪から、そしてほかの日は別のことから。目を覚ますとおれを包みこんでいた暗い霧《きり》から。ときにつきまとう黒い雲から。寝《ね》てもさめてものしかかりつづける重みから。

家出しようかと思う日もあった。どこかへ行ってしまおうか、と。行き先はわからない。ただ遠くへ。おれはときどき自分の部屋の入り口に立って、廊下《ろうか》の先でリクライニングチェアにすわっている父さんの姿《すがた》を見つめていた。足を見なくてすむように、寒くなくても下半身にブランケットをかけ、興味《きょうみ》もないはずの番組をながめている。世界一かわいい小犬の特集とか、ハンバーガーの大食い競争とか。そんなとき、おれはいつも思った。人生はなんて不公平なんだ、と。母さんが死んで、次は父さんが歩けなくなるなんて。シャワーを浴びにいすから立ちあがることさえめったにしない父さんに、育てられなきゃならないなんて。そして思った。いっしょにいても、お互《たが》いのためにならない。おれがいなくなれば、父さんは自分のことは自分でやるしかなくなるはずだ。自分で洗《せん》たくして、自分で皿をあらって。

　おれがいなくなれば、食べるものも自分で買いに行くしかない。そしたらもう、おれはあんな長い道のりを歩いて行かなくていい。歩いている時間が一番嫌《いや》だった。一歩進むたびに思い出すから。父さんにはできないことが、おれにはできるんだということを。父さんがしないことを、おれはしなくちゃならないんだということを。スーパーですごす時間は苦痛《くつう》だった。そこに並《なら》んでいる食べ物はどれも結局、料理もあとかたづけも自分ですることになる。おれがいなくなれば、父さんは自分で買いに来るか、いすにすわったまま飢《う》え死《じ》にするか。

　特に気分がしずむ日は、それが父さんの受けるべき当然の報《むく》いだとまで思った。本当は、父さんがおれのめんどうを見る立場なんだから。

　そんなある日、ビクスビー先生があらわれた。最初は偶然《ぐうぜん》だったけれど、それからは時間ぴったりに。夕日が射《さ》す中、ふと車をとめた先生がサングラスをはずし歯でくわえ、よその庭先に鉢植《はちう》えされたイチゴをながめる、そんな金曜の午後。そして先生はおれに質問《しつもん》をしてくる。学校のことじゃなく、おれ自身について。何に興味《きょうみ》があるか、海を見たことはあるか、何味のアイスが好きか、犬とネコどっちが好きか。両親について聞かれることはなかった。学校の書類に全部書いてあるはずだから。おれにはその一時間しかないことを知っていて、少しもむだにしないようにと質問《しつもん》をつめこんでいるかのようだった。

そして、自分のことも話してくれた。そうたくさんじゃないけれど、学校では話さないようなことも。前に結婚《けっこん》していたことがあって、六年間の結婚《けっこん》生活で相手はどうしようもない人だという結論《けつろん》に行き着き（うすうす気づいていたけれど、まちがいであってほしいと思いつづけていたらしい）、なかなか変わってくれそうにもないと気づいたということ（そして、変わってくれるまでいつまでも待っていることはできないと結論《けつろん》づけたらしい）。高校生のときにオーストラリアを旅したことや、トランポリンから落ちてうでを骨折《こっせつ》した話。米軍にいるお兄さんが、もうすぐ休暇《きゅうか》で実家に帰って来るはずだという話。東部に住んでいるお父さんは英文学の教授《きょうじゅ》で、お気に入りの本から引用した格言《かくげん》の数々を紙に書いて、よく先生の弁当《べんとう》の包みに入れてくれていたという話。それを聞いて思った。ビクスビズムは遺伝《いでん》だったんだな、と。

子どものころはよく一人きりですごしていたらしい。友だちがなかなかできなくて、放課後はいつも近所の線路沿《ぞ》いを歩きながら、いつかもどらずに線路の終わりまで歩きつづけてみようと思っていたそうだ。でも本当に実行することはなかった。

「一度起こしたトラブルは、影《かげ》のようにつきまといつづけるものだから。見えなくなることはあっても、のがれることはできないものよ」

まじめな話をする日もあれば、じょうだんを言ったり、これまで教えてきた生徒たちのおもしろエピソードを聞かせてくれることもあった。クーポンを見せてその場で算数の授業《じゅぎょう》をはじめたこともある（「ついうっかり」とすぐにあやまってくれたけど）。それと、花屋でカーネーションを指さし、こんな話をしたこともある。カーネーションはバラより安いから軽く見られているけれど、咲《さ》きつづけようとするガッツがあるから好きだという話。バラは根気がなくて、まだかざってそんなに時間がたっていないのに、すぐやる気をなくしてしおれてしまう、と。

先生といっしょだと、スーパーでの一時間があっという間にすぎて、気づけば品物は全部カートに入れ終わってもう会計をしていた。生きるにはこんなにお金がかかるんだなと、金額《きんがく》を見て実感した。買い物を終えて、車のトランクの右側に先生の、左におれの買い物袋《ぶくろ》を積みこむと、先生は角のところまで送ってくれて、「バーイ、また月曜に。週末、少しは時間を見つけて本を読んでね」と声をかけた。いつも「楽しかったわ」と言ってくれたけど、社交辞令で言っていただけだと思う。「体に気をつけるのよ」とも言ってくれた。

でも救急診療室《しんりょうしつ》ですごしたあの夜だけは、どのセリフも言ってくれなかった。

病院に入ると、冷たい空気がさっと流れてきた。この病院でおれは、子どもにしては長すぎるほどの付《つ》き添《そ》いの時間をすごしたことがある。この先に何があるかもわかっている。まず、病院というより高級ホテルのエントランスのように、豪華《ごうか》なソファーとほとんど演奏《えんそう》されることのないグランドピアノのあるロビー。広い院内はカーペットが敷《し》かれ、スターバックスやギフトショップもあり、院内地図がはられている。ガラスばりの壁《かべ》からは日差しがふりそそぎ、廊下《ろうか》まで明るく照らしだしている。ここは多くの人が死をむかえる場所だということをかすかに感じさせるのは、エレベーターのわきに置かれた車いすくらいだ。

中へ進んでいくとトファーが「落ち着いて、ふだん通りに」と小声で言ってきた。足を引きずってあたりをきょろきょろ見まわしているのは、トファーじゃないか。エレベーターのわきには警備員《けいびいん》が一人立っていて、案内カウンターにも一人。ロビーの中で混《こ》んでいるところといえば、『支払《しはら》い相談』と書かれた窓口《まどぐち》のところだけで、書類をめくりながら順番を待つ大人たちが列をなしている。おれもならんだことがある。

だれか大人の人に目星をつけて、後ろにくっついていけばかんたんにいきそうだけどな。子どもだけでかたまって歩いていたら、目立つに決まっている。といっても、さっき大人の手を借りようとしたときは、お金をぬすまれ、ウイスキーにつかわれてしまったしな。

「エレベーターまで、まっすぐ進むんだ」

おれはトファーに言った。案内カウンターの警備員《けいびいん》は、おれたちがそばを通ってもパソコンから目もあげない。上にかかっている大きな時計を見ると、一時二十二分だ。金曜の午後の。前はいつも、金曜の午後を待ちこがれていたな。

「何か用事があるのかな？」

エレベーターへとつづく廊下《ろうか》に足をふみ入れようとしたとき、警備員《けいびいん》にそう声をかけられ、かたまった。ベルトにかけた親指が銃《じゅう》にふれている。ただのくせだろうとは思ったけれど、落ち着かない。病院の警備員《けいびいん》は、どういうチェックをするんだろう？　手荷物検査《けんさ》だったらマズいな。トファーが答えた。

「はい、おばあちゃんのお見舞《みま》いに。心臓《しんぞう》発作を起こして手術《しゅじゅつ》をしたばかりで」

「それは大変だったね」

その感じからして、一日百回くらい言っているセリフなんだろう。トファーにそれ以上尾《お》ひれをつけてほしくないけれど、想像力《そうぞうりょく》でパンパンの脳《のう》は、開きっぱなしの口と直結しているらしい。

「そうなんですよ」トファーは生き生きした顔で言った。「一日三箱もタバコをすうのも、これでやっとやめる気になるかもしれません」

首をかしげた警備員《けいびいん》が口を開こうとしたとき、近くのエレベーターが到着《とうちゃく》してドアがあいた。おれたちは、中になだれこんでからもくっついたままだった。ほかに乗っている人はだれもいないというのに。部屋番号を記憶《きおく》しているスティーブが四階のボタンをおした。じつはおれも記憶《きおく》しているんだけど。

「一日三箱？」

そうつっこむと、トファーは答えた。

「くわしく話した方が信じてもらえるから」

ドアがしまり、一瞬《いっしゅん》、奈落《ならく》の底に落ちていくような感じがした。

五週間前に味わった気分と同じだった。足もとで地球が真っ二つにわれたかのような。それは三月の最後の金曜、エイプリルフールの四日前だった。ビクスビー先生と二人ですごした最後の金曜。

その日の午後も、いつもと変わりなかった。ペプシが特売の日で、野球のシーズンが開幕《かいまく》した記念に『ホットドッグのパンをひとつ買うと、もうひとつおまけでついてきます！』というキャンペーンをやっていた。「乗せられちゃだめよ」と言われたけれど、買ってしまった。それから屋外で売られている花を見てまわって、先生は一年草と多年草のちがいを教えてくれた。そして、『二倍明るく燃《も》えあがる炎《ほのお》は、半分の時間で燃《も》えつきる』とかいう言葉を引用した。

おれは少しぜいたくしてアイスを買った。先生が送ってくれるなら、とける心配はないし、どうやってとけないように持って帰ってきたのか父さんに聞かれることもないから。父さんが知りたいのは、おれが夕飯をつくってくれるのか、メニューは何かということだけ。先生がブルーベリーを山ほど買っていたのも覚えている。先生がレジのベルトコンベアーにブルーベリーを乗せている横で、数を数えてみた。そして「買いすぎたってあとでブルーな気分になるんじゃないですか？」と言ってみたら、「ご心配、サンキュー・ベリーマッチ」とかえされた。車にもどるとちゅう、ピンクの服を着た高校生たちのところで足をとめた。乳《にゅう》がん撲滅《ぼくめつ》キャンペーンの募金《ぼきん》活動をしているところで、先生は財布《さいふ》から五ドル、おれは一ドル出した。

そのときはまだ、先生の病気のことは知らなかった。おれたちに話してくれる前だったから。

車に荷物を積みこむと、先生はラジオから流れるなつかしのメロディーにあわせハンドルを指でトントンたたきながら、ゆっくりと車を走らせていった。おれは聞いた。

「夏休みは、何か予定があるんですか？　旅行に行くとか」

いつもよりふみこんだ、思いきった質《しつ》問《もん》だった。おれにも関係してくることだから。

「まだわからないわ。どこにも行かないかも」

どういう意味なのか聞こうとしたとき、ちょうど角のところに着き、家の方へ道を曲がったところで先生は車をとめた。

オレンジ色にふりそそぐ午後の日差しのもとに、父さんの姿《すがた》があった。手足を広げたままポーチでうつぶせになっていた。庭先につづく階段《かいだん》の下に歩行器がたおれていて、ぴくりともしない父さんの片手《かたて》は、その方向へ投げだされていた。

「あの人、あなたの……?」

先生にそう聞かれたけれど、だまってうなずくことしかできなかった。立ちあがることも話すこともできなかった。先生は携帯《けいたい》をとりだし救急車を呼《よ》び、トランクのアイスはとけていった。


エレベーターから飛びだすと、目の前はナースステーションだった。看護師長《かんごしちょう》はキーボードを打つ手をとめ、アレクサンダーさんのフクロウのように、くるりと首だけ後ろに向けておれたちを見つめた。

「あれが門番か」

トファーが今度はどんな芝居《しばい》のモードに入ったのか、さっぱりわからない。おれは言った。

「ここは、おれにまかせてもらった方がいいかも」

架空《かくう》のおばあちゃんが死にそうな話を、一日に何パターンもトファーがでっちあげられるかどうかわからないから。トファーが素直《すなお》にうなずいたから、拍子《ひょうし》ぬけした。

看護師長《かんごしちょう》が首からさげている名札には『看護師長《かんごしちょう》ジョージア・ボナー』と書かれている。看護師《かんごし》なんだから、やさしいはずだ。人間ぎらいだったら看護《かんご》の仕事をしようなんて思わないはず。でもよく考えたら、先生の中にも教師《きょうし》らしくない人たちはいるからな。みんなが『いい先生』というわけでもないし。おれたちが近づいていくと、看護師長《かんごしちょう》はそっけなく言った。

「何かご用かしら？」

「マーガレット・ビクスビーさんに面会しに来たんです」

おれは平静をよそおって言った。言えないことだらけなら、言える事実だけ言えばいい。真実を全て言う必要はない。

「ごめんなさいね、ビクスビーさんは今、ご家族としか面会できないんですよ」

「ぼくら、家族です」

トファーが後ろから、すっとんきょうな声で口をはさんできた。ふりかえってじろっと見ると口をとじたけれど、もうおそい。おれは看護師長《かんごしちょう》に愛想笑いし、話をあわせた。

「甥《おい》なんです」

「ぼくは養子で。日本からの」

スティーブも援護《えんご》する。看護師長《かんごしちょう》は切れ長の青い目で、まゆをひそめて三人をじろじろ見た。

「親御《おやご》さんは、いっしょじゃないんですか？」

明らかにあやしまれている。ビクスビー先生の家族のことを、おれたちよりよく知っているのかもしれない。おれが知っているのは、先生は離婚経験《りこんけいけん》があって子どももはいなくて、米軍にお兄さんがいるということだけだ。お兄さんが結婚《けっこん》しているかどうかわからないし、ビクスビー先生には甥《おい》っこなんかいないのかもしれない。おれは説明した。

「ギフトショップに寄《よ》っていて、どのカードを買うかまだ決まらないんです。父さんはあけると音が鳴るカードがいいと言うんですけど、母さんは『うるさいじゃない』って。だから先に行っておくように言われたんです。マーガレットおばさんは四二八号室ですよね？」

わかっているのは部屋番号だけだ。看護師長《かんごしちょう》はパソコンで調べると、おれたちに目をもどした。うそがバレてるんじゃないかな。

「そのくちびるはどうしたの？」

看護師長《かんごしちょう》はおれとトファーの後ろにかくれるように立っているスティーブに聞いた。

「なぐられたんです、この子のせいで」

スティーブがおれを指して言ったので、看護師長《かんごしちょう》は聞いた。

「あなたがなぐったの？」

「いいえ、よけたらスティーブに当たって」

おれが答えると、看護師長《かんごしちょう》はゆっくりとうなずいた。

「そうですか。その荷物の中身は？　宿題ですか？」

「はい」

トファーが何かとっぴょうしもないことを――いつもとちがってこの場合は、うっかり本当の中身を――言ってしまう前に、おれは即答《そくとう》した。でもやっぱり雲行きがあやしい。看護師長《かんごしちょう》は面会の許可《きょか》は出さないだろう。観念してミシェルズ・ベーカリーのときみたいにあらいざらい本当のことを話そうとしたとき、看護師長《かんごしちょう》はため息をついて、タイヤがパンクするように表情《ひょうじょう》をやわらげ、ついに言った。

「わかりました、十分だけですよ。十分以内には病室を出てくださいね。あなたがたのおばさま・・・はゆっくり体を休めなければいけませんから」

『おばさま』をやけにわざとらしく言った。そろってうなずいたおれたちは、散歩が待ちきれない三匹《びき》の子犬みたいに見えただろうな。

「それと、院内ではお静かに。この階には重病の方もいらっしゃって、みなさんゆっくりお休みにならないといけませんからね」

「はい」

三人で声をそろえて言った。看護師長《かんごしちょう》はやっと笑顔を見せて、廊下《ろうか》へと向かう角を指した。おれはお礼を言うと、看護師長《かんごしちょう》の気が変わらないうちに行こうとスティーブをつついた。でも角のところまで来たとき、また声をかけられた。

「それと……」

三人は立ちどまり、ふりかえった。看護師長《かんごしちょう》は、トファーが手にしている油のしみた袋《ふくろ》を指さした。

「ビクスビーさんはきびしい食事制限《せいげん》をしていますので、ね」

「はい、わかってます」

フライドポテトはだめってことか。ウイスキーとチーズケーキまであると知ったら、なんて言われるか。


先生が救急車のあとをついて、時速百キロで救急診療室《しんりょうしつ》まで車を走らせてくれたあの夜、おれは何も食べなかった。一晩中《ひとばんじゅう》病院にいたけれど、何も食べる気がしなかったんだ。先生が食堂からアップルシナモンのマフィンを買ってきてくれたけど、結局先生も少しかじっただけだった。

内科や神経科《しんけいか》の先生たちが、X線検査《けんさ》や血液検査《けつえきけんさ》、脳《のう》のスキャン、そのほかいろんなむずかしい名前の検査《けんさ》や手当をしたけれど、全部終わるまでビクスビー先生はずっとおれについていてくれた。病院の先生たちは「おそらく歩行器で外へ出ようとしたときに足をすべらせたんでしょう」と説明した。たおれたときに頭を打ち意識《いしき》を失ったということはわかったけれど、脊椎《せきつい》がまた損傷《そんしょう》を受けていないか調べたいということだった。つまり、まだ検査《けんさ》があるから数時間はかかるということだ。

看護師《かんごし》たちにたくさん質問《しつもん》をされ、おれはひとつひとつ事実を答えた（真実全てとまでは言えないかもしれないけれど、それに近いくらいたくさんのことを）。父さんとは二人暮《ぐ》らしだということ。おれが学校に行っている間のことはわからないけれど、家にいるときは、父さんはいつもリクライニングチェアにすわってテレビを見ているということ。あまりサポートは受けられず、自分たちだけでやりくりしていること。看護師《かんごし》の男の人が、ビクスビー先生は父さんのガールフレンドなのかと聞いてきたから、なぜだかおれはその人をなぐりたい衝動《しょうどう》にかられた。でも先生は笑って「ファミリーフレンドです」と答えた。

看護師《かんごし》はコーヒーを持って来てくれて、先生はおれの分にミルクと砂糖《さとう》をたくさん入れて飲みやすくしてくれた。検査《けんさ》結果を待つ間、先生はおれの気をまぎらわせてくれた。糖尿病《とうにょうびょう》のパンフレットの裏《うら》で○×ゲームをし、カーレースの準備《じゅんび》走行のまねをして待合室の中をぐるぐる歩きまわったりして。でもほとんどの時間は、すわって二人で話をしてすごした。おれの話をたくさん聞いてもらった。それまではしたことのなかった話だ。話せば、せっかくの金曜の午後が台無しになる気がしていたから。たとえば、母さんがいなくてどれだけさびしいかということ。父さんが苦労しておれを育ててきたこと。そしてこの一年半、父さんが少しずつ気力を失い、リビングから出ることもなく、何に対しても興味《きょうみ》を示《しめ》さなくなってきたこと。先生はおれが話し終わるまで、いつものようにうなずきながら、じっと耳をかたむけてくれた。

話し終わると、おれはビクスビズムを待った。老子かベンジャミン・フランクリンかミック・ジャガーの、見方が変わるような、気が楽になるような格言《かくげん》を待った。でも先生は何も引用しなかった。ぴったりな言葉を知らなかったのかもしれない。それか、知っている格言《かくげん》はもう、これまででつかい果たしたのかも。先生はただこう言った。

「大変だったわね。生きていると、壁《かべ》につきあたることがあるものよね」

そしておれを片手《かたて》でだきよせた。母さんが生きていたらこんなふうにしてくれるかな、と、いつも想像《そうぞう》していたのと同じ仕草で。

病院の先生が入ってきて、待合室のソファーでビクスビー先生にだきよせられているおれを見るとにっこりした。

「脊椎《せきつい》には損傷《そんしょう》はありませんでした。脳震盪《のうしんとう》を起こし、手首をねんざしただけです。たおれて手をついたときに、ねじったんでしょう。脱水症状《だっすいしょうじょう》も起こしていて、血液検査《けつえきけんさ》の結果を見ると飲みすぎている薬があったり、飲んでいない薬があったりしますので、くわしくご説明する必要がありますね。先ほど目を覚まされて、ブランドさんを呼《よ》んでらっしゃいます」

先生は手をはなし、二人とも立ちあがり、おれは廊下《ろうか》の方へ歩いていった。でも先生はソファーのわきに立ったままだ。

「いっしょに来てくれないんですか？」

先生は首をふった。

「あなたのお父さんでしょ？　お父さんが会いたがっているのはあなたよ。あなただけ」

おれは立ちつくしたまま言った。

「そんな……一人じゃ無理です」

ビクスビー先生が目の前まで歩《あゆ》み寄《よ》り、おれは声をしぼりだした。

「一人でなんて、無理です」

先生はささやき声で言った。

「あなたは前、こう言ったわよね？『自分には長所が何もない。まわりのみんなは何か才能《さいのう》があるのに、自分には何もない』って」

おれはうなずいて、ふるえる息で深呼吸《しんこきゅう》した。

「どうしてわたしがいつも金曜にやってきたか、わかる？」

おれは首をふった。

「あなたが待っていることを知っていたからよ。それは、あなたがわたしをたよっているということじゃないわ。お父さんがあなたをたよっているということ。だって、もしわたしが来なかったとしても、あなたはスーパーへ行っていたでしょう？　わたしが手を貸《か》しても貸《か》さなくても、あなたは行っていたはずなのよ」

　身をかがめた先生とおれの額《ひたい》が、くっつきそうになった。

「あなたはあきらめない。ブランド・ウォーカー、それがあなたの特別な才能《さいのう》よ。お父さんにその力を見せてあげなさい。強く生きるとはどういうことなのか、見せてあげるの。あきらめないこと、そのことをお父さんに教えてあげるのよ」

　そして、聞いたことのないビクスビズムをプレゼントしてくれた。

『まだはじめてもいないのに負けてしまうことがある。しかし、かまわず挑《いど》みつづけよ。何が起きても』

　そして、おれにもとなえさせた。おれはスティーブじゃないけれど、一度聞いただけでしっかりと記憶《きおく》にきざまれた。先生はさっとおれをだきしめると後ろを向き、それっきり何も言わずに去っていった。

　のどにぐっと力をこめ、何とかおしもどそうとがんばったけれど、なみだがあふれでた。病院のベッドでおれを待つ父さんを思うなみだじゃない。そのときは知らなかったけれど、次の日にその病院でたくさんの検査《けんさ》を受ける先生を思うなみだでもない。自分のためのなみだだった。自分のための熱いなみだが、ほおをぬらした。そのときが来たと、さとったから。なぜかわかったんだ。先生をひとりじめできるのは、今日が最後だったんだ、と。

病室に着いたら、その格言《かくげん》を、今度はおれから先生に言おう。癌《がん》とたたかう先生に。病院へ行こう、かんぺきな一日にしようと思いついた瞬間《しゅんかん》から、ずっとそう考えていた。計画はほとんど失敗してかんぺきにはほど遠いけれど、それさえ言えば、もう大丈夫《だいじょうぶ》。

自動ドアをいくつもぬけて廊下《ろうか》を歩いていく間も、頭の中で格言《かくげん》をくりかえしていた。病棟《びょうとう》はまるで墓地《ぼち》のようにしんとしていて、ほとんどの病室は電気が消えている。テレビがついている部屋もいくつかあるけれど、ボリュームはうんとさげてある。四〇八号室では、用《よう》務係《むがかり》の人がだれもいないベッドに、のりのきいた白いシーツをゆっくりと広げている。前の患《かん》者《じゃ》がいなくなったあと、新しい患者《かんじゃ》をむかえるために整えているんだ。おれたちは廊下《ろうか》をゆっくり進んだ。四一七号室のドアが開いていて、中のおばあさんはぐっすりねむっている。横のテーブルには大きな花束が。——カーネーションだ。おれはほんの数秒その病室に入り、何も気づいていないトファーとスティーブに急いで追いついた。花はたくさんあったから、おばあさんも気づかないだろう。

四二八号室のドアはしまっていたけれど、電気がついているのはカーテンのかかった窓《まど》ごしにわかった。起きていますように。寝《ね》ているところを起こしてしまうという展開《てんかい》にならなかったとしても、先生にとってはじゅうぶんにサプライズだと思うけど。おれはしばらくドアの前に立ちつくしてから、スティーブとトファーをふりかえった。

「いっしょに来てくれてありがとう」

スティーブはこくりとうなずき、トファーは言った。

「フライドポテトがさめちゃうよ」

『どういたしまして』と『はやく』の両方の意味をこめたんだろう。

おれは深呼吸《しんこきゅう》すると三回ノックした。あの格言《かくげん》を、もう一度頭の中でとなえながら。

「どうぞ」

聞きなれない声だ。ドアを少しおすと、あっさりパタンと開いた。

ビクスビー先生はベッドの上でふりかえり、三人に視線《しせん》を投げた。

その瞬間《しゅんかん》、おれは言葉を失った。

●トファー

ヒーローになるためにはドラゴンをやっつけないと。かんたんじゃないさ。でもドラゴンはわかりやすい敵《てき》で、見つけるのはかんたん。洞窟《どうくつ》にすんでて大きな翼《つばさ》があって、鼻からけむりを出してる。そして熱い腹《はら》を、ためこんだ財宝《ざいほう》の山にうずめて冷やす。『おれをやっつけろ』って看板《かんばん》を首からぶらさげてるようなもんだよ。

でも現実《げんじつ》では、ドラゴンみたいにわかりやすい敵《てき》はいない。敵《てき》はどこか見えない奥深《おくふか》くに身をひそめ、君はその存在《そんざい》さえ知らないままかもしれない。はじめは小さくて気づかなかったり、何か別のものと見まちがえたり、見くびって無視《むし》したりするかもしれない。でも次第に大きくなり、いつの間にかつきまとうようになる。そして気づいたときには、もう追いつめられてる。

ひみつ——それが敵《てき》の正体かもしれない。人にどう思われるかこわくて打ち明けられない自分のひみつ。それか、自分と同じ悩《なや》みをかかえてるのになんでもうまくできて比《くら》べられる、姉が敵《てき》の正体かも。

感情《かんじょう》が敵《てき》だということもある。心にぽっかりとあいた穴《あな》。だれも自分を本当に理解《りかい》してくれてはいないし、みとめてもくれないっていう気持ち。ある日担任《たんにん》の先生がリサイクルボックスをさぐってるのに気づき、つくえの一番下の引き出しに宝物《たからもの》がねむってるのを目にするまでは、気にもとめていなかった自分の感情《かんじょう》。

もちろん、本当にドラゴンが敵《てき》のときもある。それか、自分や大切な人を打ちのめそうとしてくるモンスター。存在《そんざい》に気づいても、どうやって立ち向かえばいいかわからない敵《てき》。

病室のドアをあけて一番に言うセリフは決めていた。ここまで来る間に考えてたんだ。いくつか選択肢《せんたくし》はあったけど、とびきりいいのを選んだ。

四二八号室のドアを、ブランドが軽くノックした。あ、バックパックに絵を入れたままだ。すぐとりだせるようにたたんで、ポケットに入れとけばよかったな。今日は何かと後悔《こうかい》ばかりの日だ。

「どうぞ」

そう声がして、ブランドがドアをあけた。だれかがベッドからぼくを見つめてる。

ビクスビー先生じゃない。

ビクスビー先生は、いちごシロップみたいなピンクのメッシュが入った金髪《きんぱつ》のはずだ。ビクスビー先生は、半分ネコの血が混《ま》じってるんじゃないかと思うような明るい緑の目のはずだ。ビクスビー先生は、あざやかな色のセーターを着て、ひざまであるブーツをはいて、手作りみたいなイヤリングをぶらさげてるはずだ。それなのにベッドの女の人は、髪《かみ》がない。その人は、口をあけたままただぼくらを見つめ、青白くてほおは土気色で、ビクスビー先生とは別人だ。一瞬《いっしゅん》、部屋をまちがったのかと思った。スティーブは生まれてはじめて記憶《きおく》ちがいをしたんだろうって。でもその人はひじをついて起きあがり、「どこかでお会いしたかしら？」とでも言いだしそうな茶目っけたっぷりの笑顔を見せた。

ぼくは足をふみ入れるとせきばらいをし、『スター・ウォーズ』のセリフを言った。

「ぼくはルーク・スカイウォーカー。あなたを救いに来ました」

となりでブランドも口を開いたけど、そのままとじた。女の人は言った。

「ストームトルーパーにしては小柄《こがら》ね」

レイア姫《ひめ》のセリフをかえしてくれるなんて。やっぱり、ビクスビー先生なんだ！

「友だちをつれてきました」

ぼくはブランドとスティーブが前に出られるよう、わきによけた。スティーブはおずおずと手をふり、ブランドと先生は一瞬《いっしゅん》、無言で目をあわせた。先生はもっと体を起こした。

「ワオ……」生徒の課題のできばえに感心したときか、全然だめなときに先生はいつもこう言う。今はどっちのパターンだろう。その声は、かすれてこもってる。「あなたたち、ここで何してるの？」

『何してるの？』の方を強調してそう言うと、テレビの上の時計を見あげた。

「一時半よ。学校は？」

怒《おこ》ってる感じじゃない。きっと興味津々《きょうみしんしん》なんだ。ぼくらが来るなんて想像《そうぞう》もしてなかったはずだから。ブランドがようやく口を開いた。

「いなくなると聞いたので。街を出るって。それに、お別れも言えないままだったから」

「今日が先生の最後の日なので」

スティーブが言うと、先生はむせたから、ぼくはスティーブのすねをけってつけくわえた。

「学校に来る最後の日になるはずだったから、って意味です」

「そうね、パーティーをするはずだったのよね。本当にごめんなさい」先生は小さな声でそう言って、ぼくらの後ろの廊下《ろうか》に目をやった。「みんな来てるわけじゃないわよね？」

ひじで体を支《ささ》え、心配そうに様子をうかがった。

「三人だけです。これ、持って来ました」

ぼくはそう言って、看護師長《かんごしちょう》にダメだと言われたフライドポテトの袋《ふくろ》を差し出した。今日これまでやってきたことを考えれば、フライドポテトを癌患者《がんかんじゃ》に食べさせることは、大して悪いことじゃないように思える。

先生は何か聞きたげにぼくらを見ると、袋《ふくろ》に手をのばしおそるおそるあけた。まるで死んだネズミか、びよよーんと飛びだすおもちゃのへびが入ってるんじゃないかと疑《うたが》ってるみたいに。そういういたずらに、ぼくは引っかかったことがある。ブランドと友だちになったばかりのころ、まだブランドがそういうことをするやつだって知らなかったころに。中を見た先生は、はじめはとまどった様子で、でもすぐにはっと気づき、ふるえる手で口をおさえた。うでにはたくさん絆創膏《ばんそうこう》がはられてる。

「まあ、そんな……あのときわたしが言ったから？　あのとき……」

スティーブが聞いた。

「これでよかったですか？　マクドナルドで買ってきたんです」

先生はにっこり笑った。

「信じられないわ。フライドポテトなんて、もう何か月も食べてないのよ」

そして袋《ふくろ》に鼻をつっこみ、三回大きくにおいをすいこんだ。ぼくは言った。

「ほかにもありますよ。全部持ってきました。『ほとんど全部』って言った方がいいかな。『ある意味全部』って言う方が正確《せいかく》かも。でもここじゃダメです」

「全部？」

先生は、袋《ふくろ》をとじるとぼくを見つめた。ぼくもまっすぐ見つめかえそうとしたけど、むずかしかった。あまりに変わってしまってて……特に、髪《かみ》がなくなっちゃったなんて。そういうこともありえると知ってはいたけど、こんなに弱々しくなった姿《すがた》を目の当たりにする心の準備《じゅんび》はできてなかった。学校ではあんなにいつも元気で動きまわっていたのに。

「ここじゃダメって、何が？　何のこと？」

「ぼくらを信じて、まかせてください。つれていきたいところがあるんです。一ブロックくらい先かもしれませんけど、先生をつれていかなくちゃいけないんです」

念のためブランドを見てみたけど、窓《まど》の外を見てる。ブランドも、先生の姿《すがた》をまっすぐ見られないのかな。スティーブはうなずいて言った。

「ここは、シートを広げるにはせまいので」

理屈《りくつ》で背中《せなか》をおそうとしてる。先生は首をふった。その目は、スティーブのくちびるみたいにはれぼったい。ぼくらが何をしようとしてるのか完全に察してくれたかどうかはわからないけど、だいたい意味は理解《りかい》できたみたいだ。

「ああ……あなたたち……それってとても……とてもすてきな考えね。でも行けないわ。ごめんなさい。病院の先生方は……わたしは……その、治療《ちりょう》の予定があるし、こんな格好《かっこう》じゃ」先生は布団《ふとん》からのぞいてる青い患者衣《かんじゃい》を指した。「ここからはどうしても出られないのよ……」

訴《うった》えかけるような目で見られたけど、ぼくはまだあきらめない。チーズケーキのことも話そうとしたとき、ブランドが窓《まど》から目をもどして口を開いた。

「アティカス・フィンチ」

「え？」

ぼくはとまどって聞き返した。何を言ってるのか全然わからないけど、先生はピンときたらしい。ブランドはちょっと怒《おこ》ったような顔で先生をまっすぐ見つめてる。先生に立てつくみたいに。

「読んだの?」先生に聞かれ、ブランドはうなずいた。すると先生はスティーブとぼくを見た。「あなたたちは学校をぬけだして、ただわたしにお別れを言うだけのために、わざわざここまでやって来たのね?」

「ブランドが言いだしたんです」

雲行きがあやしいと思ったのか、スティーブは言いわけするようにそう答えた。ぼくは言った。

「計画の半分は、まだやり終えてません。ここじゃ計画通りにできないので。かんぺきにやりたいんです」

先生はフライドポテトに目を落とすと、また首をのばして、ドアの方をうかがった。一瞬《いっしゅん》、その目にかがやきがもどったのを、ぼくは見のがさなかった。先生は言った。

「オーケー。諸君《しょくん》、五分後にエレベーターのところで待て」

ぼくらはエレベーターのわきに立ってる。背中《せなか》をバックパックにおしつけ、バックパックは壁《かべ》におしつけられ。たぶん、スティーブは背中《せなか》でチーズケーキの残骸《ざんがい》をおしつぶしちゃってるけど、もうこれ以上見た目が悪くなりようもないだろうし、いっか。ぼくは『健康的な食生活を』って書かれたポスターを見てる。皿にもられたブロッコリーを前にして、子どもがまるで山盛《やまも》りのシリアルを目の前にしてるみたいな笑顔をうかべてる変な絵のポスターだ。看護師長《かんごしちょう》は電話しながらパソコンを操作《そうさ》するのにいそがしく、ぼくらに気づかないみたいでよかった。ジョージアって名前は似合《にあ》わないな。肩《かた》はばが広くあごが大きくて、ブロンドの髪《かみ》をあみこみにしてるから、北欧《ほくおう》神話に出てくるような名前、ヘルガとかスヴェトラーナとかの方が似合《にあ》う。主神オーディンの宮殿《きゅうでん》ヴァルハラの橋を守る衛兵《えいへい》みたいにたくましい。戦神トールにも一目置かれるよ、きっと。

看護師長《かんごしちょう》に気づかれないように、スティーブが小声で言った。

「アティカス・フィンチって、鳥か何か？」

「本の登場人物だよ、六十年くらい前の」

小声で答えたブランドにぼくも聞いた。

「スーパーヒーローみたいな人？」

そういう感じのする名前だから。きっとまじめな本なんだろうし、ビクスビー先生に読みなさいと言われて読んだわけでもなさそうだけど、スーパーヒーローが出てくる話だったらおもしろそう。

「弁護士《べんごし》だよ。でもその人がメインの本じゃない」

「じゃあどんな話なの？」

「テーマは『正義《せいぎ》のために立ちあがれ』、だと思う」

「へえ、じゃあ剣《けん》でたたかうシーンとかあるの？」

ブランドは首をふった。そんな紹介《しょうかい》の仕方じゃ読む気にならないな。でもたたかうシーンがなかったとしても、いつか読もう。デスクの後ろでは、看護師長《かんごしちょう》がこまったような声を出して、せわしなくマウスをクリックしてる。ビクスビー先生は、おすすめの本をブランドに何冊《なんさつ》教えたんだろう。二人でスーパーでカートをおしながら、サルサソースやシリアルをかごに入れながら、読んだ本の話をしてたのかな。先生がどのシャンプーをつかってるか、ブランドは知ってるのかな。ネコのえさに何をやってるかも。先生が飲むのは乳脂肪分《にゅうしぼうぶん》二パーセントの牛《ぎゅう》乳《にゅう》とスキムミルク、どっちなのかな。それとも、まずいオーガニックのアーモンドミルクなのかな。先生は砂糖《さとう》のコーティングありのとなしの、どっちのポップタルトを食べるのか、それもブランドは知ってるのかな。そういうこと、ぼくも知りたい。ブランドと同じように、ぼくも先生と二人ですごして知りたい、そう急に思った。

ブランドがシーッと言って廊下《ろうか》の先を指さした。

来た。服は着替《きが》えてるけどスリッパのままだ。紺色《こんいろ》のスウェットパンツに『ホフストラ大学』って書かれたトレーナーを着てる。顔いっぱいにいたずらっぽい笑みをうかべて。すっかり弱ってるはずなのに、ぼくよりずっと忍者《にんじゃ》っぽくタイルの上をすり足でやってくる。片手《かたて》にはフライドポテトの袋《ふくろ》、もう片方《かたほう》の手にはバッグを持って。ブランドがエレベーターのボタンをおした。ぼくはもう一度ふりかえり、看護師長《かんごしちょう》がパソコンの画面を見ながら早口で電話してるのを確認《かくにん》した。エレベーターの到着音《とうちゃくおん》が鳴りドアが開き、先生が「急いで」と言ってぼくらの背中《せなか》をおした。

「こんなことするなんて自分でも信じられないわ」

ブランドが一階のボタンを連打した。

「はやくはやく」

連打する音とその声に看護師長《かんごしちょう》が気づき、パソコンから目をあげた。受話器を耳からはずして通話口をふさぎ、怪訝《けげん》そうな顔で声をかけてきた。

「ビクスビーさん?」

先生はよりによって、一番背《せ》が低いスティーブの後ろにかくれちゃった。かくれられるはずないのに。ブランドは今度は『閉《へい》』ボタンを親指でおしつづけた。

「ビクスビーさん、どちらへ?」

先生は肩《かた》をすくめた。看護師長《かんごしちょう》は、デスクを飛びこえて追ってこようとするかのように、すくっと立ちあがった。

「ビクスビーさん、もうすぐ治療《ちりょう》の時間ですよ――」

その姿《すがた》が視界《しかい》から消え、エレベーターはおりはじめた。四、三、二……階数ランプがひとつずつ下の階を表示《ひょうじ》していく。ぼくは片手《かたて》を耳に当て、ひとりつぶやいた。

「こちら、レン捜査官《そうさかん》。卵《たまご》はカゴの中。くりかえす。卵《たまご》はカゴの中」

「またひとりごと言ってるのか？」

ブランドにつっこまれた。後ろでは先生が、反射《はんしゃ》する壁《かべ》にうつる自分の姿《すがた》をまじまじと見て、絆創膏《ばんそうこう》だらけの手でつるつるの頭をなでてる。スティーブが言った。

「いい感じですよ」

うそだってすぐわかる。スティーブは、うそをつくとき目が泳ぐから。でもぼくは、ほこらしげにスティーブにほほえんだ。女の子が髪《かみ》を切ったら、興味《きょうみ》がなくても「いい感じだね」って言っとくもんだと教えたのはぼくなんだ。その通りにしたんだな。

「先手を打ったのよ。ぬけていく前にそったの。ちょうどピンクの髪《かみ》にもあきてきたころだったし」

「ピンクもよかったですよ」

スティーブが言った。ぼくもピンクの髪《かみ》は好きだった。でもそれを口にするのは今はタイミングが悪い気がして。

リンと音が鳴り、またドアが開いてさっきのロビーが見えた。ぼくはドアから頭を出して小声のまま言った。

「警備員《けいびいん》1の姿《すがた》はない。警備員《けいびいん》2はまだ同じ位置にいる。慎重《しんちょう》に進め」案内カウンターに目をやる。「だれか麻酔銃《ますいじゅう》を持ってないか？」

麻酔銃《ますいじゅう》があれば朝飯前だ。警備員《けいびいん》の耳の後ろに一発撃《う》ちこめば、そのままカウンターにつっぷすだろう。

ビクスビー先生は目を丸くしてぼくらをおしのけ、前に出ると、後ろに手をのばしてぼくのTシャツを引っぱり、正面玄関《げんかん》へ向かいながら言った。

「さっさとずらかろうぜ」

ぼくらはまるで学校の廊下《ろうか》を進むみたいに堂々《どうどう》と前を向いて、子ガモの群《む》れみたいに先生のあとをついてった。ぼくはできるだけ目立たないように、足を引きずらないようがんばった。何人かがこっちを見たけど、すぐに目をそらした。先生の新しい髪型《かみがた》のおかげだと思う。じろじろ見るのは失礼だから。

正面玄関《げんかん》まで、あとは受付に男の人が一人立ってるだけ。よし、無事成功だ！と思いながら横を通ったとき、声をかけられた。

「ちょっと！」

男の人は警備員《けいびいん》だった。受話器を手にしてる。電話の相手がだれかはわかる。きっと看護師《かんごし》長《ちょう》から連絡《れんらく》が入ったんだ。

立ち止まった先生に、ぼくら三人はぶつかりそうになった。ぼくはレベッカにつかまりそうになって先生にぶつかり「〝謎《なぞ》の菌《きん》〟なんていないのよ」と言われたときのことを思い出した。スティーブはいつも通り、ぼくの後ろであたふたしてる。バックパックの中は見られませんように。

警備員《けいびいん》は手で銃《じゅう》の形をつくると、先生の胸《むね》に向かって撃《う》つまねをした。

「ゆけ、プライド」

先生は自分のトレーナーを見下ろし、勇ましい二頭のライオンの紋章《もんしょう》を見つめた。ホフストラ大学に通う学生たちがみんな『プライド』って呼《よ》ばれてることは、ぼくも知ってる。

「ゆけ、プライド」

先生もそうかえし、フライドポテトの袋《ふくろ》を持った手を高くつきあげた。ぼくは後ろの二人に向かって両手の親指を立てると、先生のトレーナーのすそをつかみ、玄関《げんかん》から出るのについていった。

映画《えいが》ではよく、物語が終わったあと、また最初のシーンにもどってくることがあるよね？ たとえば『ライオン・キング』では、巨大《きょだい》な岩の上でサルが赤ちゃんライオンをだいてて、最後のシーンではそのサルが同じ岩の上で今度は別の赤ちゃんライオンをだいてる。『オズの魔《ま》法使《ほうつか》い』ではドロシーは、もといた農場で目を覚まし、全部夢《ゆめ》だったって気づく。でも現実《げんじつ》は映画《えいが》のようにはいかない。人生はふりだしにもどることはできないし、何事もなくまっすぐに進んでいけるわけでもない。曲がりくねったり、ちょっと飛びだしたり、ねじれてあともどりしたりすることもあるけど、スタートにもどることはできない。思い通りにスタートにもどることができなくて、うまくいかないってなやむこともあるよね。

あのときにもどれたら、と思うことは、ぼくにもある。スノードームみたいに永遠《えいえん》にとじこめておきたい瞬間《しゅんかん》が。気分がしずんだときにふったりわったりすれば、その場所、その時間にもどれる、みたいに。同じときをやり直すんじゃなくて、同じときを味わうだけ。映画《えいが》をまきもどすみたいに。

何もかもうまくいってたころに。

今ぼくらがいるのは、本物の公園だ。ジョージ・ヘーゼル・ゴミメン・ネルソンからウイスキーをうばいかえしたあとに三人で寝転《ねころ》がった、せまい芝生《しばふ》じゃなくて。木々が立ちならび三段《だん》の噴水《ふんすい》があり、丘《おか》がある本物の公園だ。

先生は丘《おか》のふもとに立ち日の光を浴びて、まるで陸の光景をはじめて目にする、足を手に入れたばかりの人魚みたい。からっぽのマクドナルドの袋《ふくろ》をくしゃりとにぎりつぶしてる。公園にたどりつくまでの間、先生はフライドポテトを歩きながら食べつづけ、ぼくらにもわけてくれようとしたけど、全部先生の分だからとぼくらは手を出さなかったんだ。

先生は「二ブロックも歩くなんて、この三日間で最高記録よ。だからちょっとタイム」と言い、ぼくの肩《かた》に手を置いて息を整えた。ぼくはギリシャ神話に出てくる地球を支《ささ》える神アトラスみたいに、胸《むね》をはった。先生によりかかられると、なぜだか強くなったような気がした。

それからぼくらは先生に「ちょっと待ってください。こっちを見ないでくださいね」と言い、丘《おか》の中腹《ちゅうふく》で準備をはじめた。ブランドはバックパックをあけ、ウイスキーのボトルを芝生《しばふ》に置いた。そしてレジャーシートを広げはじめたけど、とちゅうで首をふった。

「やっぱり」

くもった視線《しせん》の先に目をやると、シートの真ん中にあるワイングラスは割《わ》れてしまっていた。バックパックでジョージ・ネルソンの顔をなぐったせいだな。

「おれのせいだ」

肩《かた》を落として言うブランドを、ぼくはなぐさめた。

「ブランドのせいじゃないよ。ゴミメンが石頭だったせいさ。あいつの顔に当てたときのスイング、よかったよ。それにこのお酒も、ワイングラスにつぐものなのかわからないし」

慎重《しんちょう》にガラスのかけらを拾いあげると丘《おか》の上のごみ箱にすてに行った。音楽はなし。携帯《けいたい》のバッテリーがここまで来る間に自然に復活《ふっかつ》することはなかったし、噴水《ふんすい》のところに奇跡的《きせきてき》にフルオーケストラがあらわれることもなかったから。ぼくは自分のバックパックに手を入れ、折れ曲がった紙皿をさがした。スティーブはケーキの箱を引っぱりだし、レジャーシートの真ん中に置いた。箱をあけようって気分にはならない。中がどうなってるか想像《そうぞう》し、三人ともちょっとビビってる。用意してきたものをいい感じにならべ終わり（スティーブが「対称《たいしょう》になるように」何度も配置を調整した）、ブランドが口笛をふき手をふると、先生は首をふり丘《おか》をのぼりはじめた。ひざに手をつきながらゆっくりと。一歩一歩が大変なんだ。

スティーブがつぶやいた。

「音楽、ごめんね」

「いいよ。どっちにしろベートーベンきらいだし、ぼく」

ぼくはそう答えたけど、先生が重い足どりで進む中、びっくりすることが起きた。

スティーブが歌いはじめたんだ。最初は自分の声を確《たし》かめるように小さく、でも先生が一歩進むごとに声は大きくなっていった。

曲がりくねった道を進むにつれ
ぼくらの影《かげ》は魂《たましい》よりも高くなる

スティーブの歌声を聞いたのは、はじめてだ。音程《おんてい》がいまいちあってないからか、何の曲だか思い出せない。でも歌詞《かし》には聞き覚えがあった。どのバンドのなんて曲か、ぼくにはわからないけど先生はわかったみたい。スティーブが歌いだすと、すぐ笑いだした。いつもならそこで歌うのをやめちゃうはずだ。スティーブはいつも、まわりで笑い声が聞こえると自分のことをバカにされてると思って口をつぐんじゃうから。でもどうしてか、今はもっと大きな声で歌ってる。スティーブって、こんなにいい声してたんだ。ぼくの知らない面がまだあったんだな。ブランドとぼくは顔を見あわせ肩《かた》をすくめたけど、スティーブはのぼってくるビクスビー先生のために歌いつづけてる。

ぼくらの知ってるあの女《ひと》が歩いてる
白い光をはなつ彼女《かのじょ》は見せつけたいんだ
今でも全てが黄金に変わるさまを

先生がシートのふちのところまでたどり着くと、スティーブは口をとじ、先生は大きな拍手《はくしゅ》をした。

「その曲は強欲《ごうよく》な女の人のことを歌っているのよね。でもすばらしかったわ、ブラボー！」

「本当はクラシックを流す予定だったんです」

そう答えたスティーブに先生は言った。

「その歌も十分クラシックよ」そしてほほえんだままシートに目をやり、口を大きくあけて声が一オクターブ高くなった。「え？　ウイスキー？」

ケーキの箱に立てかけられたボトルを指さしてる。スティーブはさっとぼくの後ろにかくれ、ブランドがボトルを手にし、先生に差し出した。

「ええと……その……はい……ワインにするつもりだったんですけど」

「『Moscato《モスカート》』か『Brachetto《ブラケット》』に」

スティーブがぼくの肩《かた》ごしに口をはさむとブランドが訂正《ていせい》した。

「Bruschetta《ブルスケッタ》です」

「それ、チーズの名前じゃん」

ぼくがつっこむと、先生がウイスキーを手にし、太陽にかかげながら訂正《ていせい》した。

「Brus《ブルスケッタ》chetta はチーズじゃなくて、パンを使ったイタリア料理よ。それにこれは明らかにワインじゃないわね」

「ワインよりおいしいんですよ」聞き覚えのあるセリフをそのまま受け売りで言ったスティーブは、信じられないって感じの視線《しせん》を先生から向けられて、急にうつむきつぶやいた。

「……って、どこかで聞いたような気がします」

先生はあきれて首をふった。

「家にあったボトルをこっそり持ってきた、なんてことないわよね、お子様方？」

この質問《しつもん》の流れはマズいぞ、話題を変えないとせっかくの楽しい空気が台無しだ――そう思ったとき、スティーブが両手をあげてしゃべりはじめちゃった。

「いえいえいえ、もちろんそんなことしませんよ！　トファーが通りでつかまえた知らない人からとったんです」

それを聞いた先生の顔がもっとけわしくなったから、ぼくはあわてて口をはさんだ。

「いやいやその、ぬすんでなんかいません、それは大丈夫《だいじょうぶ》です。ちゃんとお金は払《はら》いましたから安心してください。もうそんなこと気にしないでくださいよ、今日は先生のための特別な日なんですから」

先生は、ぼくが算数の練習問題をやらなかったときに「わり算を筆算でやるなんて計算機に失礼ですよね」って言いわけしたときと同じ顔をした。そしてもう四角い形をとどめていない、ゆがんだ箱を指さした。

「まさか、中はラム酒のボトルじゃないでしょうね」

ぼくら三人は、どうしようかな、と顔を見あわせ、スティーブがせきばらいをしておそるおそるふたをあけた。

「ジャーン」ぼくはそう言って、ぐっちゃぐちゃのかたまりを指さした。とても食べ物には見えない。あまかったな。あれ以上見た目は悪くなりようがないって、たかをくってた。「これは――」

言いかけたぼくを先生がさえぎった。

「わかるわ」

「買ったお店は――」

口をはさんだスティーブをまた先生がさえぎった。

「お店も知ってるわ」

先生は絆創膏《ばんそうこう》だらけの手で目のはしをぬぐった。

「買ったときは、すごくすごくきれいだったんです」

ぼくが言うと先生は鼻をすすった。

「今もきれいよ」

そしてウイスキーをトレーナーにおしつけてだきしめると、チーズケーキの残骸《ざんがい》を見つめ、首をふった。ぼくはそれからどうすればいいのか、何を言えばいいのかわからなかった。何か知的で深みのあることが言えればいいんだけど。ビクスビズムみたいに。でもブランドに先をこされた。ブランドは先生のそばへ行くと、背《せ》のびして何かささやいた。先生はそれを聞くと芝生《しばふ》にボトルを落とし、ブランドの手を両手で力強くにぎりしめて、何度も何度もうなずいた。

「わかってるわ」

それからスティーブとぼくを引《ひ》き寄《よ》せ三人をいっぺんにだきしめ、先生とぼくらはひとかたまりになった。その瞬間《しゅんかん》、わかったんだ。こんなに近くにいられるのも、これが最後なんだって。


ようやく先生が手をはなし、ぼくらは鼻をすすった。ふと、ブランドが前にスティーブの鼻をほじって、それからしばらくスティーブにきらわれてたことを思い出した。でも人っていうのは、慣《な》れていくものだ。それか、うまくやりすごす方法を身につけていくんだと思う。

ぼくらはシートに輪になってすわり、チーズケーキがこんな姿《すがた》になったわけを口々に話した。ブランドが紙皿を配り、プラスチックのフォークでラズベリー色のどろどろの残骸《ざんがい》をすくった。全然おいしそうじゃなかったけど、一口食べてみると見た目は気にならなくなった。見た目も、紙皿で食べてることも、どんな食べ方をしてるかも気にならない。ミシェルって名前のおしゃれなフランス人パティシエのケーキだろうと、エデュアルドって名前の大柄《おおがら》なメキシコ人の男の人がつくったケーキだろうと、どっちでもいい。一か月分のおこづかいがふきとぶくらいの値段《ねだん》だったことも、ぴったりあうワインを見つけられなかったことも、どうでもいい。だってエデュアルドさんが言ってたことは本当だったから。このチーズケーキを食べると、天国にいる気分になる。

ぼくらは「うーん」と何度もうなり、ぼろぼろこぼし、口のまわりにラズベリーをくっつけながら食べた。ぼくは二度おかわりした。ブランドみたいに皿までなめたりはしなかったけど。

先生だけはケーキを残した。

「フライドポテトを食べすぎたかも。前ほどたくさん食べられないのよ」

「飲み物いりますか？」

ぼくはウイスキーをあごで指したけど、先生は「あとでいただくわ」と言って、ボトルを背《せ》中《なか》にかくした。当然三人とも飲まないわよねって顔だ。

ぼくはピンクになった紙皿を集め、ごみ箱にすてに行った。もどってくると、アレクサンダーさんの古本屋で買った本を、スティーブがもうぼくのバックパックからとりだしてて、どこまで読んだか先生がページをさがしてた。ぼくは先生の正面にすわり、スティーブがとなりに来て四人で頭を寄《よ》せのぞきこんだ。

「十九章です。先生が持っていた本だと二六二ページ」

スティーブが教えると先生は場所をさがしあて、せきばらいをして声色を変えた。

「『最終章』」

先生が読みはじめると、三人とも身を乗りだした。ぼくは目をとじて、魔法使《まほうつか》いガンダルフが仲のいい小人族に説く声を聞いていた。後ろの通りでは車が走る音がし、心臓《しんぞう》は先生の読むリズムにあわせて鼓動《こどう》を打つ。今日がどんな日だったか、そんなことはすっかり頭から消えていた。

長い時間をかけ、とちゅうで何度も声がかれそうになりながら先生は読んだ。読み終えてもぼくは目をとじたまま、四人とも魔法《まほう》がとけるのをおそれてるみたいに、何か一言でも発したら『中つ国』や旅してきた国から引きもどされてしまうとおそれてるみたいに、身動きひとつせずすわってた。そのとき、だれかがビクスビー先生を呼《よ》ぶ声がして目をあけた。海賊《かいぞく》さながらの看護師長《かんごしちょう》が丘《おか》のふもとに立ってる。

「おりてきてください！」

スティーブ

物語の終わりはどうだったかというと、ビルボがガンダルフにタバコ入れをわたし、ビクスビー先生は本をとじ、ぼくたちはだまったまま。トファーまでがだまったままなのは不思議だった。いつだって何か言わなくちゃすまないタイプだから。

なんだか拍子《ひょうし》ぬけする終わり方だったけど、何も言わずにただすわっているだけで、みんな満たされた気分になっているのが伝わってきたから、ぼくは足もとの芝生《しばふ》に目をやりながら、ビルボみたいな大冒険《だいぼうけん》をしたあとに家に帰るってどんな気分かな、それに親から「どこ行ってたんだ！」ってどなられないなんてどんな感じだろう、と考えていた。

どうやったってにげきれないよ。パパたちは絶対《ぜったい》に、今日ぼくが何をしたかつきとめる。でも、お姉ちゃんが告げ口したりしないことはわかっている。そう約束してくれたし、信じてるから。トファーは信じてないけど。サカタ家に生まれたぼくたちだって、年がら年じゅうルールにしばられている生活はつかれるんだ。それにお姉ちゃんはじつは、ほんのちょっぴりぼくをほこらしく思ってくれたんじゃないかな。そんなこと、口がさけても言わないだろうけど。学校のだれかが告げ口するかもしれない。マッケルロイ先生か代理の先生が。それともパパたちは通知表を受け取って、そこに書かれてる欠席日数とiPad《アイパッド》のカレンダーに自分たちで記録してる欠席日数がちがうことがわかるまで、気づかないかも。それにどうやったって、このくちびるについてなんにも聞かれずにすむってわけにはいかないよね。そしたらぼくは、本当のことを話そうと思うんだ。かくしつづけなきゃいけないようなひみつだとは思えないから。それにぼく、うそをつくの下手だし。トファーが前、うまいうそのつき方を教えようとしてくれたことがあるけど「才能《さいのう》ないね」って言われちゃった。だからパパたちに質問《しつもん》されたら、ぼくはその通りに答えて罰《ばつ》を受けるだろうな。どんな罰《ばつ》かは想像《そうぞう》しないようにしよう。せっかくの今この瞬間《しゅんかん》を、台無しにしたくないから。

病棟《びょうとう》の四階にいたはずの看護師長《かんごしちょう》が、丘《おか》のふもとに忽然《こつぜん》と姿《すがた》をあらわすと、ビクスビー先生はあわててバッグにウイスキーをつっこんでにやりとした。

「看護師《かんごし》さんたちには、わけてあげないから」そして本をトファーにかえすと、しばらく足もとを見つめていた。『また我《われ》に会いたきときは　くつの下をさがせばよい』

その言葉の意味はわからないけれど、なんだか不吉《ふきつ》な感じがする。足もとを見下ろしたぼくの顔は不安そうだったんだろう。先生は手をのばし、ぼくのひざに手を当てると言った。

「ある詩の一節よ」

ぼくが詩というものをどう思っているか、先生は知っているはずだけど、ぼくは何も言わなかった。詩の中にも、ぼくが理解《りかい》できるものが少しはあるんだろうな。

先生につられてぼくたちも立ちあがり、先生と向かいあった。教室にワープしたように。それから先生はトファーをぎゅっとだきしめ、ぼくのこともだきしめてくれたけど、先生はいつものにおいとは全然ちがった。それに、あんまりうでに強く力をこめてくるから息ができないくらいだった。どうしてかブランドのことだけはだきしめず、まっすぐ見つめあっている。

「わすれるところだった」

ブランドはそう言うと、かがんでバックパックをあけ、ピンクと白の混《ま》ざった一輪の花をとりだした。ちょっとつぶれて茎《くき》が曲がったカーネーションだ。クリスティーナがピアノの発表会でいつも服につけてるから知っている。一体どこで手に入れたんだろう？　計画にはなかったはずだけど。

「バラは根気がないから」

ブランドのその言葉は、花を表現《ひょうげん》するには変だなと思った。でも先生は泣き笑いみたいな声を出した。

「ありがとう、三人とも。こんなにすばらしい日になるなんて、想像《そうぞう》もしてなかったわ」

そう言うと、後ろを向いて丘《おか》をくだりはじめた。

ぼくたちはその場に立ったまま、後《うし》ろ姿《すがた》を見送った。先生はバッグを小わきにかかえ、くたびれたカーネーションを持って、看護師長《かんごしちょう》は公園から通りに出てもずっと先生に小言を言っていて、その姿《すがた》は先生がぼくたちにお説教するときにそっくりで。曲がり角まで来て姿《すがた》が見えなくなりそうになったとき、先生はふりかえって丘《おか》の上のぼくたちを見あげ、手をふってきた。そんなことするはずじゃなかったのに。さよならは、なしのはずだったのに。

先生が行ってしまうと、ぼくはあまった紙皿を拾い、バックパックに入れた。トファーはていねいにシートをたたんで胸《むね》にかかえた。うねった傾斜《けいしゃ》のつづく芝生《しばふ》を見下ろし、ポケットに手をつっこみながらブランドが言った。

「ここ、いい場所だな」

「かんぺきだよ」

そう答えたトファーのTシャツを引っぱり、ぼくは言った。

「帰る時間だよね」

トファーはうなずいたけど、立ち去ろうとはしない。だからぼくは、トファーとブランドの間に、ただ立っていた。ビクスビー先生がさっきまでいたからっぽの空間を、三人で見つめながら。

十四番通りとステート通りの交差点近くのバス停に走っていって、二時四十五分発のバスに乗らなくちゃ。それに乗らないと終業のチャイムに間に合わない。計画では、そのあといつもの十七番のスクールバスに乗《の》り換《か》え、一日じゅう学校にいたような顔をして家に帰ることになっている。でもそれはトファーとぼくだけで、ブランドはスクールバスじゃなくて歩いて帰る。歩くのには慣《な》れてるから大丈夫《だいじょうぶ》だと言っていた。

学校よりだいぶ手前のところでバスからおりた。月曜にはマッケルロイ先生の復讐《ふくしゅう》が待っているだろうから、どうにかしなくちゃいけないはずだけど、トファーは「月曜はうんと先だからなんとかなるさ」だって。ぼくたちは忍《しの》び足《あし》で学校の敷地《しきち》にもどり、しげみの後ろにたどりついた。トファーが言った。

「終わりのチャイムが鳴るまで待とう。ドアからみんながかけだしてきたら、その人ごみにまぎれられる」

「宿題を確認《かくにん》しなくちゃ」

学校をながめているだけで胃が痛《いた》くなってくる。ランチがわりにチーズケーキを食べたのがよくなかったのかも。

「今日はいいさ」

ブランドが答えたとき、スクールバスが列をなしてやってきた。千人もの生徒たちが荷物をまとめて週末の準備《じゅんび》をし、それぞれの冒険《ぼうけん》に旅立つ用意をしている音が聞こえてくるような気がする。ブランドはフーッと息をはき、帰る準備《じゅんび》ができたというようにバックパックを調整した。

「待って」

トファーはそう言ってバックパックをあけ、中をさぐった。角の折れた一枚《まい》の紙をとりだし、ブランドに差し出した。

「ほら」

「おい……本気か？」

ブランドは、受け取っていいかまよってるみたい。そりゃそうだよね、さっきトファーはあんなに手放そうとしなかったんだから。トファーは肩《かた》をすくめた。

「またいつでもかけるし。ブランドに新しいスケッチブックを買ってもらったら、最初にかくよ」

ブランドはためらいながら、先生の肖像画《しょうぞうが》を受け取った。

「……サンキュ」

駐車場《ちゅうしゃじょう》でバスがエンジンをかけて待ってる。むかえに来る親たちの車も入ってきた。うちのママはむかえに来るタイプじゃなくて、ほんとよかった。ぼくがママたちと対面する瞬間《しゅんかん》は、ずっと先のばしになるといいんだけど……。終業のチャイムに思わずとびあがった。バンッとドアが開き、生徒が次々に出てきて、おしあいながら歩道を横切っていく。

「ぼくらも出発だな」トファーはブランドとこぶしをつきあわせた。「えっと、それじゃ。バイバイ」

「うん、バイバイ」ブランドはこっちを向いて、ぼくのあごを指さした。「その口、オッタマCだな」

ぼくは、ぼってりしたくちびるをおそるおそるさわってみた。『オッタマC』というのがどういう意味の新語なのかわからなかったけど、ほめ言葉に聞こえた（おったまげるほどCool《クール》の略《りゃく》かな？）。

「笑うと痛《いた》いんだよ」

そうかえすと、ブランドとぼくもこぶしをつきあわせた。ブランドはぼくたちを見つめたまま二、三歩さがって敬礼《けいれい》すると、通りを去っていった。ぼくは、なんだか名残惜《なごりお》しい気持ちでその後《うし》ろ姿《すがた》を見送った。

「行こう」

トファーはぼくを引っぱり、計画通り人ごみにまぎれた。教頭先生がこっちを見ている。

「そこの二人」するどい声をかけられ、トファーがさっと身をこわばらせたのがわかった。

「急いでバスに乗りなさい。金曜なのに、はやく帰りたくないの？」

ぼくが首を横にふったのには、先生は気づかなかったみたい。

バスに乗るのは今日もう六回目だな。二人でかけこみ、ほかの六年生の視線《しせん》を無視《むし》して、よろよろと後ろの座席《ざせき》にたどりついた。今までどこに行っていたのか、不思議に思っているんだろうな。いなかったのはわかっているはずだから。サラがずけずけ質問《しつもん》してきたから、トファーが言った。

「どこだっていいじゃん。校外学習に行ってたんだよ。それ以上鼻つっこんできたら、シャベルでその鼻かっぽじってやるから」

サラは目をつりあげて、となりの席の女の子に悪口を言ってる。でも全然気にならない。ほかの心配事に比べ《くら》たら、サラなんて。トファーを見て「口のはしっこにラズベリーがまだついてるよ」と教えてあげると、トファーは親指でぬぐった。

「証拠隠滅《しょうこいんめつ》」

「証拠隠滅《しょうこいんめつ》」

ぼくもそう言って、慎重《しんちょう》に下くちびるをなめた。バスにゆられていると、トファーが窓《まど》の外のブランドを指さした。トファーは窓《まど》をたたいて名前を呼《よ》び、気づいてもらおうとしたけど全然聞こえていないみたいだ。ブランドは片手《かたて》にトファーの絵を持ち、ながめながら歩いている。その後ろに、サクラの花がさきはじめているのが見えた。トファーは、窓《まど》の外からなかなか目をもどそうとしない。

「ねえ、トファー」

「ん？」

「あのね……」

伝えたいことがたくさん頭にうかんできて、でもどれもなんて言ったらいいか、まとまらないことだらけで。だからぼくは、たったひとつだけ言える、確《たし》かなことを口にしたよ。

「今日は、すごくいい一日だった」

「うん」

トファーはため息をつくように言った。ぼくはバスの奥《おく》をふりかえり、後ろの窓《まど》から見える赤レンガの校舎《こうしゃ》にさよならと手をふると、トファーの肩《かた》に頭を乗せた。

トファーはふりはらったりせず、そのままでいてくれたんだ。

ブランド

マーガレット・エリナー・ビクスビーはボストンで亡《な》くなった。三十五歳《さい》だった。フルネームはおれにだけ、レジにならんでいるときに教えてくれた。

亡《な》くなった原因《げんいん》は、手術《しゅじゅつ》の合併症《がっぺいしょう》だった。すい臓《ぞう》からなかなか消えない腫瘍《しゅよう》をとりのぞこうとしたときに、大量出血したらしい。病院の先生たちは最善《さいぜん》をつくし、ビクスビー先生は最後の最後までたたかったけれど、助かる見込《みこ》みはほとんどなかった。確率《かくりつ》がどのくらいだったか知りたければスティーブが教えてくれるだろうけど、本当に知りたくない。六月半ばの金曜の午後に、先生の『魂《たましい》は還《かえ》った』。新聞の訃報欄《ふほうらん》にそう書いてあった。

先生が亡《な》くなった日、マクネアー校長先生は、この五年間でビクスビー先生が担任《たんにん》をしたクラスの生徒全員、百三十人くらいの家に一軒《けん》一軒《けん》電話して訃報《ふほう》を伝えたらしい。おれの家が何番目だったのかはわからない。電話に出たのは父さんで、いつものように大声で呼《よ》ぶんじゃなくて、歩行器でおれの部屋の前まで来てノックした。その日は焼けつくように暑くて、むしむしして気温は三十五度あった。だからスティーブとトファーとおれは部屋にこもって、ずっとゲームをしていた。父さんはていねいに三回ノックして、おれの耳もとで小さくその知らせを伝えた。

思わず二人をふりかえったけど、何も言わなくても二人はもう察していた。スティーブは目をとじて何かつぶやき、トファーはただ、くつひもを見つめていた。おれは何か言おうとしたけど、何も言わない方がいいときもある。ベッドのはしに腰《こし》かけ、ふとアレクサンダーさんのなぞなぞのことを思い出した――『君たちは、わしを遠ざけることはできるが、決してにげきることはできない。君たちはわしに早く来てほしいと願うこともあるが、それがかなうとはかぎらない。わしはできるかぎり、おそく訪れた方がよいものじゃ』。

そのときトファーが肩《かた》をこづいてきた。

「アティカス・フィンチ」

そう言って格言《かくげん》を指さした。父さんが二度目の退院《たいいん》をした次の日、おれは先生にプレゼントされたビクスビズムを、ベッドの上の壁《かべ》に書いたんだ。『アラバマ物語』の中で世間から白い目で見られながらも、自分の信念にしたがい突《つ》き進《すす》んだアティカス・フィンチ。読んでみると、その中にこんなセリフがあった――『勇敢《ゆうかん》な人とは、銃《じゅう》を持った人のことではないんだよ。あらかじめ失敗することがわかっているにもかかわらず挑戦《ちょうせん》し、何が起きてもやりとげる人のことなんだ』。

先生はあの日、そのセリフをおれのために言いかえてプレゼントしてくれたんだ。おれはうなずいた。これはさよならじゃない。おれたちなりのさよならは、もう言ったから。

その夜は父さんがピザを四人分注文してくれて、デザートを食べに行きたいという希望もかなえてくれた。

「ビクスビー先生をたたえて」

おれたちはそう言ってつれていってもらったけれど、どうしてデザートを食べに行くのが先生をたたえることになるのか、父さんにはわからなかっただろう。

「まだ運転するのはしっくりこないから、そんなに遠くないところにしてもらいたいけど、好きな店につれていってあげるよ。アクセルとブレーキを手で操作《そうさ》するのは、宇宙船《うちゅうせん》を操縦《そうじゅう》してるみたいな気分でね」

父さんがそう前置きして「どこに行く?」と聞いてきたから、三人でだまって顔を見あわせ、おれは答えた。

「パンかごから、ちょっと多めにお金を持って来て。少し高いけど、絶対《ぜったい》にその価値《かち》があるから」

それにそのあと、通りの先のあの古本屋で、父さんに見せたいものがあったから。


『今日が人生最後の日――そう思って毎日生きろ』

これも先生から教えられた言葉だ。でも不可能《ふかのう》だとも言っていたけれど。そんなふうにいつも思って生きるなんて、むずかしい。もうおれはこれまでの人生で一度、最後の日を経験《けいけん》したし、その一日だけでしばらく胸《むね》がいっぱいだ。

真実は、重要なのは最後の日じゃないということだ。絶え間《たま》なくつづく日々の中の、とある一日。あとになり、ときどきふりかえって思い出すような、そんな一日が大切なんだ。そういう日を『カーネーション・デイ』と呼《よ》ぶことにしようか。はじめは目にとまらない花だけれど、長くそばで咲《さ》いてくれるから。

目を覚ますと、まくらの上にゴムでできた犬のフンが山積みになっているのが目に入る、エイプリルフールのように。

はじめて、二人の親友を家につれてきていいと親に言われる日のように。

ミンディが授業《じゅぎょう》中にメモをすべりこませてきて、今度は本当に『ランチをいっしょにどう?』とさそわれる日のように。

六年生の担任《たんにん》の先生が、スーパーに行くとちゅうの雪道で助けてくれる日のように。

父さんが部屋のドアをノックして、二年ぶりに「散歩に行かないか?」と聞いてくる日のように。

エピローグ　トファー

レベッカはスランプにおちいってる。

口のはしにえんぴつを当ててるのが、その証拠《しょうこ》さ。口をとがらせて一生懸命《いっしょうけんめい》考えてるそのおでこには、ノートの横線そっくりなしわができてる。ちょっとかわいいかも。スランプにおちいるのも仕方ないよな。ビクスビー先生が今朝出したテーマは、むずかしいから。

『地球最後の日が来るとしたら、あなたは何をしてすごしますか？』

それが、黒板に書かれた今日の作文のテーマだ。電子ボードじゃなく緑の黒板に書きつけられてる。先生はチョークが好きなんだ。指につく粉の感触《かんしょく》が好きだからって言ってた。わかる。たとえばオイルパステルとチャコールペンシルでは、書くときの感触《かんしょく》がちがうから。物事は感触《かんしょく》が決め手になることもあるんだ。

一月十日という日付と格言《かくげん》の下に、テーマは書かれていた。今日の格言《かくげん》はこれだ。

『勇敢《ゆうかん》な人とは、銃《じゅう》を持った人のことではない。あらかじめ失敗することがわかっているにもかかわらず挑戦《ちょうせん》し、何が起きてもやりとげる人のことである』

先生のお気に入りのひとつなんだろうな。前にも見たことがあるから。でも金曜の格言《かくげん》にしては重すぎるな。

ぼくはノートをとりだすと真っ白なページを開き、一番上の行にテーマを書き写した。となりではスティーブが、もうページいっぱい書いてる。トレバーがぼくらの間にからだをわりこませて聞いてきた。

「地球最後の日ってさ、やっと宇宙船《うちゅうせん》がお前らをつれもどしに来てくれる日ってこと？」

「だまれ、けつニキビ」

ブランドがぼくのとなりでそう吐《は》きすてると、ビクスビー先生が注意した。するとブランドは身を乗りだして、作文を書きはじめた。窓《まど》の外ではまだ雪が地面をおおってて、駐車場《ちゅうしゃじょう》のわきではかき集められた雪がいくつもの山になってる。休み時間にあの山にのぼってもいいって先生が言ってくれるといいな。一番大きい山にはエベレストって名前をつけたんだ。

それから十分間、ぼくらはわりと静かに書きつづけた。「わりと」っていうのは、まだひそひそ声が聞こえてたから。ぼくはページの余白《よはく》にいくつか落書きをした。世界の終わりというテーマの主役になりそうな、殺人ロボットや衝突《しょうとつ》する隕石《いんせき》を。作文に書くのは、自分が最後の日をどうすごすかだってのはわかってるけど、地球最後の日といえばそういうのははずせないでしょ？　スティーブがぼくのノートを見て聞いてきた。

「それ、ターミネーター？」

「ぼくが死ぬときは、スティーブの破片《はへん》を胸《むね》にかかえて散るよ」

ぼくはささやいた。一分後、先生が「時間よ」と告げ、つくえの前に立った。今日着てるワンピースには、風変わりなうずまきもようが刺繍《ししゅう》してある。ずっと見てたら目まいがしそう。

「じゃあ、何人かに発表してもらいましょう」

すぐに手があがった。最初に当てられたのはメリッサだ。

「最後の一日は、家族とハワイですごしたいです。いつも夏に行くので」

そしてその一日をどうすごすか話しはじめた。先生は目をかがやかせて聞いてるけど、みんなはこんなマイナス七度のこごえそうな日にハワイがサイコーなんて話を聞かされて、げんなりしてる。あと何人か手をあげて、ミッシーが当てられた。

「うちのアニキをぼっこぼこにしてやります。親から罰《ばっ》を受ける心配がありませんから」

スティーブは共感するだろうと思ったけど、その前に、スティーブの力じゃどうやったってクリスティーナをぼこぼこになんてできないだろうな。次はカイルだ。

「一日中ゲームをしてすごします」

さびしい答えだけど、それが現実《げんじつ》だと思う。

ぼくは当てられませんように。あんまり書けてないから。友だちとどこか大冒険《だいぼうけん》に出かけたいって何行か書いただけ。あとはずっと落書きしてた。先生はノートを集めないから大丈《だいじょう》夫《ぶ》、見られたりはしない。あくまで自分たちのインスピレーションのためのノートだから、チェックはしないって先生は言ってた。

先生はまただれか当てようとしたけど、レベッカがみんなに助《たす》け舟《ぶね》を出した。

「先生はどうなんですか？　何をしてすごします？」

「わたしの最後の日？　本当に知りたい？」

ぼくもみんなもうなずいた。先生の話が長くなれば、算数の小テストがなしになるだろうから。そうなったらスティーブは怒《おこ》るだろうけど、まあ、あきらめてくれるよね。

「オーケー、じゃあ話すわね。たぶん、最後の日にはチーズケーキを食べると思うわ」

後ろの方でだれかが「えーっ？」と言ったけど、先生にじっと見られて静かになった。スティーブが質問《しつもん》した。

「チーズケーキ？　どうしてですか？」

「そうね……もし本当に最後の一日だとしたら、人生でこれまで出会ったすばらしいものをもう一度味わいたいと思うだろうから。そのひとつがチーズケーキなの」

ジェイミーが聞いた。

「本当に？　家族や友だちとすごしたいとは思わないんですか？」

「それは思うわよ、もちろんね。でもやっぱりチーズケーキははずせないわ。それにどれでもいいわけじゃないの。ウッドフィールド・ショッピングセンターにある、ミシェルズ・ベーカリーのホワイトチョコ・ラズベリー・シュプリーム・チーズケーキじゃなくちゃ。そのお店に行ったことある人、いる？」二人しか手をあげなかった。「ぜひ、いつか行ってみて。絶対《ぜったい》に足を運ぶだけの価値《かち》があるから。それと、これは言わない方がいいのかもしれないけど……正直に言うと、ワインも飲みたいわね。そのチーズケーキにあうものを。あ、それとフライドポテトも」

「フライドポテト?」

ぼくが聞くと、先生は言いなおした。

「マクドナルドのフライドポテトよ。それに世界の終わりなんだから、思いきってLサイズをたのむわね。塩も多めにふってもらって。それから音楽も聞きたいわ。チャイコフスキーかベートーベンの、壮大《そうだい》で情熱的《じょうねつてき》で少し悲し気な音楽。わたしと家族と友だちだけのために、フルオーケストラに演奏《えんそう》してもらって。木々にかこまれた丘《おか》の青々とした芝生《しばふ》にみんなですわって、チーズケーキやフライドポテトをいっぱいにほおばって、食べて飲んで笑いあって、思い出話に花をさかせて。でも――」先生は人差し指を立てた。「さよならは言わないわ」

「いやいや」

トレバーが、せきでごまかしながら言った。ブランドがさっとふり向いて、小声で何か言った。はっきりわからなかったけど「~メン」とかいう言葉だったみたい。とっさにつくった新語だな、あとで聞かなくちゃ。そのうちトレバーは、ブランドから予告なしに鼻に一発お見舞《みま》いされることになるだろうな。

「わたしたちには? さよならくらい言ってくれますよね?」

ミンディが聞くと、先生はつくえに身を乗りだしてほほえんだ。

「『さよなら』は言わないわ。でも『au revoir《オルヴォワール》』なら言うかもね」

「同じ意味じゃないんですか？」

ぼくは聞いた。フランス語だと思うけど、よく知らないから当てずっぽうで言ってみたんだ。

「『さよなら』はお別れだけど、『au revoir《オルヴォワール》』は『またね』という意味なのよ。でもね、もしわたしがいなくなっても、みんなはきっと思い出してくれる。大人になって子どもができても、思い出話をしてくれるはずよ。『ビクスビー先生っていたよね。ピンクの髪《かみ》をしていて、格言《かくげん》をチョークで書いたり作文ばっかり書かせてさ。あの先生が一番よかったよ』って」

みんなはブーブー言って首を横にふってるやつもいるけど、そんな態度《たいど》をとるのは、たぶん先生の言う通りだとわかってるからだ。ぼくは人類の限界《げんかい》まで大人になる期限《きげん》を引きのばすつもりだけど、それでも大人になったら、先生のことをよく思い出すだろう、絶対《ぜったい》に。みんな一人一人、それぞれの思いで先生のことを思い出すはずだ。

『いい先生』のことは、決してわすれたりしない。

あとがき

　この本はアメリカで〝Ms.Bixby's Last Day〟というタイトルで刊行《かんこう》されています。パブリッシャーズ・ウィークリー、スクール・ライブラリー・ジャーナルをはじめ、数々の媒体《ばいたい》で「二〇一六年ベスト児童書」に入り、全米英語教師《きょうし》協議会によるCharlotte Huck Awardのオナーブックに選ばれるなど、高い評価《ひょうか》を得た作品です。

　三十五歳《さい》のビクスビー先生は、癌《がん》の告知を受け、学校を去ることになりました。クラスの生徒、トファー、ブランド、スティーブは、先生の「理想の最後の日」を実現《じつげん》させようと、学校をさぼり病院へ向かいます。まだ物語が序盤《じょばん》の十八ページに、先生の様子を描写《びょうしゃ》するこんなくだりがあります。

『視線《しせん》はすべり台とブランコを通りぬけ、広い校庭と空と、そしてたがいにかすむ指先をのばしあいながらもまだくっつかない、三つの雲に向けられていた。』

　三つの雲は、トファー、ブランド、スティーブを暗示《あんじ》しているように思えます。仲が良いけれど互《たが》いに知らない面がある三人。しかし病院へ向かう道のりで様々な出来事が起こり、ぶつかり合い、本音を明かし、距離《きょり》を縮《ちぢ》めていきます。

両親にかまってもらえず、寂《さび》しい思いをしているトファー。しかしビクスビー先生はトファーの絵を集め、大切にしまっていました。自分をかけがえのない人間だと認《みと》めてくれる先生は、トファーにとって特別な存在《そんざい》で、淡《あわ》い恋心《こいごころ》も抱《いだ》いています。その気持ちをトファーは隠《かく》していましたが、先生の肖像画《しょうぞうが》を見られてしまったことで、二人の前にさらされてしまいます。

優秀《ゆうしゅう》な姉クリスティーナと比《くら》べられ、プレッシャーを受けているスティーブは、ルールや指《し》示《じ》には必ずしたがってきました。けれどもマクドナルドではクリスティーナに歯向かい、自分の意志《いし》を通します。そして、クリスティーナを目の敵《かたき》にしているトファーにも初めて、「あんなふうに当たらないでよ」と意見します。

幼《おさな》い頃《ころ》に母を亡《な》くし、父親は事故《じこ》にあってから無気力になってしまったブランドは、家庭に頼《たよ》れる大人がいないことで孤独《こどく》と怒《いか》りを抱《いだ》いています。しかしその気持ちをトファーとスティーブに話したことはありません。病院の前でようやく、毎週金曜に先生と二人で過《す》ごしていたというエピソードだけを明かします。トファーとスティーブはそれを些細《ささい》なエピソードだと受け止めますが、ブランドにとっては、心の奥底《おくそこ》に渦巻《うずま》く感情《かんじょう》をこれから少しずつ見せていく糸口だったのかもしれません。

文中では『アラバマ物語』に関するくだりが、たびたび出てきます。『アラバマ物語』は人種差別が色濃《こ》く残る時代のアメリカを舞台《ぶたい》にした小説ですが、その中でアティカス・フィンチという弁護士《べんごし》は黒人の弁護《べんご》を引き受けます。そのために白人から白い目で見られ、家族も攻撃《こうげき》されますが、屈《くっ》することなく正義《せいぎ》を貫《つらぬ》きます。ブランドはビクスビー先生が毎週、車でスーパーに連れていってくれることを楽しみにしていましたが、それは校則違反《こうそくいはん》でもあり、だれかに知られれば問題になると心配していました。世間のルールに反してでも自分を助けようとしてくれた先生を、正義《せいぎ》のもとに黒人を守ろうとしたアティカス・フィンチの姿《すがた》に重ねていたのでしょう。

病院から連れ出した先生に、丘《おか》の上で最後、ブランドは何か耳打ちします。病室に入ってまっさきに言うはずだった格言《かくげん》を、そのとき口にしたのかもしれません。「まだはじめてもいないのに負けてしまうことがある。しかし、かまわず挑《いど》みつづけよ。何が起きても」、と。それともただ一言「ありがとう」と言ったのか――。どんなセリフだったのかは、読者の想像《そうぞう》にゆだねられています。

ところで、三人が立《た》ち寄《よ》った古本屋で、アレクサンダーさんはなぞなぞを出しました。
『君たちは、わしを遠ざけることはできるが、決してにげきることはできない。君たちはわしに早く来てほしいと願うこともあるが、それがかなうとはかぎらない。わしはできるかぎり、おそく訪《おとず》れた方がよいものじゃ』

ブランドだけが気づいた答えは、文中で明かされないままです。その答えとなるものがビクスピー先生に訪《おとず》れないように、とブランドは願っていましたが、かないませんでした。しかし先生が与《あた》えた光はこれからも消えることなく、生徒達の人生を照らし続けることでしょう。

最後になりましたが、丁寧《ていねい》なご指導《しどう》をいただきました関谷由子さんはじめ、ほるぷ出版の皆様、デザイナーの城所潤さん、画家の西山寛紀さんに厚くお礼申し上げます。そして、快《こころよ》く質問《しつもん》に答えてくださった作者のジョン・デヴィッド・アンダーソンさん、この本を手にとってくださったあなたに、心より感謝《かんしゃ》いたします。

二〇一八年四月　　久保陽子

STAIRWAY TO HEAVEN

Words & Music by Jimmy Page, Robert Plant

ジョン・デヴィッド・アンダーソン
John David Anderson

1975年、アメリカ生まれ。インディアナ大学で英文学の学士号、イリノイ大学で修士を取得。「SIDEKICKED」（未邦訳）をはじめ、アクションやコミカルなテイストの人気シリーズを執筆。リアリズム作品は本書が初めて。

久保陽子
くぼ ようこ

1980年、鹿児島県生まれ。東京大学文学部英文科卒。出版社にて児童書編集者として勤務ののち、独立し翻訳者に転向。訳書に『最高の毎日を手に入れる人生の10か条』（日本実業出版社）がある。

カーネーション・デイ

2018年4月18日　第1刷発行
2019年6月5日　第2刷発行

著者／ジョン・デヴィッド・アンダーソン
訳者／久保陽子

発行者／中村宏平
発行所／株式会社ほるぷ出版
〒101-0051　東京都千代田区神田神保町3−2−6
TEL 03-6261-6691　FAX 03-6261-6692
http://www.holp-pub.co.jp

印刷／株式会社シナノ
製本／株式会社ブックアート

NDC933 327P ISBN978-4-593-53531-6